6.13: **The Brady Bunch**

Episode 35: Adios. Johnny Bravo. The Brady kids audition for a television show and the agent wants to sign Greg up and turn him into a pop star.

6.38: **Sportsview**

Pat Rogers introduces a preview of the SA Grand Prix, highlights of the Valvoline Rally, the karate at Stellenbosch between Western

7.15: **Bonanza**

The American family Western series starring Lorne Greene, Mike Landon and Dan Blocker.

8.05: **News and Weather in English**

8.27: **From the Book**

8.30: **Uit en Tuis**

A family magazine programme presented by Morné Coetzer. This week Professor Bleksley has more to say about the phenomenon of time, Mr Fritz Ferreira prepares a tasty entrecôte, a TV team visits the Uitenhage

Dagboekvasvra

9.13: **Misdaad**

Episode 3: An Unusual Burglary. About 3 000 000 Deutschmarks are stolen from the post office. Salm, a chief inspector, is accused of embezzlement, but his friend, Constable Ihle, believes in his innocence.

10.32: **News in Afrikaans**

10.47: **Oordenking**

Dr Cassie Venter.

A black face only once every three weeks...

Where it's all happening . . . SABC-TV head-quarters in Auckland Park.

Desmond Bishop, ex-top SABC-TV producer, continues his series on strange happenings behind the scenes at Auckland Park

Television belongs to the people. To the English and the Afrikaans because they pay for it through their taxes.

And also to the blacks, coloured people and Indians, although they don't generally earn enough to pay much in the way of taxes. However, this contribution to the community is in kind and is equally as important.

Who and how

A network such as the SABC is a public body. It is important that we probe the working of such a body and understand who it is serving, who is operating it and how it operates.

On the pure technical level the operators are the camera men, sound men, vision mixers and controllers, lighting engineers and editors. In this country they are notoriously badly paid.

In spite of the inex-

perience of SABC-TV crews, these people are amongst the most constructive to be found anywhere.

Throughout the world the main constraints on TV are social ones. The enormous influence and the high operational costs mean that a producer has to cope with innumerable vested interests.

South Africa gives us an intriguing picture of these forces. It is arguably the most fertile ground in the

world for magnificent TV programmes, but most of these will go unmade. This is because ours is a taboo-burdened society. Where legislation runs out intimidation does the rest.

The SABC is a mixture of authoritarianism and paternalism. It is authoritarian in that the executors of power represent only a small minority sector of South African. It is paternalistic in that it sometimes exercises power with a conscience.

An unwritten rule exists in the English Variety Department that no black face is allowed to appear on The Box more than once every three weeks. And word has come down that it is 'expedient' occasionally to have coloured people and Indians on programmes.

Dissatisfaction was expressed to me through the Organiser at what was called "subversion" on The Everywhere Express. The point was simple. I was told that it

realise that the farmer is an important figure in Afrikaans culture.

"Perversion" is another criticism levelled at "The Everywhere Express" by the Organiser. The wizard, pirate and seahorse were all accused of being "camp." My reaction to these criticisms was one of credulity, but the hoot was deadly serious.

In order for the Government to exercise its power almost the entire superstructure of the SABC is in the hands of the Afrikaans section.

Overworked

Because of the centralisation of authority, organisers are grossly overworked. They view overseas material to censor unacceptable words and camera shots. This keeps authority in the hands of the few, who are overworked, and has-dragged by an enormous lack of experience in the medium.

一九七七年一月，刊登在《星报》上关于我的系列报道之一

卢克和童菲扮演小丑,准备表演节目

宾和卢克在哈雷拉公园的旋转木马上玩耍

一九五八年，雷蒙德在乌姆塔利的考陶尔德大剧院，饰演方特罗伊勋爵这一角色

别了，非洲
Goodbye, Africa

by Desmond Bishop

[澳大利亚]德斯蒙德·毕晓普 著

陈凤姣 译

浙江工商大学出版社
ZHEJIANG GONGSHANG UNIVERSITY PRESS

图字:11－2018－291 号

图书在版编目(CIP)数据

别了,非洲 /（澳）德斯蒙德·毕晓普著；陈凤姣译. —杭州：浙江工商大学出版社,2018.8
书名原文：Goodbye，Africa
ISBN 978-7-5178-2903-4

Ⅰ. ①别… Ⅱ. ①德… ②陈… Ⅲ. ①长篇小说－澳大利亚－现代 Ⅳ. ①I611.45

中国版本图书馆 CIP 数据核字(2018)第 189639 号

The work *Goodbye，Africa*
by Desmond Bishop

Simplified Chinese translation copyright ©
by Zhejiang Gongshang University Press
ALL RIGHTS RESERVED

别了,非洲

[澳]德斯蒙德·毕晓普 著　　　陈凤姣 译

责任编辑	姚　媛
封面设计	林朦朦
责任印制	包建辉
出版发行	浙江工商大学出版社
	（杭州市教工路 198 号　邮政编码 310012）
	（E-mail：zjgsupress@163.com）
	（网址：http://www.zjgsupress.com）
	电话:0571-88904980,88831806(传真)
排　版	杭州朝曦图文设计有限公司
印　刷	杭州恒力通印务有限公司
开　本	880mm×1230mm　1/32
印　张	11
字　数	254 千
版 印 次	2018 年 8 月第 1 版　2018 年 8 月第 1 次印刷
书　号	ISBN 978-7-5178-2903-4
定　价	38.00 元

引　语

为什么我对非洲大陆爱得那么深沉？

原因有很多很多……虽然如今我已经远离那片广袤的土地。

在我出生的那片土地上，人们渴望自由。这片土地被称作罗得西亚，包括四块英属非洲殖民地。如果你觉得罗得西亚[①]和津巴布韦是两个不同的国家，叫它津巴布韦也行。

多年后，南非、北罗得西亚和南罗得西亚也都沦为英属殖民地，沦丧方式有的相同，有的不同。不过，在我所成长的那个环境里，人们对那些时不时企图入侵的武装暴力一直都持反抗到底的态度。即便是像我一样出生于连书架都没有的普通人家的人，也有这样的反抗意识。

我一直都想探索自己所在的那片土地的本质，也想做真正的自己。但我的这个探索，说来可就话长了……

[①]　罗得西亚是津巴布韦的旧称。（译者注）

序

南非,吉米斯顿

一九四七年

"现在,按我昨天做给你看的那样,把拖鞋放床底下,要摆得整整
齐齐的……"我,身穿蓝白条纹睡衣,跪在床沿,小心翼翼地把我的毛
拖鞋摆整齐,鞋头朝外。

"不对,不对,儿子……我可没这么教你。掉个头,鞋头朝里塞床
底下。"

我只好一声不吭地把它们掉个头,让鞋跟那头露外面。

"还记得怎么做祷告吗?说来让妈妈听听……我儿子最聪明了,
来,闭上眼睛,双手合十……仁爱的主啊……"

"仁爱的主啊……"我又念了一遍。

"我希望你注视着小儿……"

和以前一样,祷告快结束时,我说:"愿主保佑吉米斯顿的妈咪、
爹地、鲁珀特、爷爷、奶奶,保佑在阿尔弗雷德港的外婆,保佑艾伯特

舅舅……”说到这儿，我连忙在心里默默地为自己祈祷：“主耶稣，求你保佑我快快长大！我想像别的孩子那样，自己推动游乐场的旋转木马，然后在它转动时噌地一下跳上去。”

那时，我最大的心愿就是能自己推动旋转木马，再跑几步，纵身跳上旋转中的底座。我需要自己发力，然后在我觉得自己准备好了的时候跳上去。但是事实上，我必须先站在静止的旋转木马上，等别人绕着中心轴推我。我当时特别希望旋转木马转动时产生的离心力能够把我抛到太空去，这样一来，别人就不会过度关注我的无能了。

这个奇怪的念头让我产生了一种冲动，这种冲动成天围着我打转，让我意识到那个特殊的“自我”。我很喜欢这种感觉。如果体会不到这种感觉，我就会噘起嘴巴生闷气。

妈妈走后，我哈腰在床边把拖鞋的方向又调了过来。只有这样，拖鞋上那对毛茸茸的小球才能偷偷地看着我。

在我最早的记忆中，我记得爸爸送过我一个鞋盒。“这个盒子以后就归你了。你冲着光线把它举起来，透过另一头的那个小孔看。”我照做了，结果看到一个闪耀而神奇的仙境。爸爸在鞋盒里贴了一些碎纸片、碎布头和人物卡片。对我而言，那盒子简直就是一个宝库。那种感觉，别人是无法体会的。也许，更让人难以置信的是，那鞋盒是一个饱受经济大萧条与“二战”折磨的父亲送给儿子的。我通过那个盒子所看到的一切，对我以后的人生有着很大的影响。这是爸爸始料未及的。他不但没想到那些影响，而且在那些影响产生的过程中，他起的是阻碍作用。

在那段日子里，我们的生活重心在吉米斯顿（位于约翰内斯堡东部）的艾尔兹堡路二十四号的爷爷家。一天清晨，和往常一样，过道上的衣帽架像个交警似的指挥着来往行人。那时的威利姑父算得上是一个时髦的人：他的衣帽架上有一顶卡其色鸭舌帽，一顶海军蓝鸭舌帽，还有一个精致的白色头盔，都是南非警察署发的。架子上面还挂着爷爷在庭院里干活时戴的那顶旧帽子——不过，他的新帽子没挂在上面，因为他已经去查布斯保险柜厂上班了，他是那儿的保管员。这个尽职尽责的衣帽架上还挂着几条围巾。

威利姑父身穿银扣海军蓝制服，完美得无可挑剔。他走过来，拿起衣帽架上的那顶海军蓝帽子，对我说："喂，雷蒙德，准备好了吗？"

我点了点头。

"知道咱们要去哪儿吧？"他弯下腰，直视着我的眼睛。

看着尖顶帽下脸色红润、满面春风的姑父，我再次点了点头。其实，我当时已经激动得话都说不出来了。因为姑父要带我去接我妈妈和刚出生的弟弟。

为了接我妈妈萝丝和刚出生的弟弟马文出院，威利姑父特意借了一辆警车。我爬上车，和姑父一起坐在前排座位上。

到医院后，姑父进去接他们，我只好在车里等。过了好一会儿，他们终于出来了。我看见妈妈怀里抱着一个裹得严严实实的褴褓，小心翼翼地，就像抱着自己的心脏一样。她走下台阶，上了车，随后拿掉裹在宝宝身上的毯子。我们所有人都注视着这个小生命。

"他是你弟弟。你知道的吧？"

我点了点头。

那是一九四七年。我至今还记得那一年我和奶奶、凯瑟琳姑姑和琼姑姑在马路边围观的场景。围观地点是总统街，街角有个消防站，乔伊姑父就在那里工作。当时，人行道上挤满了人，车也很多，车上载着穿卡其色制服的黑人警察。人们蜂拥而至，因为国王、王后、美丽的伊丽莎白公主和玛格丽特公主会在这一天大驾光临，大家都想一睹皇家风采。

随行队伍很快就要来到我们面前了,凯瑟琳姑姑把我举到她的肩膀上。透过人群,我看到一队轿车向我们驶来。这时,人群开始躁动起来,场面有些失控。他们欢呼雀跃,大嚷大叫。有的人因为如愿地看到了王室成员而得意扬扬,有的不知所措,一脸茫然。

"雷蒙德,快摘下帽子,冲他们挥手。"凯瑟琳姑姑在底下冲我喊。我摘下自己的白色小帽,却没有向任何人挥舞,不是因为我对共和党有什么不满,而是因为我觉得如果我那样做,别人肯定会把我当傻瓜。当时的场面太混乱,我搞不清国王和王后究竟坐的是哪辆车。我觉得他们应该是在那辆绿色的莫里斯敞篷汽车里,不过车子一晃而过,我实在没法确定。

后来,奶奶和两位姑姑在回家的路上终于弄清楚谁坐哪辆车了,这才感到心满意足。她们确信国王和王后坐的是那辆莫里斯汽车,两位公主坐的是紧随其后的那辆车。后来,她们又一起回想王室成员当时都穿了些什么,做完这些之后,她们才觉得自己算是充分表达了对皇家的敬仰之情。

我家住在凡尔登路上,从艾尔兹堡路二十四号拐个弯就到。大约五岁的时候,我爬上了后院的那棵大大的无花果树。当时,马文在树下蹒跚学步。为了卖弄自己刚刚学会的本领,我特意在两个袖子上别上无花果叶。"好啦,现在我要表演飞行特技喽!我不会飞得太远的,院子里飞一圈就回来。"

我正要往下跳,妈妈冲我喊道:"雷蒙德,快下来!别让我再看见你上去!"

目　录

第一部分

第二部分

第一部分

冈瓦纳大陆

约翰内斯堡,一九七六

堪培拉(澳大利亚的首都),一九七七～一九八○

悉尼,一九八○～一九八二

哈拉雷(津巴布韦首都),一九八二～一九八六

赞比西谷,一九八四～一九八五

第一章

一九七六年,我回到自己的出生地。我站在三楼控制室的玻璃窗前,俯视着一个鞋盒形状的房子。那是我的乐园。在那个房间里,我的团队按照我的意思布置灯光、调试音效、安排道具、挑选演员。我是南非广播公司儿童电视节目的制片人。之前参加过南非全国学生联合会,行为比较激进,压根就没想过国家电视台会让我做这份工作。不过,这份差事的确到了我的手上。就职之前,我一直以为那里的文明程度已经有所提高。

《广播电视》杂志刊登了一篇题为"《四通快车》节目制片人从杰米斯顿出发,千里迢迢,终于到达旅途的终点——奥克兰公园"的文章。然而,对我而言,奥克兰公园绝非"旅途的终点"。

那年年底,我总是从十四楼的办公室眺望地平线上升起的硝烟。那是南非安全部队为镇压一些要求权利平等的索韦托抗议者而制造的"杰作"。有一天,我穿过走廊,无意中听到一位高层说:"哼,问题就在于我们杀的黑人还不够多。就得多杀点儿,否则他们不会长记性。"

那一刻我意识到，如果再在这个国家待下去，直抒己见，那么不只是我，就连我的家人也可能遭到不测。我家一共有四个人：我、妻子格兰达，以及两个儿子——十八个月大的宾和出生才三个星期的卢克。当时，就我制作的《四通快车》节目的某些地方是否要修改，我与台里意见不一。我认为他们的反对意见很荒唐，因此拒绝修改。

于是，后来我去了英联邦的另一个地区，在堪培拉这个避风港的一家教育传媒机构工作，之后又到第七频道工作，创办了儿童电视节目。

奇怪的是，在澳大利亚时，我的社交圈里并没出现种族关系紧张的现象。其实，我在那儿就没碰到过原住民，但偶尔有朋友问及此事，我还是会这样回答："也说不上为什么，反正我觉得澳大利亚的种族歧视比南非还严重。虽然南非的白人比黑人多，但他们从来没有真的在那儿实施过种族灭绝政策。"朋友们听我这么说，一个个都惊愕不已。直到最近，澳大利亚媒体（澳大利亚广播公司和澳大利亚特别节目广播事业局）才开始揭露当地土著文化遭到摧毁这一惊人历史。

一九七九年，我坚持收看澳大利亚广播公司新闻频道，想了解跨印度洋地区重新实行边缘政策的有关情况。罗得西亚的林波波河北部地区正在重新实行这项政策。之前我在那里待过一段时间。伊恩·史密斯率领的军队与罗伯特·穆加贝领导的黑人解放主义战士之间激战不休。单单是看新闻报道，就令人痛心。黑人与白人的战争伤亡比例达到二十比一，不知道那些黑人解放主义战士还能坚持多久。

如果要我安定下来，我很可能会选择南非。因此，我觉得那些英国移民与原住民之间持续不断的矛盾和冲突与我息息相关。长期以来，我都觉得正义站在黑人那一边。不过，那时他们好像总是运气不好。也许我自己也被某些所谓的"普遍真理"蒙蔽了双眼。因为这些"真理"只是掌握在为数不多的白人手中，黑人永远没有机会。

第二年发生了一件令人震惊的事件。双方之间的战争伤亡率几乎相差无几。这时，英国外交大臣卡林顿勋爵开始大谈特谈某种所谓的"和平进程"。而穆加贝突然现身英国，提及"仁爱的上帝"，还提出了和解方案。想不到，这么快就达成和解协议了。至于选举，公民的确具有普选权。不过，黑人解放战士必须先放下武器。他们真的会认可这一协议吗？

他们高唱战歌，走出灌木丛，来到集合点。不过，他们唱战歌，并不是为了讨好白人统治者，因为这些战歌都是用当地方言唱的，白人统治者根本听不懂。穆加贝及其僚友将希望寄托在赢得这次选举的胜利上。伊恩·史密斯也是如此，而且他有他的策略。罗得西亚阵线党会选出他们的候选人，届时一个充当配角的黑人候选人就会影响埃布·穆佐雷瓦主教当选，这样，伊恩就可以得到西方国家的支持。

在马绍纳地区，穆加贝领导的津巴布韦非洲民族联盟爱国战线，可以说是不战而胜，而津巴布韦非洲人民联盟则在马塔贝莱高原赢得一席之地。一九八〇年四月，穆加贝担任第一届由罗得西亚民主选举的政府领导人，并将罗得西亚更名为津巴布韦。

一九八一年，为了丰富我的职业生涯，我决定放弃之前收入稳定的工作。我先是辞掉第七频道电视制片的全职工作，后来又向穆巴尔高中递交辞呈，辞去戏剧和媒体教学的工作。在驱车前往悉尼时，我从后视镜中看到堪培拉的地平线正被蓝桉树一点点遮挡，直至消失不见。我想，这也许是我最后一次见到澳大利亚的首都了。我知道自己正与通往安逸生活的康庄大道背道而驰。

妻子格兰达和两个儿子随我住进位于格勒贝时尚郊区的一套公寓。我找了好几个自己喜欢的自由职业。不过，有时候，时间安排得有点紧张。有段时间，为了庆祝悉尼艺穗节，我成立了一家名为"格勒贝戏剧计划"的剧团。我实在忙不过来，只好丢下朝九晚四的《狼孩子》的制片工作。接下来一段时间，每天下午五点到七点，我都要去悉尼理工学院讲授与传媒相关的课程。晚上九点到十点，要去2SER①社区广播电台，给来自美国援外合作署和国际特赦组织的人进行广播技能培训。十一点还要去北悉尼的大剧院主持舞台剧《安妮的日记》的彩排。参加彩排的演员都是戏剧学院的学生，我们要等演出散场后才能使用剧院的道具。深夜两点后，我还得返回格勒贝。

次日，我又得从九点钟开始拍《狼孩子》。不过，每周只有两天需要工作十四小时，另外三个工作日每天只要工作十到十一个小时就可以了。

在某一个非常寻常的下午，发生了一件不同寻常的事。当时，我去幼儿园接卢克回家。我俩沿着格勒贝·珀恩特路往家走，卢克嘴里嘀嘀咕咕，不知道在说些什么。"听着，卢克，我在这儿，你在那儿，如果你想让我听见你说什么，你就应该对着我说。你刚才说什么？"

"爸爸，就算有一天你死了，我还是会很爱很爱你的。"

他没告诉我为什么他会突然说这么一句。不过，这是我听过的最让我感动的一句话。

在非洲前线，武装冲突正在两大黑人解放力量之间上演：一方是由约书亚·恩科莫领导的津巴布韦非洲人民联盟，另一方是由穆加

---

① 当地电台代码。（译者注）

5

贝领导的津巴布韦非洲民族联盟。经常为穆加贝出兵打仗的是第五部队。

不过,依我看,这似乎只局限于南部的马塔贝莱兰。在世人眼前即将呈现的是这样一个崭新的画面:非洲人民领导非洲。这有何不可?

一九八二年七月的一个早晨,我终于忍无可忍,拿起电话拨了津巴布韦哈拉雷的区号。

"请帮我转津巴布韦广播公司。"我对话务员说。

"早上好,这里是津巴布韦广播公司,有什么可以帮您的吗?"

"早上好,麻烦你帮我将电话转到总经理办公室。"

"您好,总经理办公室。"

"您好,我从澳大利亚打电话来,想和贵公司总经理通话。"

"哦,请稍等……打扰一下,经理,您的电话,澳大利亚打来的。"

"您好,我是康盖。"

"早上好,康盖先生。我叫雷蒙德·斯宾塞,曾任澳大利亚广播公司、澳大利亚第七频道制片人……我希望贵公司能给我一个工作机会。我原先在罗得西亚住过。我很想到贵公司谋求发展。"至于之前在南非电视台工作的经历,我只字未提。

"这么说,您有丰富的工作经验?"

"是的,我很想加入津巴布韦广播公司。"

"呃……不过,您在澳洲,那么远,我们无法进一步了解您。您最好来公司一趟,我们当面谈谈,您觉得可以吗?"

"嗯,可以。"

"好的,您到了之后,通知我一声。我来安排面试。"

在这种力量的驱使下,我登上了前往津巴布韦的飞机。

津巴布韦广播公司位于哈拉雷市。通过这个公司的军事检查站后，有人把我带到康盖先生的办公室。我们聊得很投机。谈话结束后，他走到一扇大玻璃窗前，俯瞰楼下的停车场。"斯宾塞先生，您来这儿看看。"

我走过去，和他一起往楼下看。不过，我只看到一些正排着队准备上一辆巴士的人。"那是我们为员工提供的巴士，是政府让大家免费乘坐的。员工每天坐这辆车从麦拜尔过来。"

"呃……做得很好……"我傻乎乎地说了这么一句。

"现在，我想让您见见电视台台长西德·格雷·提查汤加先生。他正在等您。他的秘书会到电视台大楼前门迎接您，您可以直接过去。"

"提查汤加"是他当年参加解放战争时起的名字。黑人起义军打仗时经常会用这样的名字。"提查汤加"在修纳语中的意思是"我们来统治"。

我从未见过提查汤加这么魅力十足的人。三十岁出头，相貌英俊，机敏过人。面试进行到一半，我突然打断他的话："不好意思，提查汤加先生，我想简单地说说我的政治见解。几年前，他们召我入伍，让我为伊恩·史密斯效力，我拒绝了。因为我认为解放军才是正义之师。"

提查汤加先生稳稳地坐那儿，很有气场。他是那种你很想博取他信任的人。他坐在椅子上，身穿一件剪裁完美的灰色西装外套，衣襟敞开，衬衫下柔韧的身形显露无遗。也许他也觉得自己那么坐会使衣服贴在身上，更凸显身材，他调整了一下坐姿。他总是不经意地摆弄手中的钢笔，不过在我说话时他一直都在认真地听。

其实，我在影视制作与课程教学方面的经验较为丰富，完全可以胜任此类工作——教这样的课程无须表明自己的政治观点,可我还是想说一下。不过,在白人领袖当政期间,无论是对黑人还是对白人而言,政治都是个敏感话题。因此,提查汤加先生对我所说的那一番话不予置评。

"我会向各位董事推荐您,由他们来委派您担任影视制作总监。刚才我看了您的资料,知道您手里有一份报纸,上面有半个版面介绍的是您创办的影视工作室。如果我推荐您时能把这张报纸拿给董事看,肯定对您应聘这份工作有帮助。您可以把报纸交给我吗?"

"哦,这个……呃……就这么一份,我想自己收着。"

"那倒也是,"他立刻说道,"那好,等董事们开完会,我给您答复。"

他送我出门。我知道没把报纸给他算是走了一步险棋。那感觉就像是在自己脚下挖了一个陷阱。

面试结束后,我从哈拉雷(在约翰内斯堡的扬恩斯穆茨机场,它仍被称为"索尔兹伯里")飞回格勒贝。我要回去考虑一下要不要到津巴布韦电视台当节目制片人。

回家后,有朋友打电话给我,当时是卢克接的电话。

"喂,你好,卢克。你爸爸从非洲回来了吗?"

"回来了。"卢克答道。

"他离开澳大利亚后有什么变化吗?"

卢克想了一会儿,说:"嗯,有点变化,皮肤比以前黑了。"

第二章

对我们一家而言，移居津巴布韦是一个不小的变动。在前往津巴布韦的途中，我在约翰内斯堡逗留了一段时间。其间，弟弟马文把我叫到一边，对我说："你怎么能把家人带到津巴布韦去呢？那里很不安全。你已经离开那个地方整整十年了。反正我是绝对不会把家搬到战区的。"

"我很想去津巴布韦。我觉得那里很安全。再说了，那里发生的事情，我有兴趣。"我略带挑衅地说道。

果不其然，听我这样一说，马文就不再作声了。

"能离开罗得西亚，我倒是很高兴。"妻子那边的一个亲戚对我说道。这个亲戚可不简单，她是他们家的一家之主。"能在这儿安定下来，对我来说，是一种解脱。因为至少在办理海关手续时，填的表格是用白色纸打印出来的。我不喜欢像以前那样，用政府用过的再生牛皮纸。"

"哦，不过，使用再生纸，很环保啊。老实说，我认为，搬到那里，对你来说，对津巴布韦来说，都是好事。"

我们开车经过林波波河贝特桥附近边防哨所的经历,说起来简直就是一个传奇故事。那里的工作人员向我推荐了一位比勒陀利亚的商人——那里好多人都盘算着如何做生意。所有的商人都戴着宽边高顶帽,打着靴带式领带,套着皮革马蹬,一副牛仔派头。办公室用的是酒吧风格的转门。

　　我告诉那些办公人员我要去津巴布韦工作,他们让我出示护照。他们看完护照后,又花了几个小时检查我的车。我本想在六点钟哨所关门之前离开,可是没赶上。后来我就一直往北开,想到南回归线的另一边去。不料这时车轴开始隆隆作响。我只好把车慢慢地开进波特希特斯勒斯外的一个修理站。原来是分速器出故障了。

　　在一家经济型旅店逗留了一天一夜后,我再次启程。可是,等我到贝特桥时,哨所又关闭了。我只好在路易特·里哈特村外的山上找了一家高档一点的酒店住下,第二天天一亮就走了。

　　我离开南非,渡过林波波河,最终抵达津巴布韦。"这个我来处理。"一位白人移民官见我拿出澳大利亚护照,对他的黑人下属说道。

　　"看样子你来这儿是要去津巴布韦广播公司工作。能出示一下证明吗?"

　　"我真的有聘书。"

　　"我想你得交一百八十美元。"他说。

　　"一百八十美元! 为什么?"

　　那个黑人部下听着这段对话,一言不发。不过,一看就知道,他也和我一样,对此感到难以理解。

　　"保证金而已。到了哈雷尔,你可以把钱要回去。"

　　"我身上没带那么多钱,我的车开到波特希特斯勒斯时坏了,修完车就剩六十美元了。"

"那我爱莫能助。"他如愿以偿似的说道。

"那我该怎么办？回约翰内斯堡吗？"

他耸了耸肩。

"好吧，不管怎么说，我也应该给津巴布韦广播公司打个电话，能借用您这里的电话吗？"

"我们这儿没公用电话，要打就用那个打。"他指着路边的一个公共电话亭说。

"用公用电话很难打通的。"我冷笑了一声。

"那恐怕我也帮不了你。"

去津巴布韦变得越来越麻烦，而我遇到的阻力竟然来自一些白人。自从国家独立后，他们似乎就不愿意让自己的白人同胞移民津巴布韦。

我往公用电话里投了几枚硬币。不过，对下周前抵达津巴布韦，我没抱太大希望。因为那天是周六，上班的员工肯定寥寥无几。

"早上好，这里是津巴布韦广播公司，有什么可以帮您的吗？"电话那头传来一个男性黑人的声音。

"哦，是这样的……我叫雷蒙德·斯宾塞，正打算到津巴布韦电视台任职，等……等一下……等这些车过去了再和您说……不好意思。我现在在贝特桥，不交保证金他们不让我入境。可我现在没钱交保证金……请等一下，又有车来了……"

"斯宾塞先生，让我们想想有什么办法。我去看看这会儿大楼里还有谁在。"

我已经没钱打电话了。我并不认为一个接线员能帮我解决问题。我坐在海关和移民局大楼的台阶上等了几个小时，之前那个一直在柜台后面的黑人下属走过来对我说："斯宾塞先生，您可以走了。"

"可以走了？什么意思？"

"津巴布韦广播公司刚才和我们通完电话后，就有人开车去机场替您交了保证金。您现在可以入关了。"

"哈，看来还是有人需要我的。"我终于可以行驶在我热爱的那片非洲土地了。我驾着车朝着马斯温戈（旧称维多利亚堡）开去。时值早春，穆萨萨树的叶子从疯狂的花岗石岩层中长了出来。橙黄或鲜红的草叶与灰色的岩石形成强烈反差。沿途还能看到一畦畦刚犁过的土地。农民们准备在第一场春雨来临之前在地里种上玉米。

我相信这里一定存在某种力量。不过，很显然，周遭的空气中弥漫着令人不安的气息。

星期六那天，我在大津巴布韦（过去叫津巴布韦遗址）附近的一家旅馆留宿。二十世纪中后期时，一些人传言修建这座"石头城"的是所罗门王，因为他们认为黑人不可能建造出如此气势雄伟的建筑。不过，人们现在认为这个建筑是马拿莫大巴王国的组成部分。

动身前往哈拉雷之前，我到大津巴布韦古城朝拜了一下。那天，我去得很早。在阳光的沐浴下，我看到了耀眼的"石头城"，还看到从城堡下的神殿中爬出来的狒狒。它们只有到了晚上才住进神殿，白天就待在树上，或爬到周围的山上，给逗留此处的人类腾地方。

于是，我欣然接受了"穆加贝之国"。在这个国家的边境地区，还碰到了一件意想不到的好事。来了之后，我居然碰到了曾经的好朋友安德里亚。她在战争中幸存了下来，可惜她父亲就没那么幸运了，他乘坐的飞机飞到维多利亚瀑布时，遭到了津巴布韦非洲人民联盟激进分子的袭击。

根本就没有其他人为此感到痛心。在这场残酷的战争中，她父亲只是其中一名无辜受害者。安德里亚家很有钱,她父亲生前是个金矿矿主。为了支持新政权,安德里亚创办了好几家公司。帕博里教育机构设在哈拉雷,是一所专门为黑人创办的小型培训学校。此外,她还在城外买了一个小农场,并把它移交给合作社,以期它能发展成为永续性(Permaculture)①产业。

一些白人骨干人士想对新当局表忠心。不过,一些早先移居这里的白人依然坚持选择私立学校,参加白人俱乐部。伊恩·史密斯在国会中获得一席之位,成为选民代表。不过,他拒绝与执政党握手言和,依旧喋喋不休地讲述自己那套迂腐陈旧的种族观。

伊恩·史密斯先生下令,将罗伯特·穆加贝关押在葛那加丁瓦的拘留营,一关好多年。穆加贝之所以被捕入狱,是因为他提出罗得西亚全体公民必须享有同等权利。

"哦,我有一套房子空着,等你家人都来了,你们可以搬进去住。"安德里亚对我说道,"你肯定会喜欢的,房前有两棵棕榈树,茅草屋顶,我当时一眼看上,就买了下来。"

安德里亚说的没错,我的确很喜欢那套房子。房子位于芒特普莱森特一个名为格鲁姆布里奇的奢华郊区。面积大概两英亩,带游泳池。

我喜欢在电视台的自助食堂吃午饭。在那里吃饭的除了我之外,几乎都是原住民。教育频道的亚裔节目负责人有时和我同桌吃

---

① Permaculture(译为"永续生活设计"或"朴门学")最早是由澳洲比尔·墨利森(Bill Mollison)和戴维·洪葛兰(David Holmgren)于一九七四年共同提出的一种生态设计方法。其主要精神所在就是发掘大自然的运作模式,再模仿其模式来设计庭园、生活,以寻求并建构人类和自然环境的平衡点,它可以是科学、农业,也可以是一种生活哲学和艺术。(译者注)

饭。他是非洲民族会议的南非代表之一。有段时间,南非军队入侵博茨瓦纳,暗杀了非洲民族会议的一些成员。他一度向我倾诉他对此事的担忧。

一天,齐甘姆巴夫人端着一盘牛肉炖菜坐到我身边。"你做了一件大好事。成立一个属于自己的影视剧工作坊,真的是一个不错的想法;更棒的是,这个工作坊还免费。"

齐甘姆巴夫人是公司总经理秘书。我第一次从悉尼格勒贝给津巴布韦广播公司打电话时就是她接的。她是公司里第一个和我说话的人。她对我在这里的福利待遇很感兴趣。与这位高层领导的这段对话也让我很开心。

"您最近过得怎么样,齐甘姆巴夫人?"

"很好,尤其我现在又有了它们,"她拎起一串车钥匙,"我昨天刚买的蓝鸟汽车,全新的。这是车钥匙。"

津巴布韦实行进口限制,很难买到新车。有些人听到了,都连忙走过来向她道喜。

然而,那是我最后一次见到她。一个星期后,她便在一场交通事故中不幸遇难。

影视剧工作坊在农场小屋开业的那天,来了七十个人。当时,只有科学部还能有我的"一席之地"。因此,我们只能在物理实验室的工作台之间表演各种话剧、排练动作。不过,这倒是给了我挑演员的好机会。

几个星期之后,我们根据流行情歌《索罗和穆泰①》写出了一部肥皂剧的初稿。

---

① 一对情侣的名字。(译者注)

史蒂芬·奇万伊斯是个非常精明的剧作家,他总是想方设法创作出不同的角色,让更多演员参与进来。他关注社会动态,了解国家大事。很快,我们创作了一个系列节目。该节目共四部分。公司的商业部安排我去和高露洁棕榄有限公司的本·祖鲁先生谈合同。很快,高露洁公司就和我们签约了,让我们拍一部十三集的连续剧。

一切来得太快。与此同时,一个住在林荫区的朋友把她的房子借给我供每周一次的研讨会使用。为了加快演员和编剧的培训进度,我采用"斯坦尼斯拉夫斯基体系"来指导实践。一位编剧还特意请了一批演员。"您不介意我们去隔壁排练我写的那部舞台剧吧?"昆比赖礼貌地问道,"等我们排练好了,演给您看。"

第二周我去看了昆比赖说的那部剧。剧名叫"巴巴姆尼·弗朗西斯",用修纳语演的。虽然听不懂演员们都说了些什么,但他们精湛的演技令我折服。我发现这是个藏龙卧虎之地。这部热闹而喧闹的喜剧令工作室里的人哄堂大笑。那时,我才意识到,自己虽然能将俄国与美国的戏剧技巧兼收并蓄,却无法将它们应用到这部喜剧中。

我的第二项工作任务是编排《巴巴姆尼·弗朗西斯》。"巴巴姆尼"的字面意思是"小爸"或"叔叔"。这部戏讲述的是一个男人与朋友妻子通奸的故事——男人对朋友、朋友妻女的欺骗及四人之间错综复杂的关系,简直荒唐至极。

"昆比赖,为什么非得让女主角在最后一幕中自杀呢?我还以为她才是这部戏的领衔主演呢!她真的很有魅力;很显然,大家都很同情她。我的意思是,没错,她是背叛了自己的丈夫,可这也不能全怪她呀,她丈夫简直就是个混蛋……"

"嗯,雷蒙德,你这个问题问得蛮有意思。上周末我们在工作室里为一位内阁高官做了专场表演,然后就出现了你刚才提出的那个问题。那位官员说了,不让我们改动这出戏的结局。你要知道,既然她不守妇道,就得付出代价。她除了自杀,别无选择。"

"真的吗?这么说,这是一部悲喜剧喽?"

"对,悲喜剧!"

"可是,让这么一位有魅力的主角去死,还是挺可惜的,这么演是不是有点太戏剧化了?"

我在摄影棚里负责这些迷你剧的镜头串接工作。切换镜头,尤其是切换特写镜头时,我往往只能凭直觉来判断持续的时长。

那时,我并没意识到我们在当地人中投下了一颗文化炸弹。第一集播出后,一位在当地颇有影响力的副部长投诉了我们。她告诉我们之前有哈拉雷妇女代表团拿着请愿书找过她。她们对剧中女性遭受的不公待遇表示不满。

"必须禁播这部片子,"一位来自格兰诺拉的读者乔尔在《先锋读者来信栏》中如是说,"我觉得这简直就是在鼓励卖淫。傻子都能看出《巴巴姆尼·弗朗西斯》拍得有多烂,简直是在亵渎我们的文化。"

来自卡多马的一位叫图葛瑞匹的观众也愤懑地说:"如果真像《巴巴姆尼·弗朗西斯》的编剧(一月二十五日)在《先锋读者来信栏》中所说的那样,要把此剧推荐给学校,那我就不让孩子上学了。到时候我宁可按照教学大纲自己教……"

不过,来自布雷赛德的利奥却认为这部剧不仅能让观众长见识,受启发,还能让他们开怀一笑。"有些人不喜欢这出戏,是因为他们自己就是喜欢拈花惹草、钻隙逾墙的好色之徒,这些坏蛋早晚会被人捉奸在床,送进监狱。"

"弗朗西斯这个形象非常贴近生活,"来自文因诺那的穆森布里说,"这部剧拍得真好,以现实主义手法反映了当下存在的一些社会问题。"

激烈的争论还在上演,而津巴布韦广播公司的领导们似乎很沉得住气。这出戏的收视率的确不低,可是,重要的是,这场激烈的公众争论居然能够获准不受干扰地继续进行下去。虽然绝大多数白人的下院成员都属于津巴布韦非洲国家联盟爱国阵线,推选追求公平公正,但对文化问题及道德问题会进行热烈的公开辩论。这未尝不是件好事。

那个时候,我每周二下午给自己放半天假,不过周日还是要工作的,因为当时正忙于写一个剧本。一个星期二下午,儿子宾一点十五分放学回家,和我一起吃午饭。他当时在格鲁姆布里奇小学读书,学校里的同学来自不同种族,其中大部分是黑人小孩。我很想知道他是否适应这样的校园生活。

"儿子,下午打算做什么呢?"我问道。

"哦,和班上几个男生约好了下午两点见。"

"噢,不错嘛!这么说,交到新朋友啦?"

"没有,我才不和他们交朋友呢!他们是我的敌人。"

"敌人?那为什么还要去见他们?"

"他们是一伙的,一会儿要和我打架。"

"他们想和你打架?你想和他们打吗?"

"想。不过我说了,他们必须一个个上,才和他们打。他们答应了。我们约好两点钟在街角那片草地上见。"

"哦,明白了。不会有什么事吧?"

"不会,没事的。不过,他们要是一起上,是不是对我有点不公平啊?"

"嗯,是的,当然不公平。"

做老爸的我当机立断,决定不插手此事。不过,眼睁睁地看着被吓得脸色有些发白的儿子毅然决然地奔赴"战场",对我来说可不是件容易的事。儿子现在做的事,当年我在乌姆塔利①高中时可没做过。我很想让他用他自己的独特方式正确处理这件事。

大约半个小时后,宾回来了。"呃……打起来了吗?"

"嗯。才和其中的两个人打完,就有个女的跑过来捣乱了。她撵我们走,让我们各回各家。"

我猜他所说的这个女人应该是个黑人女仆。因为白人妇女很少从那片草地经过。我发现宾和卢克谈论别人(大多是他们的朋友)时,从来不提这个人是黑人还是白人。所以,只有在听他们说这个人的名字时,我们才能猜出个大概。这两个孩子就像得了色盲症一般。我想这是因为他们受到了新文化的影响,虽然这种文化才出现不过两年。

"对了,"宾正要回房间写作业,对我说,"后来,我们决定做朋友了。"

一个月后的一个早晨,当时六点半,我们正在吃早饭。我发现餐桌前的宾穿着灰色衬衫和短裤,头发梳得整整齐齐。桌上还放着整理好的书包。

"宾,你知不知道现在才早上六点半?还有一个半小时才开始上课,你知道你现在在做什么吗?这个点,学校的大门可能还没开呢!"

"我知道,爸爸。我现在很喜欢上学,早点去也没关系,我去那儿和朋友会合,一边聊天一边等学校开门啊!"

他的这番话让我备感欣慰。我再也不用为留在津巴布韦寻找其

---

① 穆塔雷的旧称,津巴布韦城市,位于津巴布韦的东部边境。(译者注)

他理由了。

　　我们第一次去格鲁姆布里奇小学参加的那场师生见面会，令我记忆犹新。那是我第一次参加这种由公立学校举办的、不同种族的家长一起参与的活动。那种感觉真的很棒。家长会跟音乐会似的。看到卢克一个人在台上表演部落舞蹈，我惊喜万分。那些黑人不断地向他扔钱——这是他们表达赞赏之情的一贯做法。后来，卢克成了少年民族舞蹈团的一员。

　　从那以后，宾和卢克经常和他们的朋友在商场门口表演街头艺术。

第三章

"你知道《穆布雅·奈韩达》吗,那部舞台剧?"西德·提查汤加问道。

"津巴布韦民族舞蹈团表演的那出吗?"

"是的。"

"听说过,没看过。"我解释道。

"哦,我们想让你放下手头的活,把这出戏拍成电视剧,在独立日那天播出。"

"独立日是哪一天?"

西德·提查汤加走到日历前,翻到独立日那一页,用他那肥厚的食指指着日历上的日期说:"正好还有四个星期,四月十八日。"他转过身,想看看我做何反应。

我冷静地问道:"你知道那个舞蹈团最近在做什么吗?"

"不知道,我们觉得他们这会儿应该在农村表演节目。你找到他们就可以了。估计你需要个帮手,向你推荐一个人,他叫本杰明·奇韦希,刚来公司不久,前两年在加纳学习电影制作。你可得把这个工作做好，我们还想以这部电视剧为基础，成立一个津巴布韦电视台戏剧部呢！只要能拍成电视剧，怎么改编都行。至于语言方面的障碍，奇韦希会帮你搞定。要完成这样一个任务，四个星期的时间，还真是有点紧张。难为你了。"

津巴布韦民族舞蹈团的一位主演好像在有意回避我们，一个星期后才联系上。在这段时间里，我搜集了关于修纳历史上的一位传奇人物——穆布雅·奈韩达的各种信息。《穆布雅·奈韩达》这部舞台剧以一位萨满教徒为原型创作而成。十八世纪末，该教徒组织人民起来反抗，后来被新殖民地政府处以绞刑。

"穆布雅·奈韩达不仅率领游击队与敌军作战，还教战友如何提防敌人的攻击。她就是通过这种方式救了许多人的生命。"本杰明解释道。

"等等，我们现在说的是哪场战争？不会是刚打完的那场吧？"

"是啊，正是那场。"

"嗯？可是，如果她一百年前就被英国人绞死了，那她怎么给那些自由战士提出忠告呢？"

本杰明讥嘲地笑着说："重生了。她总是陪伴在战士的身边，保护他们。"

"哦，明白了……也就是说，她现在还活着？"

"听说还活着。"

"那好，咱们现在去找她。反正这几天舞蹈团也不在城里，咱们去探访穆布雅·奈韩达好了。"

"这可不是件容易的事，不过，如果您真想去找，咱们就试试吧。"

"从哪儿开始找呢？"我问道。

"穆布雅·奈韩达二十世纪住在马佐韦附近的一个小村庄里。"

对我来说，"马佐韦"只是一个橙汁品牌。"那里是橙子的原产地吗？"

听了我的话，本杰明一下子就笑了，露出一口白牙。"是的，不过我可不认为她那时是种橙子的。"

津巴布韦独立后，为了恢复过去的形象，许多地方都改了名字。比如马佐韦的"韦"字就是后来加上去的。虽然名字发生了细微变化，但它仍是津巴布韦的主要农贸区。

我们闯进了离马佐韦很远的一片公有地。在这片广袤的土地上，有连绵的小丘，有一部分林区，还有圆棚草屋、谷仓和玉米地。为了寻找奈韩达，我们走了一个又一个村子，那些村长让我们继续往前走，一直走到部落地区。午后低低的积云笼罩着这片土地，让人觉得祥和，却又显得无精打采。

"终于找到啦！奈韩达就在那边的小屋里。"本杰明欣喜若狂地对我说道，"她正在等我们呢！"

"等我们？什么意思？"我赶忙问道。

本杰明又露出他独有的笑容。他笑得越灿烂，给出的回答就越令人费解。

"雷，他们那种人有自己的独特方式，连我都不理解。"

"好吧，我们现在直接过去敲门吗？"

"不行！！！村长说了，我们必须先脱鞋，把首饰和腕表摘了，再把裤腿卷起来，因为我们必须从这里爬到她的小屋前。进屋后要拍手，然后喊她。"

于是，我们都一一照做了。本杰明做我的发言人兼翻译。进屋后，我看到了穆布雅·奈韩达，她正坐在椅子上，身边蹲坐着几个帮手和年长的人。我们和其他几个同行的人一并盘腿而坐。

随后，我拍了拍手，大声告诉她我们是津巴布韦广播公司派来拜访她的，以表示敬意。

显然，这话让她觉得很受用。她和本杰明说了一些话，不过没人翻译给我听。我们谈话期间，她身边的人一直面无表情地坐着。

在我们告辞之前，她预祝我们节目一炮走红。后来，我们就回哈雷尔了。

"谢谢你，本杰明，这真是太好了。"

他看了我一眼，眼里充满懊恼。"是啊，这一趟没白跑。可她生我的气了。她不喜欢我的红格子衬衫。接触任何与灵界有关的事物，都必须穿黑衣服。她说我应该向你学习。"

"向我学习？"

"是的，因为你穿的是黑衣服。"

"真的假的？我的裤子是蓝色的啊……我想你们可能会管这叫深蓝色，而且我的黑衬衫有些地方是白色的。"

"那些都不重要。重要的是，你给她留下了好印象。"

"好吧，真是没想到！"

整整两周后，我们才见到民族舞蹈团的人。在这两个星期里，我们一直忙着找场地。剩下的时间，一周用来拍摄，另一周用来剪辑。舞蹈演员回到哈雷尔后，就开始在台上排练这部戏。而我则想办法让这部戏更贴近现实生活。时间有限，只能粗略地拍摄——用平常的静态相机的广角镜头拍摄。

本杰明又眉眼带笑地来找我了。"麻烦来了。"

"怎么啦？"

"我刚才不小心听到那些年轻的女演员说她们要在第一集开拍前染发。"

"什么？开玩笑吧……你去告诉她们，谁要是染了头发，就别想上镜了。"

本杰明将信将疑地看着我。

过了一会，他回来了。"我觉得这回应该没事了，我和她们说西德·穆加贝会观看这部电视剧，他要是看见她们染了头发，肯定会勃然大怒……我觉得这下肯定没事了。"

另一个重要拍摄地是德姆巴沙瓦。那里怪石嶙峋，景色壮观。"演员们不想在那儿拍。他们说那个地方神圣不可触犯。"

"已经来不及换场地了，再说了，在那儿拍这部戏再合适不过。这时候再换场地的话，节目不可能按时上映。你就和她们说咱们这部电视剧就是为了祭拜祖先圣灵才拍的。"

这么说果然管用。节目一开场，查米努卡圣灵站在德姆巴沙瓦的一块巨石上，对穆布雅·奈韩达说："一群'棕色蝗虫'即将发起进攻。这些'蝗虫'是一群长着尖鼻子、长胡须而且没有膝盖的人。"

"敌人正拿着弯钩长矛向我们走来，"奈韩达对自己手下的人说道。不久后，先锋军穿过马塔贝莱人①的地区，侵入马绍纳人的领地。那些先锋军穿着不露膝的卡其色长裤。

马佐韦地区突然来了一个人，自称是被分派到那里的特派员。修纳人从他那里得知：这里今后要受一位千里之外的女王统治，他们必须定期给女王交棚屋税，不过可以通过服劳役抵税。后来，一位劳工被监工戕杀，义愤填膺的人们发动起义，擒获了特派员波拉德。奈韩达命令起义军释放波拉德，结果，她的一个手下却把他给杀了。

后来，穆布雅·奈韩达被捕入狱，并被沃特梅尔法官判处死刑。

———————————————

① 居住在非洲津巴布韦的祖鲁人。（译者注）

同她一起被绞死的还有一些男子，其中有一些还只是孩子。这一事件发生于一八九八年。在那个年代，有一种明信片上的图案就是一些正在接受绞刑的黑人受害者及一群在冷眼旁观的白人移居者。图案下面写着标题——"圣诞树"。

舞蹈演员们在单镜头电视摄像机前表现十分出色，几乎没出什么差错。我们按照公司要求按时播出了这部电视剧。《穆布雅·奈韩达》播出后，《先锋读者来信栏》刊出了一篇文章，对这部电视剧进行了严厉批判："如果雷蒙德·斯宾塞的创作目的是冒犯祖先圣灵，那么他算是达到目的了。"文章的作者要求公司辞退我。尽管如此，这部电视剧还是博得了大家的好评。我们还收到苏维埃电影节的邀请函。这个电影节一年举办两次，地点在塔什干人民会场。此外，我们的戏剧部也成立了，而且办得风生水起。

能够涉足津巴布韦影视业，我很高兴，整个剧组的人通力合作，配合起来很是默契。不过，为西方国家创作戏剧时，情况就不一样了。波修瓦芭蕾舞团来津巴布韦演出时，我和俄罗斯外交使团打过一次交道。他们很想让我为波修瓦芭蕾舞团量身定制一档节目。我答应了，因为这可以美化我的简历。于是，我便开始着手这个节目的前期制作。可是，前期制作接近尾声时，津巴布韦电视台的一位董事把我叫去，叫停了这个节目的制作。

整个津巴布韦似乎已经安定下来了，而且在我看来，好像正处于繁荣时期。"不得不承认，如今的津巴布韦各方面都比以前强大了，"我对本杰明说，"能看到这里这么和谐，真的是很高兴。"

本杰明看了看我，神秘兮兮地说道："这不是真正的和谐。"

"嗯？不是真正的和谐？什么意思？"

"还会有人流血牺牲。"他回答道。

"还会流血？谁会流血？"

"我只能说这些了。"

这个一直让我信赖有加的同事不肯再说下去，而我一直也想不通他为什么说一场流血事件即将来临。

第四章

我变得焦躁不安。我想要了解非洲的另一面。于是,我利用职务之便开始行动了。我让罗布森负责野生动物侦查节目的摄影和调音工作。罗布森是个年轻小伙子,做事踏实,精通多门技术,之前从事的工作大多与广告片和纪录片的制作有关。他既没有严格遵守部落传统,也没有积极参与反南罗得西亚总理伊恩·史密斯的战争。

我一直渴望能够走进非洲荒野。虽然它们总是遭到人类的破坏,但津巴布韦仍然留有大面积的荒野。去马图萨多纳国家公园的路途遥远,走公路从后面的小路过去更是如此。我们在奇诺伊宾馆住了一宿,随后便沿着一条坑坑注注的泥路朝西边的灌木林驶去。商业农场逐渐消失在眼际,就连村落也变得稀疏起来。

我盼望着能够尽早到达目的地,然后对自己说:“这里就是荒野。”终于,我们跨过一条大河来到了对岸。这里的植被愈加繁茂旺盛,令人心生畏惧,不敢对其进行劫掠。

“罗布森,树上的那些东西是做什么用的?”我问道。一路走来,我看到树上有许多类似茅草屋的东西,树下的地面上也有其他小屋。

罗布森得意地笑了笑,说:"村民的卧室啊,小的是粮仓。这地方有很多狮子出没,巴坦卡人必须睡树上。为了防止其他动物偷吃粮食,他们把粮仓也藏树上。再过去可都是蛮荒之地。"

我们艰难地赶了一天的路,终于到达位于卡里巴湖畔的马图萨多纳,那里有我们的主要营地。我们每人带了一个三角形帐篷,我帐篷的一边是敞开的。那个夜晚相当平静,只是最初几小时偶尔会出现几十双眼睛。那是兽群中一双双闪闪发光的眼睛,在月光下清晰可见,可能是缓缓经过的野兽的眼睛。我得知这些野兽对我毫无兴趣,便躺回去睡觉了。

次日清晨,我和罗布森来到国家公园总部拜访管理员。管理员是一个白人,他要先对护林人员做日常检查,于是我们就在一旁等候。护林员们个个捆着绑腿布,脚蹬军靴,穿卡其色短裤和汗衫,戴着军用毡帽。管理员检查得非常仔细,让人觉得他有些故意炫耀。

管理员显然是前罗得西亚的一名士兵,而这地方实际上就像一个罗得西亚的前哨。管理员的下属似乎很享受在不受党政官员管辖的范围内这样卖弄一下势力。管理员确定所有人如数到齐,所有东西各归各位后,便下达了当天的指令,然后向我走来。

"你以前在乌姆塔利男子中学上学?"

"是的。很久以前的事了。"我笑着说。

"那你一定知道布鲁斯·富勒。"

"是的,知道。同班同学,一起学习了一段时间。怎么了?"

"前不久他也来过这里,待了整整一星期。他现在是个有名的艺术家,连南非人都向他买画,可惜打仗时受了重伤,要在轮椅上度过余生了,不过他还是可以画画的。我们买了两幅他的画,你来我家,我拿给你看看。今晚过来喝一杯吧。"

"噢，谢谢，太好了。"

"今天我们要去野外追踪摄影，对你来说，这应该是一次不平凡的经历。有人偷猎大象。我们得到消息，他们在五十公里以外的地方偷猎。带上你的摄影师，我们大概十五分钟后出发。你可以搭我们的车。"

"哦，顺便介绍一下，这是罗布森。罗布森，这是约翰·亨德森。"

"你好，罗布森，你可以和护林员一起爬到车斗上，把你的东西也扔车后去。"

这就是我曾经逃离的国家。我觉得自己渐渐被约翰的世界图像诱骗。大多数罗得西亚白人认为，他们的世界观很全面，其他白人都得借鉴他们的。假意逢迎的游戏，我已经玩了很多年。即便现在，我还是能让约翰相信我是个唯命是从的人。

这是一段艰辛的旅程，约翰想尽快到达目的地。一个护林员拍了拍约翰的肩膀，指着左边一个地势较低的地方。

"是那儿吗？"

护林员使劲点了点头。约翰将车停在路边的灌木林里，然后转向我和罗布森说："听着……可能会很危险，一些偷猎者带有高性能步枪。他们才不管三七二十一呢，会第一时间开枪。不过，我们觉得他们只是当地人，不是专门从事偷猎的，并不是很厉害。我们只知道这个地区有一头大象受伤了。我们得去看看那头大象伤势如何，如果伤得很重，它可能会有攻击性。你们俩紧紧跟着我们，千万别跑到我们前头去。"

护林员给步枪装上子弹，递给约翰。他给自己也装了一把，还有一把留着备用。他们在胸前的口袋里装满子弹，整整齐齐地扣上纽扣。罗布森给相机装上新的录像带，并测试了相机的各种功能，确保电池有足够的电量。"如果不介意,帮我拿一下这条电池带好吗？留着备用。"他问我。

"没问题。"我把电池带绕在肩膀上。"我来拿水。"说着,我将一瓶军用纯净水挂在皮带上。

护林员拿出一个小烟灰袋,并将烟灰撒向空中。烟灰轻轻地飘落在地上。四周万籁俱寂,仿佛在静静地聆听我们。烈日炎炎,护林员的额头上冒出了汗珠。他又抖了抖烟灰袋。这次,一阵微风拂过,将烟灰都吹散了。约翰用右手向我们示意方向,他和护林员在前面领头,我和罗布森紧跟其后。我们顺风前进。

我们现在靠手势交流。我们一边蹑手蹑脚地走着,一边避开带刺灌木,以防被缠住,就这样走了近两小时。罗布森看上去已经筋疲力尽,我示意他把那沉重的相机递给我。他思考着向前走了几步,然后递了过来。

不久,约翰示意我们停下。"不能再这样盲目地走了。"他低语道,"咱们在这里停一会儿,在树荫下喝点东西。"

四周的灌木在草地上投下阴影,我们懒洋洋地坐在阴凉处,从水瓶里呷着水喝。"有时不能太相信得到的消息,"约翰说,"但我之前以为这次的消息是可靠的,通常都是这样,可惜这次要抱憾而归了。本来你们可以拍到一些偷猎大象的视频,向观众展示灌木林里目前所发生的情况。"

护林员正将少许水往脸上扑,突然他僵住了。他慢慢地拧上盖子,然后将瓶子放在地上,本能地拿起步枪,瞄向附近的一块空地。

"小公象。"约翰急切地低声说,同时悄悄地给步枪上膛。

约四十步以外，一只小象正朝这边的空地走来。他①走得很慢，显然很吃力。"看他的左腿。"约翰贴近我的耳朵悄声说。罗布森急忙打开摄像机。

一个金属套子紧紧地套住了小象左前脚的脚踝，小象的脚上有一道两英寸深的口子。即使是在四十步远的地方，我们仍能看见他那灰色皮肤下粉红的血肉。他还是没看见我们。

"我们得过去杀了他，他看起来很痛苦。"约翰低声地说。

他们准备好枪支，一起朝小象走去。突然，小象抬起头看见了我们，立即往后退缩，想要逃跑。发现无法逃脱后，他聚集身上所剩的最后一点力量向我们发起进攻，为他那幼小的生命做最后一搏。那一刻，我感到既恐惧又敬佩。他脚踝受了重伤，只是踉踉跄跄地走了几步。紧接着，传来三声枪响。小象猛地抬起前腿，突然重重地倒在地上。

"我们必须这么做，"约翰看到我一脸震惊的样子，对我说，"我们永远也帮不了他。"

护林员朝那头小象走去。他小心翼翼地用枪管戳了戳小象。"死了。"他说。

"他们根本就没想活捉这头小象。"约翰一针见血地指出。"看这里，"他解开深深地嵌在小象腿上的金属套，"你看，伤口已经有些愈合了，但小象一直在拉扯，想要从这'地面上的炼狱'里解脱出来。我估计这金属套套在他脚上已经一个星期或十天左右了，他一直戴着套子艰难地走着。"

---

① 原文在提及动物时大部分使用"he"和"she"，感情色彩浓烈，反映了作者对动物的尊重和喜爱。译文尽可能忠实于原作的这种做法。（译者注）

"荒唐的是,他们根本没想活捉他,"他又重复了一句,"他们为了给自己补充点肉食,故意设下金属套捕捉一些小雄鹿或中等体形的雄鹿。套住一头大象后,他们可能就躲在周围,等着大象自己倒下。这帮杂种!我们去抓住他们。"

罗布森仍拿着摄像机拍摄。"都拍到了吗?"我问。

他点了点头,然后拉近画面,为小象脚踝上那道又深又长的伤口和已被解开的金属套拍了几个特写镜头。

"快,咱们赶快动身。"约翰下达了命令。步枪已经装上了子弹。"他们应该没有走太远。我们待会儿再回到这里。"

这次领头的是护林员。我们看见他走上了某条小路。他很快停住了脚步,示意我们蹲下,保持安静。管理员蹑手蹑脚地朝着他的护林员走去。他们在草丛中缓缓地移动,在某个地方停了下来。在那儿,他们往下能看见一条小河。他俩压低声音,交流了一会儿,随后站起来,将步枪拿到臀部高度,瞄向前方。护林员用修纳语高声下达了一条指令。

只见河中间正站着一个赤身裸体的年轻黑人。他抬头看着我们,既惊讶又羞涩。我们下岸走向了他。护林员命令他上岸来。他双手交叉放在胸前,曲着膝盖,和我们一起站在河岸上。公园的这两个高级职员用方言侮辱性地质问这个年轻人,而他则用低沉而阴郁的声音回答。这个帅气的当地人尊严尽失,竟然没做出任何反抗。最后,他们允许这个年轻人弄干身体。他先用短裤擦干身体,然后再穿上。

"看这里!"约翰大喊了一声,手上拿着一个滴着蜂蜜的蜂巢。"他在偷野生蜂蜜。给,尝尝。"他边说边分给我们三个每人一大块蜂巢,"现在偷蜂蜜,以后他就会在这个国家公园偷猎。"

我觉得对着蜂巢吸蜂蜜怪别扭的。"偷蜂蜜违法吗?"

"当然,"约翰回答,"虽然有些人这样做只是为了谋生。"他含糊其辞地补充了一句。

当我们回到小象被杀的地方,约翰叫的另一辆公园越野车已经到达。他们还载了一些当地人过来,风风火火地开始宰割小象。

"哇,你们可真够抓紧的。"我评价道。

"我们习惯了。这些人手脚很麻利。凡是被这样害死的大象,我们就会和当地人一起把肉分着吃了。"

"那个偷蜂蜜的人会怎么样?"

"我们先问他有没有同伙,然后把他扔进公园总部的牢房关上几天。如果有人去哈拉雷,我们就会把他带去那儿起诉他。"

一个屠宰人员给管理员送来一个巨大的生殖器官。"嗯……这头小象才刚刚进入青春期,牙齿都还没长出一颗。可怜的家伙,我们通常都这样判断动物的年龄。"约翰说。

第二天早晨,约翰来我的帐中接我。他的一个朋友请我们吃午餐。乔汉·克里特开了一家打猎公司,公司就坐落在野生动物保护区的外面。显然,罗布森没有受到邀请。那天是周日,约翰随意地穿着短裤和 T 恤,T 恤上画着一头面带微笑的小象,小象下面写着"我爱罗得西亚"几个字。

一路开来,很少看到公园里有体型庞大的动物。这着实令我震惊。"他们肯定是被吓到了。"我心想。我心里非常困惑为什么会这样。这里是津巴布韦的荒僻之地,拥有广袤的荒野,早在这里被宣布成为国家公园之前,就应该人烟稀少了。

车向下开到河畔时,我们看见一群南非水牛正在吃草、饮水。我这才松了一口气。

"他的房子就在那儿。"约翰说着,用手指向小河与宽广的赞比西河的交汇处。

"我们把车停这里,然后坐船过去。"

克里特居住在水边的一条船上。他引着我们走进客厅。从客厅向外望,卡里巴湖的风景尽收眼底,显得很壮观,很美。我们被一片稀疏的树林包围着。树林里的树都已枯死,露出了湖面。为了实施宏大的水利供电计划,部分赞比西河已被拦截。伸出湖面的枯树林就是河水泛滥的杰作。远处,水牛仍在吃青草。大象一家子慢悠悠地从我们的船边经过。墙上挂着各式各样的鹿角,地上铺着一张豹皮。在这地方,或许海明威会感到很安逸很舒适吧。

"到处都能看见动物,真好,"我称赞说,"我说的是活着的动物。他们不怕被捕吗?"

"哦,不会,"克里特摇摇头说,"我从不允许有人在附近打猎。我喜欢他们轻松自在地生活着,因此他们经常会来看看我。"

显然,克里特先生是南非人,说话带点阿非利卡人的口音。"午饭前想喝点什么?葡萄酒?啤酒?或来点更烈的,怎么样?"

"谢啦,乔汉。老样子,卡斯特一瓶。"

"谢谢,我也喝啤酒。一瓶卡斯特就好。"

克里特从一个很大的冰柜里拿出几瓶啤酒。那冰柜里放满了东西。

"要酒杯吗?"

"好的,麻烦给我拿一个,谢谢。这个酒瓶又漂亮又冰凉,让我握一会儿。这是我离开哈拉雷后感到的第一丝凉意。"我双手握着表面挂满水珠的冰凉的啤酒瓶,然后把酒倒在长脚杯里,透过一层厚厚的泡沫,灌了一大口淡棕色的啤酒。

"你是电视节目制作人？津巴布韦广播公司的？"

"是的。"我说着，用手揩了揩嘴。

"你来这儿做什么？"

"取材，到这个山谷拍一个野生动物节目，拍视频。"

"我不介意参加狩猎节目。"

我耸了耸肩。"真的吗？你能给个大概的预算吗？"我问道。

"哦，可以，这个没问题。"

"找时间我们聊聊。如果有预算，公司一般都愿意洽谈。"我闪烁其词地说。

"好的，找时间我们谈谈。午餐时间到了。"他按响了一个小小的铜制桌铃。一个穿白色制服的服务生端来一个大浅盘，盘子上盖着圆顶状银盖子。约翰此时正坐在餐桌的首位上，那服务生把盘子放在他面前，小心地掀开了盖子。腾腾热气从两块烤透了的烤肉上升起，烤肉周围是薯片。

"你喜欢吃什么，雷蒙德？你可以试一下这个美丽的捻角羚肉，或是尝尝更美味的黑斑羚肉。"

"嗯……我不怎么习惯做这样的选择……"

"我来告诉你吧，两个都尝尝，然后告诉我你更喜欢哪一个。"说着，他从较大的烤捻角羚肉上切下肉片，"约翰，上面准假了吗？"

"哦，批了。今天谈妥了，两个星期的假。"

"挺好嘛，兄弟，这假期可不短。美国人……非洲五大兽，他们想每一种都至少要一头。我说他们打不到犀牛，他们就准备打狮子，或者豹子。我告诉他们不要对豹子抱有太大希望，但我们会尽力去捕。犀牛是没问题的，或许会捕到一头河马。够你忙的了。"

约翰转向我说："有时我会帮乔汉做点事。我通常会抽一点点时间帮帮他。"

"哦,不错。"我点了点头,尽量不表现出太大兴趣,"看得出你没有太多属于自己的时间。"

这时,约瑟夫,就是那个服务生,端上来调味汁瓶和几碗蔬菜。克里特说:"希望你会喜欢,这些蔬菜大部分是从菜园子里摘的,我有一个很不错的菜农。"

"我种菜就没一次很成功的。兽群四处走动,你的菜怎么就没被吃掉?"约翰问。

"只要让兽群学会主动远离菜园子就行了。他们学得很快。我们在园子边上围了一圈很高的篱笆。已经有狒狒侵入玉米地了,上星期我无奈之下开枪打死了一只,这只可大了,兄弟,门牙近十厘米长……杀了一只,大概有一个月不会有其他狒狒靠近了。"

在回营地的路上,我的脑海中一直浮现出一个场景。多么周密的安排:一家资源丰富的狩猎公司,拥有大量的国际客户;隔壁是一个兼职的专业猎人,这个猎人在津巴布韦最偏僻的地方经营一个庞大的国家公园。那家狩猎公司离保护区不远,就在河对岸守卫着所有战利品。"的确,周围的这些动物看起来是被吓坏了。"

回到营地后,罗布森拆开相机,想给它清理一番。

"相机怎么样了?"

"这地方对相机太不友好了。回去之后,我得拿去工厂进行一下专业清理。"

我从罗布森身上感到了一丝敌意,因此我等着他把心扉再敞开点儿。我们之间完全是中立的同事关系,友好但不亲密。实际上,我们私下里从来没有交流。我和其他一些同事的关系完全不是这样的,尤其是和我之前的同事。我和他们相处得更好。

"当我们离开这个地方的时候,我会很高兴的。"他继续说。

"哦,是吗?"

"今天早上管理员来接你,当时你有没有注意到他穿的 T 恤?现在,穿那种衣服是违法的。我不喜欢和这种人混在一起。"

"我当然注意到他的 T 恤了,罗布森。我觉得我的反应和你是一样的。但我们毕竟有工作要完成,我们也知道该如何去完成。在这个地方,我有一种不安的感觉,总觉得什么地方不对劲。动物都跑哪儿去了呢?我很想知道。"

"明天我们干什么?"

"明天去见津巴布韦总统穆加贝先生。他在附近召开一个会议,我们接到邀请了。应该很有趣。说不定可以把拍到的一些视频给新闻部呢……后天我们就回家。"

罗伯特·穆加贝和往常一样,身着一套别致的中式立领西装,衣领很短。

罗布森用录像机将整场演讲录了下来,我则四处走动,用我的宾得数码相机拍照。

穆加贝说话很讲效率,强劲有力,说着一口纯正的修纳语,巴坦卡人应该不怎么听得懂这种语言。他凭借刚劲的说话风格让人觉得他的身上蕴藏着相当大的力量,而不是靠劝诚和善意让人信服。他注意到我在不住地拍照,并且和罗布森有联系,但他城府很深,表现得泰然自若,对我的行为无动于衷。

会议结束后,党政人员、公园的工作人员、罗布森和我都受邀和总统共享午餐。午餐的主食是一只当地的水牛,应该炖了好几个钟头,一起端上来的还有一些蔬菜和米饭。我们亲切地交流片刻,然后就告辞了。

"我得给这次出行加上一些额外的费用。"次日,在离开马图萨多纳的路上,罗布森告诉我说。

　　"哦,是吗? 什么费用?"

　　"首先,我要买一双新鞋。走了这么多路,我这双鞋都走破了。"

　　"好吧,加上这笔费用。也许你运气好能报销掉。"我答道。与此同时,我心想:"希望渺茫! 我了解财务部,只能给他报一部分钱。"我意识到了他只不过是在表达内心由来已久的疏离感,一种他正在努力消除的疏离感。

第五章

录制上次那个野生动物视频时,我知晓了这片人迹罕至的土地不真实的一面。但我还想了解更多。我听说了这样一个地方——一个巨大的国家公园,里面有很多动物,而且你可以在不带向导不带枪的情况下,独自一人四处走动。这地方就坐落在巨大的赞比西河的河畔,名为马纳波尔斯。

我租了一架摄像机和一辆普通的越野车,雇了一个录音记者。这次出行的理由是搜集一些野生动物的素材,以及为一个六集的题为"鱼鹰"的纪录片做准备。鱼鹰作为一种图腾,也出现在津巴布韦国旗上。有个在国家公园部门任媒体主任的英国人也向我证实过这一点。此外,津巴布韦野生动物基金会直接和总统罗伯特·穆加贝商洽,确保这个节目能够得到三万津巴布韦元的资金支持。津巴布韦元在当时挺值钱。

我们动身了。我们寄宿在赞比西河岸边的一家旅馆里,旅馆分上下两层,相当豪华。"你们要小心点,"护林员提醒我们,"上周有个住客晚上忘记关前门,醒来时发现一头狮子正往楼上爬……"

我在努力学习拍摄野生动物的技巧，觉得真要掌握这门技巧还要花不少时间。一般来说，拍摄这种视频需要变焦镜头强大的相机和遥控快门。无论如何，我们还是在灌木丛中穿来穿去，拍了一些镜头。我们甚至还在一个临时搭建的掩蔽处躲了一段时间。

　　我正沿着一条蜿蜒的沙路往回开，突然，越野车的方向盘断了。我们大眼瞪小眼，不知所措。"怎么办？主营地那边有个汽车修理部，不过离这里七千米远呢，我们又没有电话联系他们。"我们一个个无奈地耸了耸肩膀。

　　"好吧！我决定了。我走路去那里。"我说。

　　"你可别！很危险。这地方到处都是野生动物。"

　　"这些动物对我们根本没兴趣。只要我们尊敬他们，他们就不会靠近我们……回头见。"

　　走在泥路上时，我问我自己："我究竟在干什么？难道我真的认为这些动物不会对自己怎么样吗？"在我右边约五十米处，一群南非水牛正在无忧无虑地吃草。在我左边约一百米处，一头小公牛正沿着泥路伸展的方向，迈着悠闲的步子从一群斑马的旁边经过。我心里倒是有点希望他们来袭击我，因为我侵入了他们的世界。如果真是那样，我在他们眼里只不过是一个毫无抵抗力的孱弱猎物。但事实并非如此，他们对我视而不见。

　　我松了一口气。我对这些野兽的态度发生了转变。我在他们身上看到了一种宽容，一种我从未真正知道的宽容。或许，我不用像以前那样坐在车里或透过铁栏杆观看野生动物了。

　　我平安无事地穿过了动物聚集的荒野。我和野生动物之间的屏障被打破了，我们不再彼此惧怕，这种感觉真不赖。

　　在主营地，我得到了一个护林员的帮助，他把我们的车拖回到他们的修理部,替我们修好了方向盘。几天后,我们带着一些素材回到了哈拉雷。

第六章

与此同时，住在郊区中部的宾也开始和野生动物搭上了关系。宾今年十二岁。正是在他的帮助下，我终于消除了对蛇的恐惧。一般人都怕蛇。

"看我抓到了什么，爸爸！"

"宾，小心点！从哪儿找来的？"

"没事！没毒，不会伤害你的。一条普通的家蛇。我在你的那本书上看到过。"

"你打算怎么处理？"

"我要留下它，把它养在我们那个旧鱼缸里。"

他不仅把这条蛇养了起来，还在我的一个爬行动物学家朋友的帮助下又抓了一条蛇。

"这是一条绿色的树蛇，"宾解释说，"她叫格里妮。她可以和布朗尼一起在鱼缸里待着。"

几星期后，我和宾正在小镇中行走，他拍了拍我的肩膀。那时正是周六上午，我一心想着要在中午之前到达农民合作社。

"看,爸爸。"他睁大了眼睛,边说边用手往衬衫里面指了指。

他停了下来,用手解开衬衫上方的半排纽扣,这样我就可以看到里面究竟有什么东西了。

"是格里妮。她在咬我的肚子。"他满怀好奇地看着她。他那条十五厘米长的宠物绿树蛇正在咬他。她是一条后毒牙蛇,虽然她的毒液不会毒死人,但足以让人感到不适。"没事,毒性不是很强,我不会死的。"

她张大嘴巴,几次想把毒牙插进宾的胃小弯里。第三次,她终于成功地咬破了胃小弯,然后把毒牙深深地插入其中。"我一直在想被毒蛇咬会是什么感觉。看,她在注射毒液。"

她并没有马上将毒牙拔出来。后来,她显然是释放了足够的毒液,在宾的身体的温暖下,满意地蜷缩了起来。

"你自己去合作社吧,爸爸。被毒蛇咬了以后,应该保持镇定。我在车里等你。"

"好吧。钥匙给你,"我说,"嘿,别紧张啊。"

午饭后,宾在床上躺了几个小时,想要消除那恶心反胃的感觉,而这种感觉正是他希望感受的。晚饭时刻,他好多了,起来吃了点东西。第二天,他便彻底恢复了。

不久之后,我看到一则出售猴子的广告。我把这个消息告诉了宾,我们马上开车朝北行驶一百公里买了这只小猴子,作为给宾的宠物。在回来的路上,宾给小猴子取了个名字叫"蒙蒂"。他们立刻喜欢上了对方。蒙蒂看到有汽车偶尔开近,就跳到宾的身上,双手搂着他,把脸埋在他的怀里。

记得有一个晚上,我走进宾的房间去关灯,看到他们一起睡在床上,蒙蒂的头靠在宾的肩膀上,两人紧紧搂着对方,睡得很沉。

第二天,宾想走出房间去上学,但蒙蒂坐在他的脚上,紧紧地抱着他的脚踝不放。最后,我们拿出了一点强硬措施,这才把蒙蒂从宾的脚上硬生生拽下来,让他放开了宾。

几周后,格兰达对动物毛发过敏,我们不得不给蒙蒂另外找了一户人家。

大概就在那时,卢克也有了一只宠物小白鼠。一个星期六的早晨,我正坐在一把大摇摇椅上放眼望着前方的草坪。卢克决定带着他的宠物小白鼠出来了。小白鼠试探性地在草叶间走着,卢克俯身观察他。我隐约感到屋前花园外面的电话线上停着一只伯劳鸟。

那只伯劳鸟俯冲下来,抓起小白鼠,然后飞回到电话线上。看到这一幕,我真是惊恐万分。卢克满脸悲伤,仿佛心都碎了。我清楚地知道小白鼠马上会被刺在某个倒钩或其他东西上。伯劳鸟都是这样处理猎物的。

这是一个长达四周的学校假期,在第一个周六,我和卢克带着所有配料,在花园深处靠近圆棚茅屋的地方准备早餐。这都是我们的习惯了,我们每周都会这样做一次。"看那儿。"我示意卢克朝位于桑树和一株巨大的剑麻之间的一块空地看去。

"哇,一定是刚来的。"两只非洲戴胜鸟正用长长的弯刀形鸟喙在草地上找小虫子。"看到这些野生动物走进我们的花园,真好。我真高兴。"卢克不由得感慨道。

"确实是。你知道吗?"

"知道什么?"

"我刚刚想到一个主意。我们为什么不去这世界上最荒芜的地方走走呢?"

"你是说这儿,津巴布韦?"

"就这儿,津巴布韦。我们只要沿着拉蒙冈迪路开车,一直往上游方向开,开到赞比西河,就好了。那儿到处都是野生动物,看了就叫人兴奋,没有栅栏什么的把我们和动物隔开。"

"没任何东西隔开! 那我们怎么睡觉?"

"大家都睡自己的帐篷里,动物只会四处走动。他们并不是真的对人类感兴趣。"

"狮子呢?"

"会有狮子出没,但他们有比人肉更美味的肉吃。我们会非常安全的。"

"我快饿死了。"宾过来看我们早餐烧得如何,之前他不愿和我们一起做早餐。

"嘿,宾,猜猜我们要去干什么。"

"能干什么呀,卢克?"他嘲讽地问了一句。

"我们要去赞比西河!"

"什么时候? 今天吗?"他一脸好奇地问。

"我们今天去吗,爸爸?"卢克疑惑地问我。

"为什么不? 你们需要多长时间准备?"

"已经准备好了,爸爸。快点儿,卢克,我们来比赛,看谁最先跑到房间收拾东西。"

"等等! 我们会在那边过夜,两个晚上,得带上换洗衣服。我们要睡在车上,得带上几个野营气垫。"

他们跑回屋。我们仨很快就上路了。我们在狮穴路边的食品小卖部买了新鲜的馅饼当午饭。再往北,宾看到了一些路牌,上面写着"小心大象"。

"大象真的会从这条路上穿过去吗?"

"我不确定。老实说，我从来没见过大象横穿这条大路。也许他们很聪明，不会走得离大路太近。"但我还是很高兴看到这路标。它表明大象在这儿是可以自由行走的。我们必须小心。一旦被惹怒，他们会变得非常危险。现在，我们已经身处荒野了。

那天下午，从奇龙杜边防哨所沿着河往下走，我们找到了一个看不见任何露营者的地方。太阳逐渐西沉，我们用地上的枯枝生火，然后在火上烘烤排骨和玉米。只有我们三人在这非正规的营地里露营，而且营地位于变幻无常的荒野中。"好，跟你们说几件事，听好了啊。你们也听说了，所有体型庞大的动物都在这儿，全部。但我得告诉你们，他们不会伤害你们，除非你们吓到了他们。"

"我们怎么会吓到他们呢？"卢克不解地问。

"很简单。如果我们惊扰了他们，他们就会害怕。所以我们要对他们敬而远之。这也是我们不走进浓密的灌木丛的原因。你们最不能做的一件事，也许就是莽撞地闯进浓密的灌木丛。可能会有大动物在那里的阴凉处休息，所以我们必须待在空旷的地方。呃，还有一件事，你们不能跑。如果你们跑，就会吓到他们。你们也不想吓到他们，对吧？如果碰巧有动物靠近你们，一定要保持镇定，站着别动。这是最安全的做法。"

"嘿，爸爸，那是什么！？"宾大声喊道，从火堆的另一边跳到了我这边来。

"什么什么呀？"

"在那儿。我刚看到两只眼睛，就在我之前待的地方旁边。"

我们直瞪着那个方向看。"不知道啊，没看见什么东西呀。"

"那儿真的有两只眼睛。我发誓。"

"是，我相信你。别慌。"

"嘿,爸爸,他们就在那儿!"卢克低声说道,用手指向我们的左方。

距离我们十步开外的地方的确有一双眼睛。"你知道那是什么,对不对?"

"那个呀,是土狼……如果再回头看你第一次手指的地方,宾,那儿呢……你可以看见另外一双眼睛。"

很快,其他眼睛都从周围的暗处显露了出来。

"我们安全吗,爸爸?"宾问我。

"安全,我们安全的。但我们得采取点预防措施。把所有骨头捡起来,我们得把它们密封在饼干盒里。他们只是想吃我们的烤肉。看这……其实他们胆子很小。"我站了起来,跨过火堆朝他们走了几步。那些眼睛迅速躲回黑暗当中,那速度和他们出现时一样快。"我觉得我们不会再看到更多的眼睛了。"

"我们再往火里加点木头吧。"宾建议。

"好的,可以再多加一点。但我们没法让火烧上一整晚。我们还是不要浪费太多木头了。"我们听到土狼的嚎叫声。真叫人毛骨悚然,他们正在附近偷偷走动。

"我想我们该睡觉了。"宾说。

"才八点呢。"我说。

"没关系,我累了。"他坚持说。

"好吧,我想我们可以早点睡。你想睡哪儿,宾?"

"我想睡前座。"

"好的。卢克,我们把后座翻下来,然后把气垫铺在上面。我们让尾门开着。"

"是猫头鹰吗?"我们躺下正准备睡觉时,卢克问道。

那是棕颊夜鹰连续不断的颤鸣声。我们躺下睡了大约二十分钟，突然卢克直挺挺地坐了起来。

"爸爸，那是什么？有东西朝我们走来。"他急切地低声说道，眼睛直盯着我们身后看。

"你确定吗？"

"确定。离我们越来越近了。"

我立刻拿出手电筒，从敞开的汽车后备厢向外照射，只见一头巨大的黑犀牛正朝我们走来，距离我们只有二十五步左右。我能做的只是把手电筒的光线直直地照在他的脸上，希望他会改变路线。他仍旧继续往前走。犀牛可是出了名的"暴脾气"。我知道他随时可能掀翻我们的车。在距离我们大约八步的地方，他哼了哼鼻子，重重地跺了跺地面，然后转变了路线，笨拙地走进周围的树丛里。

"干得好，卢克。你居然听出了他向我们走来，真棒！"我狠狠地夸奖了卢克一番，暗自松了一口气。这头黑犀牛如果心不在焉地顺着他惯常的路线慢悠悠地踱步行走，自然就会被绊倒，正好撞上我们。现在不用和这个有角的庞然大物做斗争，我自然是如释重负。但我尽量不让孩子们觉察到我如释重负的样子。

晨光驱散了昨晚的一切幻影。"嘿，我们今天去干什么？"宾急切地问道。

"首先，去看看昨晚有哪些动物拜访我们了，"我回答，"仔细观察一下周围的脚印。每种动物都有不同的脚印。"

"这是什么？犀牛吗？"宾边问边仔细地观察印在泥土里的形状。

"回答正确，这三个大脚趾是犀牛的。过来看这边，我们可以看到犀牛看见我们时大发脾气的地方。这就是他跺脚的地方，一些泥土都被拨开了。"

我们继续侦查。"这边这些是土狼的脚印吗?"卢克问。

"嗯,是的。很像狗的脚印。呃,至少有六只……宾,不要独自一人走太远了,靠我们近一点儿,等我们检查了这地方,你就可以随便走了。"

"看,这边还有一些土狼的脚印。"他在距我们约四十米的一块地上喊,那块地上沙子特别多。

"嗯,看起来像,是不是? 等等! 这些不是土狼的。土狼的脚印没这么大。你们知道这是谁的脚印,对吧? ……狮子的。"

"哦,太好了,我一直都想看狮子。"宾欢呼了起来。

"昨晚他不在这儿。看,这沙子这么松软,竟然没有被破坏。这些都是完好无损的脚印。狮子不会走太远。我觉得他就在这儿……可能一小时前……如果那样的话。"

"我想看狮子,"宾坚持着,循着狮子的足迹一路走去,"快点,我们去跟踪他。"说着,他便匆忙离开了。

"宾……宾! 别去! 别跟着狮子的脚印。你没看到……这些脚印是伸向那些树丛的吗? 那儿可能藏着狮子,太危险了,你们快过来。吃早饭!"

两个小男孩已经全身心地投入非洲荒野的冒险之旅了。与澳大利亚的灌木丛不同,在这儿,你还得小心你的身后。这里是体积庞大的动物群居的地方,慢慢地,你就会养成往后看看的习惯。正是早春时节,干季很快就要过去了。这时候,很多草都枯萎了,地面上来来回回的动物就更容易被发现了。分布在辽阔而平坦的赞比西河流域上的大大小小的池塘也都干涸了。赞比西河依旧汹涌澎湃,河水打着旋涡,这条河成了动物饮水及偶尔游泳的地方,特别是在黎明或黄昏时分。许多食草动物都会到河边的长廊林里寻找新芽。

"想不想见识一些有趣的东西？"沃利问。他是附近的一个露营者，从我们身旁漫步而过，正准备走下陡峭的河岸，到河边钓鱼。

"有趣的东西？怎么个有趣法？"我问。

"布瓦纳·马库布法刚刚过来了。朝那儿看，那就是他。"

在一百米开外的地方，我们看到了一头巨大的公象。

"那家伙要活动活动了。你们看着啊，看他怎么运动。他正朝那边那顶大帐篷走去。顺便说一下，他喜欢吃橘子，所以你们得把橘子锁在汽车行李舱里。他是本地的特色之一，就喜欢袭击帐篷。我刚才说了，他正朝那顶帐篷走去。现在，我们就等着瞧吧，看他会怎么做。"他面带微笑地对我们说。

突然有一对中年夫妇大叫着跑出帐篷，一路狂奔，躲进了树丛。那头大象紧追不舍，愤怒地吼叫着，耳朵张得很大。

那场面就和一些滑稽的 B 级影片一模一样。我们在一边狂笑不已。

布瓦纳·马库布法突然停了下来。他站在那儿，挥动着鼻子，朝那对拼命逃跑的夫妻吼叫。他似乎放弃追赶了。这头大象停止了恶作剧，漫无目的地走开了。

过了一会儿，那对夫妻蹑手蹑脚地回到了帐篷所在地，一身凌乱。

"我们不应该笑的……但实在忍不住，你能忍住吗？"沃利说，"那家伙有点儿讨厌，老喜欢欺负人。不过他也就是想吓唬吓唬他们。希望他将来别变得太坏。"

"可能他觉得无聊。"我说，"不管了，孩子们，我们野餐吧。那边有一个漂亮的池塘，还有阴凉的地方。我们过去吧。"

我们找了个幽静之地，在一棵腊肠树下安顿了下来，准备开始野餐。我们坐在毯子上，吃着水果蛋糕，从大大的塑料马克杯里倒马佐韦橙汁喝。有段时间，我们一直看着一只鞍嘴鹤在这片水域里找食物。一对水羚走了下来，在水塘另一边喝水。

"嘿，看，就在那边。有大象。"卢克边说边用手指了指。他们离我们有点远，看上去正安安静静地吃草。一切都相当平静。但我知道，每年这个时候，事情总是变幻莫测的。

我们继续野餐，很悠闲。我看着天空中的几片云朵不断地变换着形状。偶尔，我会扫视一下正在吃草的大象群。他们的身体和周围的赞比西河淤泥一样，是灰色的，使那个地方看起来很像他们的地盘。其中一只大象似乎脱离了群体，独自站着。他们离得太远，圆圆的小眼睛根本看不见我们。但这头大象看上去有点焦躁，他举着象鼻闻气味。微风拂过我的脖子，现在我们是面朝大象，那只独特的大象觉察到了我们的存在。我看见他离开象群，把注意力集中在我们身上。两个小男孩并没注意到，我也不愿意打破这份平静。我继续坐在那儿，盯着逐渐靠近我们的那个不怀好意的厚皮动物，希望他随时对我们失去兴趣。但是，他径直朝我们这边走来。离我们越近，他就走得越快。

"好了，我们走！"我大叫了一声。看起来，他是下定决心要入侵我们的领地了。

我们立刻扔下野餐物品，小跑着离开。但我意识到只有一个人和我一起跑。我往回一看。让我惊讶的是，宾依旧执拗地坐在毯子上，盘着腿，挺直着背，盯着大象，那大象再走十二步左右就要到他那儿了。

"宾！起来！快跑！"我的呼喊似乎动摇了他的决心。他跳了起来，跑向我们。同时，大象也改变了路线，跟在我们三人后面。宾追上来了,我们铆足了劲跑开了。但是,两个男孩岔进了左边的道路,径直朝汽车跑去。如果大象真的想,可以不费吹灰之力就压扁汽车。我只知道大象正朝汽车走去,其他的我真的难以确定。

我也转而跑向汽车,用力打开车门,喊道:"下车!快!别待在车里!"宾跳下车,我再一次跑开了。我听到车门"砰"的一声关上了。宾无意间把身后的门关上了。卢克被锁在里面了。在那令人心惊胆战的时刻,卢克被吓坏了。我冲了回去,再次把门打开,一把将前座上的卢克拉了出来。我们甚至来不及关车门。大象离我们大约只有四步的距离,近得甚至可以看见他的睫毛。我们三人朝着同一个方向拼命地跑,大象几乎快赶上我们了。我们只能做我们唯一能做的事——跑。我们跑啊跑,快速地跑。过了一会儿,身后不再传来跺地声。我们继续跑,跑到大象根本无法追到的地方,这才停了下来。

那头大象就是布瓦纳·马库布法。他悲切地望着我们的身影,然后走开了,一副上当受骗的样子。

"宾,你怎么坐那儿一动不动呢?"我问。

"不是你告诉我们见到野生动物不要跑的吗?"

"好吧,我的确这么说过,是不是? ……你要是继续坐那儿的话,应该没事。我只是不想冒这个险。有时你得打破规则。也许这次就是这样。谁知道呢?"

我们都得平静一下。宾向汽车走去,想在车上看几小时的书。

"爸爸,我可以去看河边的那个人钓鱼吗?"

那人是沃利的朋友。他正在陡峭而又满是沙子的河岸底部垂钓,他想钓点东西上来,为接下来的野餐烤肉做准备。

"好的,卢克。别跑远了……一定要戴好帽子。"

我四处逛了逛,取回被我们丢弃的野餐,然后尽量待在树荫下。

阳光直直地往下照,照在岸边遮阳篷之间的空隙上。

"嘿,沃利!"我喊道,他正向这边走来,想和他朋友一起钓鱼,"你猜怎么着。"

"怎么了?"

"我们刚刚遇见布瓦纳·马库布法了。他又兽性大发了,追得我们满地儿跑。"

"真的吗?现在在哪儿?"

"不知道他去哪了……哦,在那儿,在那边的营地漫步呢。看起来已经平静下来了。"

一些露营者在距离我们大约三十米远的地方搭好了帐篷,当时他们肯定是离开了一会儿。

"我才不信呢,"沃利警告说,"看!他要走进那顶帐篷,然后下河去喝水。"

"下河?"我顿时紧张了起来。

"是的,每天这时候,他通常都会下去。你看,他又去了……"

大象从帐篷里走了出来,然后向河边奔去。我竭力抑制内心的恐慌,跑去看卢克是否安全。他正和杰克一起坐在水边。据我估计,大象几秒钟后就会到岸边。他正朝岸上走。然后将肆无忌惮地下岸,接近毫不知情的卢克。卢克到时就危险了。

"卢克!"我高声喊,"到我这边来。快跑上岸来。"我夸张地打手势,叫他沿着斜线跑上岸,绕开大象的路线。大象这时正跟跟跄跄地往河岸走。

卢克向我跑过来了,完全搞不清状况。跑到岸顶,他回头看了看,只见布瓦纳·马库布法几乎走到了他刚才待的地方。

现在轮到杰克近距离对付大象了。他立刻摘下帽子,富有攻击性地在空中挥舞,使劲全身力气,大声喊:"汉布! 汉布!"布瓦纳·马库布法侧身后退了一步。他并没做出太大让步,而是抬起鼻子,塞进嘴巴里。面对杰克的鲁莽入侵,他表现得局促不安。为了发泄内心的恐惧,杰克摆出一副极富恐吓性的架势。在那短短几秒钟里,大象始终保持着谦卑的姿态,然后带着满脸的挫败感,往稍远处的下游撤退。

　　我们几次遭遇大象,感觉既危险又好玩。我和卢克试图把那些危险的部分和好玩的部分区分开来,回想到故事戏剧性的转折点时,我们都捧腹大笑了起来。我们平静地吃完午餐,然后在汽车附近的树荫下待了几个钟头。

第七章

现在，我十分渴望独自一人深入上次我们探险过的荒野。这次我想乘巴士去。周六早上八点左右，我带上旅行袋从麦拜尔出发；下午三四点，汽车到达奇龙杜的边防哨所。我仍旧去了上次那个位于河下游的非正规免费营地。这次，我还是没带任何装备。

那里的露营者全都带着帐篷和其他设备，有的还开汽车。这营地距离大马路比较远，我打算在营地边上安顿下来。我不想被人看见自己拎着小旅行袋独自走，因此我没选择走公路。我必须和其他人靠近一点，但又不想被他们发现。他们一定会认为我这人很古怪。

我穿过树丛，想和其他露营者挨得近一点。一切都很顺利。高高的草丛间已经被踩出了一条小路，我沿着小路漫步。突然，我脑中冒出了一个想法：这条小路是被犀牛这样的大动物踩得这么结实的。这条路显然是他们的通道。为了躲开人类，这恰恰是他们会选择走的道路。我的心怦怦直跳。我觉得，与其提心吊胆地躲开动物，倒不如必要时与其正面交锋，无论他们的数量有多少。这些非洲动物都聚集在附近。

我朝河岸边的一棵大树走去,想和其他露营者及动物保持安全的距离。太阳逐渐西沉。我查过一点攻略,知道只有睡树上才能确保自己足够安全。我穿上一些保暖的衣物,叠好袋子,以防打着前灯的汽车从附近公路上开过时发现它。

　　我吃了一些罐装金枪鱼和几片面包。太阳完全消失了,休息时间到了。大部分猿类都遵循这样的作息时间,人类也是。这一点众所周知。我爬上我的那棵大树。一些低矮的树枝真的很牢,而且舒适:虽然比较硬,但很舒服。我透过树枝,望着天上的点点繁星。许多动物都在用他们自己的信号无拘无束地交流。

　　是的,有狮子,有大象,有河马,数量很多。我知道自己十分安全,树上不会有土狼。土狼绝对不会爬树。

　　我觉得睡树上可以很好地避开土狼。我把头靠在树枝的分叉处,惬意地平躺在一根近乎水平的树枝上。正要睡觉,突然想起非洲东部的狮子爬树的故事。至少他们会想方设法跳上低矮的树枝。好吧!是时候再往上爬一大截了,这样一来,那些喜欢跳上低矮树枝的狮子就够不到我了。

　　我必须得确保自己的安全,于是往上爬到三分之二树高的地方。这样一来,要想找到一根牢固而水平的树枝就更难了,但我还是可以伸直双脚的。正当我准备睡觉时,我感觉自己差点儿要从树枝上滚了下去。我要高度集中注意力,才能保证躺在树枝上的自己不滚下去。上面的树枝不是很粗壮,但我觉得在那里不会遇到狮子。

　　嗯,身体平衡下来之后,睡意就慢慢袭来。这时我也顾不上恐惧,也不怕地心引力的作用了。那一夜,几乎没什么月光,周围一片漆黑,我尽量转移自己的注意力,以免滋生新的恐惧。在那里我很安全,一定不会碰到四条腿的大型哺乳动物。但万一有树蟒怎么办?

我告诉自己这是不可能的。绝对不可能。

我断断续续地睡着了几次，但立刻就会醒过来看看，以防自己从摇曳的树枝上滚下去。就这样过了几小时，直到深夜两点钟。比起从树上滚下去，我更怕自己落入狮口。我困得眼睛都睁不开了。

我终于向这棵树投降，从树上爬了下来，靠着树干美美地睡了一觉。几个钟头后，我被附近的脚步声惊醒了。

相当沉重的脚步声不停地传来。虽然我感到有很多动物在周围活动，但我完全不清楚都是些什么动物。我打开手电筒，发现在距我大约十米处，有一群南非水牛正在黑夜中行走。行进中，他们瞥见了手电筒的光亮，摆出一副很困惑的样子。我闭上眼继续睡。

清晨，阳光刚刚透进来，一切都很美好。我坐在水边的一根原木上，用液态奶冲了一碟燕麦。宽阔的河面上，雾气笼罩；太阳渐渐升起来，雾也渐渐散了。一群害羞的黑斑羚慢吞吞地到河边饮水，他们一直在观察周围的事物，聆听着周围的一切动静。

一群狒狒紧随其后。我看到他们从树梢上的窝里爬出来，他们晚上就睡那里，看起来比我精神多了。在往河边去的路上，他们在岩石和被伐倒的原木间翻找美味的食品。

我必须在上午十一点前赶到边境汽车站。吃完早饭，我便收拾好行李。在归途中，我发现一口大池塘，金合欢树的树枝垂在水面上，我打算在那儿喝上午茶。池塘的另一端有几头大象。我找了一个舒适的落脚点，喝着果汁，吃着燕麦曲奇。荒野上一片宁静，置身于这样一个祥和的氛围中，实在是太美妙了。又有几头大象走下水塘，从树上摘果子吃，然后大口大口地喝水。

这时我注意到另一边还有几头大象。他们离我越来越近。我的出现似乎丝毫没有影响到他们。看得出来，大象正渐渐地把我围了起来,我决定趁自己还有选择余地时及早撤退。我拉上袋子的拉链,悄悄地离开逐渐逼近的大象,希望不要在他们中引发恐慌。

我跨过巨型动物封锁线,加快脚步向大路走去,赶往汽车站。

"这就是你要带我去的真实的非洲,是吗?"我们将帐篷放进小汽车的后备厢,让·皮埃尔问我。

"当然是。这就是危机四伏的真实的非洲——偏远、荒凉、原始。"

"你觉得我们会看到很多动物吗?我想看到动物。我来这儿还没看见过动物呢。"

"在市中心你能看见什么?我带你去我最喜欢的一个地方。你可以看到很多动物,你会觉得自己好像在一个没有栅栏的动物园里。所有动物都在你的周围。"

"不会很危险,是吧?"

"当然很危险。如果你傻头傻脑,就更危险了。不会的啦!只要我们遵守荒野规则,一开始就不要去侵入他们的地盘,我们就会安然无事。"

让·皮埃尔是法国纪录片制作人兼演员。法国政府在实施一揽子援助项目,派他来津巴布韦电视台培训纪录片制作人。他在法国传统影视制作方面有很深的造诣,早在《朱尔与吉姆》这部电影中就已经有他的身影,他在这个影片中扮一个教师。

我开车穿过马路,把车停在陡坡的坡顶。下方有一条大河,河面上波光粼粼。裂谷两边是平地,绵延数里,消失在大河另一边的群山之间。我搜寻着生命的痕迹。中午时分,周围一片宁静,掩盖了更多古老生命形式的存在,我只看见猴面包树、棕榈树、可乐豆树和高茎草。

让·皮埃尔一言不发。

我们往下走,慢慢靠近动物群的深处。我全身上下充满了恐惧。这些动物让我觉得自己十分渺小。我想站那儿,冲他们微笑。

一群狒狒在路边闲荡,像是几个懒惰的修路工在路边休息。我们路过时,他们根本就不予理睬。

我驾车沿着一条两边长满非洲酸枝树的大道往前开,一头巨大的公象正从大道上横穿而过,我减速前进。这场景太美妙了,不容错过。我停下车,等他走进树林,然后下车拍照。正当我想按下快门,他转过身,抬起象牙,张开耳朵,向我展示他强大的力量。"咔嚓"。

"嘿,我想你是侵入他的领地了。"让·皮埃尔大喊。

"是不是太危险了?"在我跳上车并开车离开后,皮埃尔忧心忡忡地说道,"他当时可以攻击我们的。"

"他不会攻击我们的。你没看见他耳朵张得老大吗? 他只是做做假动作,佯攻而已。就是想吓唬吓唬我们。"

"好吧,他赢了。"让·皮埃尔说。

我们前往的那个地方位于赞比西河流域,对我来说有特殊意义。我开往右边的岔路,循着路标来到接待处。我们已经付了住宿费,住两晚。我慢悠悠地向办公室走去。办公室屋顶是用茅草覆盖的,墙是草绿色的。途中,我看见一棵桃花心木的树荫下铺着一块防水帆布,上面躺着一个人。

他仰卧着,左手抬起。我绕道从边上走过,发现那胳膊仅是一段鲜血淋淋的残肢,胳膊肘上方被咬断了。那男的三十多岁,面色惨白,正挂着点滴,挂点滴的架子想必也是匆匆忙忙搭起来的。

我赶紧向办公室走去,心里有点担心让·皮埃尔,再不回去他就该报警了。"外面的那个人怎么了?"我问桌子后面的护林员。

"我们正在等直升机,好把他送到卡里巴医院去。他的手臂被鳄鱼咬断了。"

"真的？究竟怎么回事？"我问。

"他当时正和一群英国人划着独木舟游玩。他们是开车来营地的,然后下了河。"

"游泳？开玩笑吧!"

"是的,导游告诉他们,在河岸附近游泳要速战速决。"

"哇,太疯狂了!"我感叹道。

"那男的没下水,是他儿子下水了。男孩被一只大鳄鱼叼走。鳄鱼咬住男孩的腰。这位父亲跳下水,想撬开鳄鱼的嘴。鳄鱼放开男孩,咬住那男的手臂,转了好几圈。"护林员一边描述这起鳄鱼伤害游客事件,一边打着手势,"鳄鱼把他的胳膊咬了下来。"

"鳄鱼怎么样了？"

"逃了。"

"咬着胳膊?"

"是的。"

"在哪个营地?"

"幕车尼。"

"这个时节周围有很多动物,"我说,为了我的客人考虑,我试图引开话题,"看到他们每年这个时候走下河来真好。"

"很多! 很多!"护林员回答道,把收据递给我,"要加点柴火吗?"

"呃,我们只住两个晚上。那边通常都有点柴火。看我们用的情况吧。谢谢。"

营地位于河上游八千米的地方。"哇,快看,一群斑马在那边吃草。真不敢相信我们可以这么近距离地看他们。"

让·皮埃尔非常恐慌。"我们要去的那个营地叫什么？"他问。

"幕车尼。"我回答。

"就是那人被鳄鱼咬的地方?"

"别怕,让·皮埃尔。没事的。我们又不会去河里游泳。其实,我们碰都不会去碰鳄鱼。如果碰了,即使鳄鱼没抓到你,血吸虫也会咬你的。我们只是看看,不去碰他们。"

"如果鳄鱼晚上还是饿,想吃我们,怎么办? 帐篷是挡不住的,对吧?"

"让·皮埃尔,这地区的鳄鱼根本没有这种习性。从来没听说过这儿发生过那样的事。欢迎来到真实的非洲。"

我们俩都笑了。"我觉得不会发生这样的事,我想我们也就在这里待两个晚上。"

"我保证这会是你永生难忘的两天。"

"除非我在这边待很久很久,待得我想忘也忘不了!"他开玩笑说。

车向右拐,沿一条小路到河边。岸顶露出蚁丘和赞比西河无花果树。仅有的文明标志物,是距离河岸大约十步远的一个混凝土浇筑的小型烤肉屋,还有一个用长长的大象草覆盖的小小的附属建筑物——大象草围着的是一个深深的茅坑。除此之外,其他一切事物完全向外界敞开。

我决定不把车停在我以前露营过的地方。因为那附近的一株灌木的树荫下正有两头水牛在休息。于是,我向右转动方向盘,把车停在右边距其五十米左右远的地方。

"先别把车上的东西拿下来,我们先到岸上走走。"

让·皮埃尔看见我们身后的水牛。"他们看上去就像周六下午戴着帽子在公园里休息的两个身材矮小的老妇人。"他指的是那两只犄角大大的领头水牛。水牛额头上的犄角给他们的头部增色不少。他们的脸其实很狭小,皱巴巴的。

我们继续沿河岸向前走。

"这是一条大河,"他说,"躺在那边岸上的是河马吗?"

"这条河的确很大。非洲第三大河,仅次于尼罗河和刚果河。"

"你的意思是说,那两条河比它还大?"

"是的。你看到的那边那个并不是河岸,只是河中间的一座岛。仔细看,你可以看到岛的另一边全是水。嗯,那些是水牛……呃,'老妇人'走开了。我们回去吧,得趁太阳落山前搭好帐篷。"

"见过这个吗?"让·皮埃尔惊恐地低声说。他站在营地的另一头,又是一脸恐慌的样子。我走过去看了看。

"嗯,肯定是一头很大很大的公象,不过我一点都不怕他。你看他们一直都在这附近转悠。"

"如果他像另外那头大象一样张大耳朵会怎么样?也许他会入侵我们的地盘。"

这头巨大的公象有着长长的象牙,坚守着空地中间的领地。他的出现让我们觉得自己真的好渺小。他似乎对我们有点儿兴趣,但也只是顺着微风闻闻我们的气味,耳朵微微扇动着。

"我可不想久留此地。"让·皮埃尔突然说,随后便消失在营地的后方。

过了一会儿,我也跟着他撤离了。他正在爬蚁丘顶部的那棵无花果树。我也毫不犹豫地跟着他上了树。我们站在一根粗壮而低矮的树枝上,傻傻地看着对方。

"我在想他会怎么看待我俩爬树,"让·皮埃尔陷入了深思,"也许他认为我们是两只巨大的甲虫。"

"也许他觉得我们是可以吃的。"我补充说。

大象似乎正朝我们这边走来。或许,他对我们的行为甚是不解。他看上去没有要撤退的意思。

"如果他真的想攻击我们,绝对可以轻轻松松地直立起来,然后用象牙勾住我们。"

我们二话不说,又接着向上爬了一大截。最终,大象对我们失去了兴趣,走进周围的树丛中,我们这才从惊恐中解脱了出来。

我们把帐篷搭在营地和陡峭的河岸之间。太阳渐渐地消失在赞比亚边境的山后面,火也渐渐灭了。我们一边小口小口地喝着艾米塔基红葡萄酒,一边观看河面颜色的变化。

"简直就像观看声光表演一样。"让·皮埃尔如是评价。几只鱼鹰在水的另一方尖声鸣叫,那是他们的信号。只见他们一个俯冲,回到了悬挂在河岸上方的鸟巢里。河马在远处发出轻柔的叫声。

我们的牛排在烤肉架上烤,嘶嘶作响,余火中还烤着马铃薯。

"什么东西在叫?"听到周围传来令人毛骨悚然的叫声,让·皮埃尔问我。

"土狼,他们已经做好了夜行准备。相传每到今晚这样的月圆之夜,我们就可以看到女巫骑着土狼飞过夜空。"

"这可是你说的。"他紧张地开玩笑说。

晚上九点钟左右,他突然跟我说:"我先去睡了。真是太累了。希望晚上不会有什么不速之客。"

"不速之客会找上门来的,"我说,"希望他们礼貌一点……我保证他们会很有礼貌的。"我急忙补充说。

树丛总是令我们不安。今夜满月,狮子出行更加谨慎。狮子做好捕猎准备时,通常会发出声音,但我没听到这声音。附近树林里传来土狼的阵阵叫声,他们听起来似乎很不安。

虽然周围的树叶闪烁不定,我还是不敢睡得离火堆太远。远处,大象一家子正从河中央那个长岛上缓缓地向岸边涉水过来。

夜幕似乎已经降临。狒狒不再啼叫。土狼好像已经悄悄走开了。是时候回到我们那顶双人小帐篷里睡觉了。让·皮埃尔已经睡着,我也很快入睡了。

醒来时,已是深夜,我想知道是什么把我从梦乡里拉了出来。让·皮埃尔还是睡得很香。我马上意识到,把我惊醒的是帐篷外枯叶在地上滚动时发出的噼啪声。

我不想吵醒那个法国人,于是小心翼翼地爬向帐篷口,把门帘拉向一边。只见十步开外的地方有两个巨大的灰色身影和一个矮小的身影。是大象一家三口!他们来到我们附近的一棵金合欢树下了。两头大象正专心致志地从高高的树枝上摘果子,小象慢悠悠地在他们身下走来走去,东瞅瞅,西望望。

我很害怕,倒不是怕那两头正从树上摘果子吃的大象,而是怕那只笨笨的小象可能会到我们的帐篷里来探索一番,对帐篷内的东西产生兴趣。若是两头大象跑过来查看小象,我们就会不知不觉地被卷到大象中间去了。一想到这,我就感到一阵恐慌。

如果可能,我想最好还是让皮埃尔继续睡觉,不让他知道所发生的这一切。大象一直在活动。十五分钟后,他们向岸边走去,下岸,往水边去了。最终,一切问题似乎自行解决了,我这才松了口气,钻回睡袋继续睡觉。大约二十分钟后,我正要睡着,突然传来吼叫声。凄厉的哀号声飘过山谷,这古老的世界仿佛瞬间屏住了呼吸。

让·皮埃尔猛地套着睡袋坐了起来。"什么东西!?"他追问道。

"呃,我想是下了水的大象。"大象继续尖声大叫,我们可以听见他们猛烈拍打水面的声音。

让·皮埃尔一下子跳出了睡袋,然后跑进夜色中。他跑到蚁丘顶,爬上一棵巨大的无花果树的低矮树枝。我也随即跟着爬了上去。我觉得我的肾上腺激素正在体内撒腿狂奔。

四周万籁俱寂,只有河水在月光下流动。陡坡边缘处,依稀可见一张折叠式躺椅,孤零零地摇来晃去,那陡坡向下延伸,一直到水边。即便是站在这样一个高度,我们也看不见水的边际。

随后,河岸上出现一个巨大的轮廓。"好像《巴黎圣母院》中奇丑无比的加西莫多。"让·皮埃尔低声说道。这个庞然大物正爬上河岸,向我们的帐篷走来。他先是露出额头,然后是肩膀,最后是整个身体。他的身体碰到了折叠式躺椅,躺椅微微后倾,然后又向前倒了回来,恢复原样。大象消失在河岸的后面,然后又出现在几步远的地方,调整路线朝我们那孤零零的躺椅走去。

我们就像观看歌剧一样看着这个情景,被最后一幕深深地吸引了。另一头成年大象缓慢地跟着同伴。他们随意地从帐篷的拉绳间踩踏而过。在穿过我们的营地的时候,他们并没毁坏任何东西。

"没看到小象。"我低声说。

让·皮埃尔转过身来。"被鳄鱼……鳄鱼抓走了。"

"是的。我猜是的。"

大象丝毫没有触碰我们的装备,继续悲伤地走回树丛。

"我确信这就是真实的非洲,"在回哈拉雷的路上,让·皮埃尔对我说,"我们感受到了小象被该死的鳄鱼抓走时大象的愤怒。"

"当他们小心翼翼穿过我们的营地时,我们还感受到了他们身上惊人的灵敏性。"我补充道。

"永生难忘。"让·皮埃尔自言自语地说。

第八章

　　我会在野生动物电视制作领域干出一番新的事业吗？这个过程必然是艰辛又漫长的。实际上，一开始我就碰到了一个棘手的问题。周一早上，我正在主持制片人例会，有人说，设备发生故障，没法录音了。

　　"找个工程师来修一下，这时候不能有半点差池。"我回答说。

　　"难啊，他们都很忙……"有人补充道。

　　"'他们都很忙'是什么意思？我们所有人都很忙，"我反驳道，"他们应该忙着解决我们的问题。"

　　"他们现在都有自己的客户，到办公室去找他们，还要排队等，一直等到他们处理好客户的事。"

　　"开什么玩笑！！你是说，在正常的工作时间，我们还得一直等，等他们干好私活？"

　　"是啊！"他们齐声回答。

　　那天晚些时候，我下楼去工程师办公室核实情况。你瞧！在我能和两名高级工程师中的其中一人说上话之前，我不得不排队和他们自己的客户一起等着。

我要任由这一事态发展下去吗？不，我必须向上级反映这个情况。在津巴布韦，黑人工程师少之又少。在我看来，人们对这一状况视而不见，就是为了保全这些家伙。

但我是十分看重职业精神的，我不确定自己能否容忍他们的这种工作状态，或者说，自己是不是愿意在这个方面开始被他们同化。

那天下午下班回家，我坐在铺着花毯的又大又深的老式摇摇椅上，透过防盗窗花栏杆看着外面的鸟池。一丛观赏性南美灌木倒映在水中。一种微微的麻木感占据了我的大脑和身体。但我仍然专心地看着，有两只鸽子落在鸟池边喝水。他们没有掉以轻心，而是机警地观察周围一切的动静，头不停地前后左右地转，然后跳进池子，扇动翅膀拍打水面。被完全溅湿后，鸽子停歇在灌木丛下被阳光照射到的草坪上。他们躺那儿，享受着阳光，像一对正在海滩上度假的夫妇。

我明白，我必须继续我的非洲之旅，但行程需要做出调整。

我坐上一部又小又挤的电梯来到一栋楼的第四层。这座楼房已经被来自旧殖民地政府的新长官接管，是津巴布韦教育部分部的所在地，看上去造价不高，谈不上有什么美感。

"有什么可以帮忙的吗，斯宾塞先生？"高中科学顾问修柯彬彬有礼地问道。

修柯讲话带着美国口音。他在这里没有任何同伴，就像我们许多人一样，他肯定是在那场战争期间离开了祖国。

"我想去津巴布韦最偏远的学校当老师。"

"知道了……"他说着盯了我一会儿，然后朝书桌后面的大型挂图走去。

"就这儿吧。"他指着津巴布韦最东北部的一个地方说,"我没去过。在那里,夏天很热,还没供电,也没有基础设施。我们很难派人去那里。"

"那里有什么野生动物吗?"我问。

"我想有很多。那儿位于赞比西河流域的中部。当然,也有很多蚊子和采采蝇。你教什么学科?"

"英语和地理。"

"你能说一口地道的英语,你这样的人去,他们自然求之不得。"

"嗯,其实我想教理科。也许,我可以教初中科学。"

"那倒没问题,学校现在只有两个年级,而马舒比潭那儿的高中只有一百二十名在校生。你为什么想去教理科而不是文科?"

"我只是觉得自己需要改变。我想教一门比较实际的、知识框架已知的学科。"

"我会给你一份《新科学》的课程表,没准你会觉得有意思。这是我们自己设计的,目的是最大限度地和这门学科产生联系。这可是一个非常富有创新精神的项目。对了,我强烈建议你先去一下马舒比潭,亲自去看看。有辆车可以去那儿,每周都有好几个班次,不过,我觉得你还是自己开车去吧。先开到罗玛冈迪路上,然后照地图走就行。祝你好运!"

在马佐埃河边经过几个急转弯后,路变直了,这条长长的道路跨越了津巴布韦的中部和北部。我和宾花了几天时间去"视察"马舒比潭。那地方很偏僻,但并不荒凉。还有休闲而又时尚的商业性农场:小小的村庄、起伏的群山、零星的林地,以及一些农作物。

"看到那个没?"我问宾。

"嗯。"

我把车停下来，然后倒车大约五十米。我们下了车，看到柏油路上卧着一条深黑色大死蛇。

"这是一条黑曼巴蛇。"宾说。

"嗯，我也这么认为。好像刚死不久。"

我们用两根树枝将它从路面挑到草丛里。这样，这条蛇的尊严被保全了，不用继续被车轮碾压。

沿着赞比西河陡坡向下，我们到了部落居住的地方。这是一个充满极端特征的地方，干燥而炎热。广阔凉爽的高原上布满白色的农场，偶尔能看到庄稼与成群的牲畜。而在下游，猴面包树等参天大树与非洲酸枝树一起在那片草地上生长。当然，科莱科莱部落的族人和各种野生动物也共享着这个宽阔而平坦的山谷。

马舒比潭在修纳语中更像是一个概念，而不是一个地名。我找到那所学校，但校长没能满足我的好奇心。因为，不巧他当时手头上还有一个任务——接待总部来的一个小代表团。显然，这是一件很难得但也令人焦虑的事。校长用怀疑的目光看了看我，双眼泛光，似乎想告诉我，要带我这个不速之客参观校园并讨论是否允许我加入教学团队，显然不在他当日的日程安排中。

我和宾四周随意转了转，就离开了。我们在曼亚米河畔吃了点午后点心，那是河水微微顺流而下时与木库维斯河交汇的地方。曼亚米河与木库维斯河各有各的特色，在哈拉雷附近交汇，显得更有活力；接着，它们与赞比西河在更下游的地方汇合，一同踏上前往印度洋的漫漫旅途。

曼亚米河与木库维斯河交汇前肯定还有相当长的一段。我站在那里，能清楚地看到两条河在同一河道里并排流淌。实际上，两条河之间有一条分界线，因为在我目光所及之处，它们有各自的流向和流速。

　　"好吧，计划有变。"我对宾说，他当时和我一起坐在河岸最高处。宾原本打算走到水边，还好我发现有一只大鳄鱼藏在灌木丛里，然后没入水中消失了。"走吧，我们去见见族长，这里肯定有族长。探险者通常都会这么做。他们每到一个新的地方，就会去拜访当地的领袖，以示敬意。这样做才合乎礼仪。我们要和这里传统的领地守护人打好交道。和那些现代的工作狂比，他们也许能给我们更多的时间。"

第九章

要找族长并不难。我开车进入最近的棚屋聚居区，用夹杂着修纳语的英语问路。当地人很乐意给我指路。我停下车，这里距离他们所说的族长家还有些距离。他的小屋和其他人的相比，并没什么不同。

我走到离我最近的小屋前，向一位中年男子打听我是否可以和族长谈一谈，他让我等一会儿。整个村子给人一种午后的慵懒感。任何风吹草动都会让鸡群发出刮擦一样的声音。小屋旁的地面刚刚被打扫过，所以村里没什么人或动物走动。一些年轻的小伙子突然出现在我们周围，好奇地打量着我们。

不久，一位老者走近我，自称是头人。"呃，我是雷蒙德·斯宾塞，这是我的儿子宾。我刚到马舒比潭，以后也许会在这儿教书，所以，我觉得应该拜访一下族长，表达我的敬意。"

"好的，族长很高兴见到您。"他和蔼地说，"请稍等一下，他很快会出来见您。"

原本坐在族长屋外垫子上的一群人连忙起身，四处散开了。一位妇女拿起一把用干树枝和树皮绑成的扫帚,开始清扫门口。有人立刻找来两把厨房里常见的椅子,小心地放在垫子上。

族长从屋里走了出来,后面跟着那位头人。族长是一个十分和蔼可亲的人,让我们觉得自己并非是不受欢迎的人。族长和我在椅子上坐下,接着他转向坐在垫子上的头人,问他为什么没有给宾准备椅子,这时我和悦地解释道:"没关系,他习惯坐地上。"幸运的是,宾没有反驳我,仍然盘腿坐那儿。

一番寒暄过后,我解释自己是澳大利亚人。族长和头人用方言讨论了起来,最后头人似乎说服了族长,让他相信世界上的确有这么个地方。

"这么说,你是从很远的地方漂洋过海到了这里,"他说,"你肯定想喝杯茶了吧。"我们都笑了,这时一位妇女已经备好了茶。她端着一个装着茶壶和茶杯的托盘,先将托盘放地上,然后跪在族长面前,拍着手向族长致敬。族长坐着回礼。在向族长行礼后,那位妇女走向我,又重复了一遍刚才的礼节。

"看这儿,"族长豪爽地说,"我是世上最富有的人。世上还有哪个地方能让你坐在自家院子里看大象在河边嬉戏呢?"

"没错,我绝对同意您的看法,这也是我来这里的原因。我想和你们一起欣赏这里的野生动物和树林,希望他们能一直都在这儿。"

"我们必须保护他们。"他说。

我问他这里有没有可以过夜的地方,他给我指了一块玉米休耕地让我停车。我们来之前做了一些露营准备工作,把床垫摊在我们的小掀背车里。

这时,一大群男孩聚拢过来,围观我们。

"爸爸,我可以和他们聊聊吗?"宾问我。

"当然可以。我要去附近的玉米田装东西,你不要太晚回来,很快就要吃晚饭了。"

我离开宾去了田里,然后找到了一个今晚停车过夜的绝佳地点。我坐回车内,沐浴在玉米田上空的阳光里,感受着大自然就在我周围带给我的满足感。

大约一小时后,宾回来了,后面跟着一群男孩。

"嘿,玩得怎么样?"

"还行。"他含含糊糊地回答我。

"哪来的糖果?"

"那些男孩给我的。"

"哦,真好。你交上朋友了,看来相处得还不错。"

"嗯……但是,爸爸……他们说如果我不继续和他们玩的话,就要揍我。"

"是吗?"我大声笑了起来,走向那群男孩,和他们客套了几句,"宾现在要吃晚饭了,你们明天再来和他玩吧,如果我们还在这里的话。"

我的话似乎让他们很高兴。他们边挥手边说:"再见,宾,明天见。"

在马舒比潭,受过良好教育的外国人和当地的传统农民如同流淌在同一河道内的双生河。不管形势多么不明朗,它们都在角逐主导地位。最后到底是谁同化了谁,这是以后才知道的事了。

第十章

我打算去马舒比潭,格兰达说过段时间她也会过去。可是,考虑到宾离开新郎桥小学会影响他的学习,我决定只带他的弟弟去陪我。

"嘿,我跟你说!"我一放下电话就对格兰达喊,"我们不必去麦拜尔公交站赶汽车了,我给公交公司打了电话,他们说我们可以在罗玛冈迪路的岔道口乘车。这样一来,就轻松多了,"我叹息道,"否则得在那儿等好几个钟头呢。"

"你怎么知道汽车什么时候到罗玛冈迪路? 什么时候都有吗?"格兰达问我。

"他们叫我十二点后打电话,问车子有没有开出来。汽车大约在一个小时后到达小镇的尽头,所以出发前我还可以先把午饭吃了。"

格兰达开着灰绿色小型掀背车,把我们载到罗玛冈迪路的一头,然后帮忙把行李卸下来,放到巴士等候区的人行道上。那辆开过来的车肯定就是了,车顶上高高地堆着行李,那都是属于人满为患的车里的乘客的。那辆车正朝津巴布韦北部的偏远荒野前进。

那个"咋呼者"是在巴士上娱乐大众的人。他动作夸张地接过我们的行李,递给司机,随后麻利地跳上车顶,接过司机递上的行李,捆在车顶。随后,在一阵踢踢踏踏声中,"咋呼者"突然翻了个筋斗,回到了地面。

八岁的卢克跟着我沿着过道走到车厢后部,两旁的黑人都好奇地看着我们。车子启动了,我透过溅有泥巴的后窗看见了格兰达和十岁的宾,格兰达站那儿,双手搭在宾的肩膀上。

我在车内冲格兰达和宾拼命地挥手,却发现他们并没注意到我,只是继续打量着车子。当车子挂到二挡加速前进时,他们的身影变得越来越小。宾举起手挥了起来,轻轻地,但仍看不到站在车内的我们。车子继续加速,我勉强还能看得见他们的身影,最后他们的形象和溅在后视窗上的泥土混一起,难以区分。

在学校的第一天,我很自由,只要制作时间表。也许这是一种荣誉,但也许是在世界上最不适合我的工作。我坐在外面的走廊上,卢克先是和我待一起,不过很快就被几个高年级女生带去玩某种篮球游戏了。校长从我身边走过,看到我呆呆地盯着一大张白纸。

"也许,你可以先画些线条,表示每周每天的时间段。"

我好奇地抬头看了看他,希望他继续说下去。"看这儿,"他边说边坐下来,拿起铅笔和尺子。不一会儿,他就画好了一个漂亮的框框。"还有,别忘了给你自己和其他人腾出周一上午的时间。你会发现大多数周末,你得回哈拉雷,而早上的汽车很晚才来。"

我有些惊讶地看着他。

"没事,这很正常,政府也知道我们需要时不时地派你们出去,这些都在预料之中。下周末你就可以回哈拉雷和家人聚聚,不要有负担。"

就在我继续乏味地为这所小小的学校创建工作时间表时,我发现在其他几间小屋旁站着一个穿黑衣服的人,站得距离我远远的。我有一种被人监视的感觉。那人头发齐肩,编着辫子,即使距离那么远我也能感觉到这个人长得很漂亮,有种双性人的感觉——离得那么远,很难判断性别。

这个奇怪的人向我走了过来,一个中年男子陪着那人,可能是当地某一部落的农民。

"下午好,可以和你一起待会儿吗?"中年男子问。

"当然可以,"我边说边站起来,并和他们俩握了握手,"请坐,我正在为学校做时间表。"

"你是新来的老师?"

我们很有礼貌地交谈着,我意识到他们在考察我。近距离来看,那个穿黑衣服的人似乎是位男士。

年轻的副校长朝我们走了过来。"哇,下午好。"他用修纳语问候他们,然后他们按照惯例互行隆重的问安礼。接着,副校长转向我,意味深长地对我说:"这位是我们当地的莫笃多罗,他是巫师,有着狮子一般的精神。你的面子不小啊。要知道,他以前从不过来看我们的。"

就在这时,校长回来了,他们互相问候。我发现校长对莫笃多罗十分尊敬,甚至可以说是谄媚。然后,校长转头对我说:"我把这份时间表拿走,你不介意吧?我来做,我做这个可能比较上手一点,我知道该怎么做。我只是觉得你可能会喜欢有自己动手的机会。"

"不,我一点也不介意,请随意。"我回答说。

莫笃多罗倾身靠近他的助手,用科莱科莱发音说了几句。然后,这位助手对我和副校长说:"你们愿意和我们一起喝杯啤酒吗?"

我看起来一点也不像个爱喝啤酒的人。副校长立刻回答道:"当然,能和您一起喝酒,荣幸之至。"

然后,副校长向我解释:"作为莫笃多罗,他们不允许在工作中获利,如果有人送他们礼物,他们必须转送给他人。拒绝莫笃多罗是违反礼数的。"

那位助手拿回一打狮牌啤酒。

"您能帮我向莫笃多罗问个问题吗?"我问副校长,"我很困惑,我到底在这里干什么,我只是想知道我为什么在这里。"

"你在这儿,是因为你得到了先祖神灵的指引。"这是我得到的回答。

"巫师说他想送你一个礼物,他擅长雕刻。你想要他为你刻个什么东西?"

"真的吗?你是说他是一个雕刻家?哦,要不给我雕一头犀牛吧?可以吗?"

巫师似乎一点不懂英语,他的助手用修纳语转达了我的请求。

"他说没问题。你要什么雕刻材料。石头还是木头?"

"哇,我觉得石头不错,如果可以的话。"

我开始觉得这一切都是失衡的。我拜访的这位,完全没有任何物质财富,却用啤酒招待我们。现在他还要给我做一个雕像!我看着这个年轻而英俊的男人,被他那非凡的纯洁和质朴吸引了。他似乎有一种连他自己都还未曾用过的能力。

"如何才能成为莫笃多罗?"我问。

"方法很多,"他回答,"长老们会制定一些测试,其中一件事情是去河边找个水半满的洞穴,参加测试的人必须进去后再出来,身上却一点也不湿。"

这时,巫师起身向马尼亚梅河上的那座桥走去,我们跟着他,继续边走边聊。我不明白为什么他突然决定离开。我们大约走了十五分钟,来到了汽车站,这时正有一辆巴士从拐弯处驶来。正常情况下,这辆巴士每隔几个小时来一次。

当我们站在外面唱着《天佑南非》①这首歌时,我看到战鹰的影子正从我们上方掠过。在马舒比潭,小学生和初中生的晨会合在一起开。在这儿,我们所站的位置是地球表面大裂缝的底部;不难预见,赞比西河流域将来会成为我们的家园。我在想,这次我是不是真的陷入裂缝中了,因为我在一群黑人初中生中看到了卢克,小小的身影,金色的头发和白皙的皮肤。我们是第一批来马舒比潭甚至还想在这儿居住的白人。

那天我的第一堂课是教初一的学生英语,新学期才过去一个星期,我还没能够记全他们的名字,只能努力记忆一些名字的发音。我叫到池蒲时,没人回应。"池蒲来了吗?"我看着点名册问道。

"在路上。"前排一个女孩回答。

"嗯,'在路上'这可不是个好答案,"我说,"她为什么迟到?"

"她很快就到。"另一个学生说。

"听我说,她知道我们现在要上英语课,而且她也自愿为今天的课做了准备,所以我不明白为什么她不在这儿。"

同学们无助地看着我,最后坐教室最后面的一个男生举起手,说:"老师,她家离学校很远。"

"她为什么不早点从家里出发来上学呢? 我也住得很远,得跨过

---

① 《天佑南非》是由一名卫理宗的学校老师亚诺赫·桑汤加在 1897 年创作的。它最初被作为一首教堂赞美诗来唱,但是之后成为反对种族隔离政府的政治挑战的行动。(译者注)

马尼亚梅河才能到学校,但我没有迟到,不是吗?"

我的话让学生笑了起来。

后座的那个男生又举起手:"老师,她确实很早就出发来学校了。"

我激动地在他们面前踱着步子。"早?多早?几点从家里出来?"

"两点钟就出发了,老师。"

我的脚步顿了顿。"两点!你是说半夜两点?"

"是啊,老师!"同学们齐声回答。

"天呐!好吧……我们开始上英语课吧。现在这个教室有人在用,我们得到外面去。走,我们到那棵大无花果树下去。"

同学们在树荫下围坐成一个圈,我正要开始上课,池蒲从灌木丛中的小径走出来,偷偷加入我们的圈子。

"你还好吗,池蒲?"我问她。

她点点头。

"好的,我们今天要模仿灌木丛中的动物,上节课我让你们思考过了。我想要你们去圈中央表演,然后大家一起猜是什么动物。其他同学在表演时大家不要说出是什么动物,等他表演完再说。谁要第一个表演?"

班里的每个同学都举起了手。

"好的,池蒲,如果你准备好了,开始表演吧。"

池蒲走到圈中央,趴在地上,慢慢地匍匐前进。她停了一下,好像躲在草丛后面,然后又悄悄前进。接着,她停下来,盘起身体,将所有注意力都集中在周围的猎物上。

就在那时,她的模仿戛然而止,她站了起来,等同学们猜。

"谢谢池蒲。同学们看到什么动物了呢？"

大多数同学都举起了手。"狮子。"一个女生回答。

"是这个答案吗？是狮子吗？"我问同学们。

"不是。"他们大喊了起来。

"那是什么呢？"

"豹子。"另一个同学回答。

我看了看池蒲，她点了点头，表示同意，高高兴兴地回到原来的位子上。

我们在马舒比潭的第三个周末快要到了，我决定这一次留下来过周末，不回哈拉雷。是时候在当地探索一番了。肯尼安巴离这儿只有几个小时的车程，它是一个小村落，坐落在津巴布韦东北部的一条大河边上，这条河下游的不远处就是莫桑比克，河的对岸是赞比亚。

周六早上，我和卢克乘巴士，踏上前往肯尼安巴的路。我去了当地警察局总部。警察局长给我提供了他自己家的一个卧室让我过夜，他和他妻子让我们有一种宾至如归的感觉。当天下午，我和卢克与局长的几个朋友一起钓了几个小时的鱼，他们给我们准备了自制的鱼竿等渔具。卢克非常擅长钓可食用鱼。

"你们会把特别小的鱼放生吗？"我问。

"不会，我们什么都吃。"他们回答。

他们向我展示了如何把鱼从鱼钩上拿下来而不被鱼咬到。如果鱼还在钩子上，他们就捏碎鱼的嘴巴，然后手忙脚乱地把钩子从鱼嘴里取出来。我钓到了为数不多的几条鱼，我从它们嘴里取出鱼钩，但没有捏碎它们的嘴巴。我小心翼翼地把手指从极具危险性的鱼嘴中取出来。其他几位垂钓者看了看我，一言不发。

我趁机沿着河往上游散步,穿梭在岸边的长廊林里,那里都是棕榈树、桃花心木和金合欢树。我坐了下来,试图无视心中的愚蠢感,但又有那么一种冲动,就想那么简简单单地坐着。我想到了宾,想着他会多么喜欢这里。但他和卢克相差两岁,这就决定了中途停课对他来说并非是明智之举。

"河的上游是哪里?"我回到那群垂钓者中,问道。

"尊博。"他们告诉我。

"呃,尊博,那可是一个古老的小镇。"我说。尊博是十九世纪葡萄牙的一个殖民地,一些老探险家和传教士都提起过它。"我很想去那儿看看,有办法去那里吗?"

"当然有,可以乘独木舟过去,赞比亚人有时会过来,让他们带你去。"

"不过,你一定要小心,"另一人补充说,"有时候等你到了河中央,他们会敲竹杠,问你要更多的钱。"

"如果不给呢,会怎样?"

"他们会把你推到河里,你就得游泳了,但河里有很多鳄鱼。"我很想知道他们对我做这些的场面会是怎样的,但还是决定暂时不去尊博。

回到警察局总部,已经有两个游客在那里了,他们带着一个用绳子绑着的大乌龟。"你们打算拿他做什么?"我问。

"吃啊,很好吃的。"

"呃……"我凑近观察这一生物,他被牢牢地束缚在自己的龟壳里,我的身体抖了一下。"他应该有些年头了吧。"我说。

"噢,是的,年纪一大把了,也许有一百多岁。"

我和卢克受到邀请,和警察局长及其年轻的妻子共进晚餐,这位局长给我的印象是很有雄心,工作很出色:在新秩序下,他很注意当地人的需求。在餐桌上,我们谈了很多,他的妻子也时不时加入我们的谈话。他们都很照顾卢克。我们吃了很多钓来的鱼,这些鱼富含油脂,美味极了。

这是一个炎热而潮湿的二月之夜,晚餐后我们回到卧室,准备度过漫漫长夜。灯光暗淡,照亮着绿色的公共服务墙。天花板上垂下一顶绿色蚊帐。这个蚊帐还真是不能缺少的,因为蚊子会从窗外黑压压地飞进来。

我们将两张床并到一起,然后将唯一的蚊帐放下来,这才发现蚊帐破了几个大洞。没办法,我们只能关上窗户睡觉,把那些蚊子挡在外面。但关了窗,屋里很热,热得让人难以忍受。我又开了灯,尽可能消灭更多蚊子。打蚊子真是容易极了,因为蚊子太多太多,我可以在墙上轻易地找到它们,随手一拍,也许就能拍死半打。接着,我打开窗户,两个人钻进床,想要在感受到蚊子带来的不适之前尽快入睡。那一夜,我们睡了醒,醒了又睡,其间展开了好几次灭蚊行动。

十二天后,那是一个周四,下午一点四十分,我坐在前面的走廊上,想着会不会有学生过来。这是今年午后俱乐部和社团开始活动的第一天。副校长告诉我,他计划办一个排球俱乐部,显然这个计划很受欢迎。有一位新来的老师将开办一个足球俱乐部,还有一位年轻女教师将开设一个特别的修纳人社团。整个学校总共只有一百二十名学生,因此我认为到我这里来的学生不会很多,因为我想组织一个保护协会,仔细想想,在这么一个偏僻的地方办这么一个协会,真是挺奇怪的呢。

最糟糕的结果将是,我下午要磨洋工了。到了下星期,我也许就只能帮别人上上排球课了。

我的房子建在一个斜坡上,在那儿可以俯瞰马尼亚梅河。在远处,我可以看到一座长桥横跨河面,有几个人在桥上走,后面跟着一小群人,看得我很好奇。我想知道他们在这时候会去哪里,也许是去商店吧。当我再次看他们,这一行人都在朝同一方向走,我想他们肯定是从学校住宅区来的。桥上一大群人正在过河。

等到他们开始上山,我才恍然大悟,原来他们都是马舒比潭保护俱乐部的新成员。当然,我的前廊是站不下那么多人的,于是我立马收拾东西,搬到前花园的大树下。

七十个学生坐在大树底下,第一个项目是卢克表演耍蛇,格里尼被拿了出来。显然,学生们觉得这十分新奇。看一个金发小男孩抓着一条蛇滔滔不绝地说,同学们似乎觉得很有趣。虽然马舒比潭有很多蛇,但耍蛇可不是他们日常生活的一部分。除了危险不说,还有很多民间传说阻止他们那么做。但这并不妨碍他们欣赏卢克操纵这种常见的蛇。

接着,我让他们学习辨认一些当地土生土长的树木,我告诉他们我计划和一个大学项目联系,寻找这片地区的恐龙遗骸。我们还讨论在接下来几个星期去找化石林,据说这个地方有。

学生离开后,我去走廊里休息。我坐在那儿,看着一群幼小的长尾黑颚猴在前面的台阶和走廊的栏杆上玩耍。

"我知道这是什么。"我自言自语。我一动不动地坐着,消化这个可怕的事实。"我很清楚这是什么。"一种糟糕透顶的疲劳感侵袭了我,我突然觉得有些冷。"是疟疾!"

社区诊所应该还没关门,我清楚早期治疗的重要性。于是,我沿着峭壁,穿越密林中的狭窄小径走捷径去了村诊所。

"是的,的确是疟疾。你现在马上吃药,每隔三小时服一次药,明天就会好点的。"

我发了一夜的汗,第二天起床后病情仍未好转,于是向学校请了一天假。下午我又去了诊所。"我恐怕一点都没好起来,我有点担心。"

"嗯,可是,药也用了,应该有所好转的。"护理员纳闷地说。

"也许,我应该去哈拉雷市接受治疗。"

"嗯,好主意。他们会有其他的药。"

"怎么去呢,我的车不在这里。"

"嗯……有公交车去哈拉雷,今晚十点会到小卖部那儿。"

"噢,天哪!这段旅程肯定会很辛苦……也没其他办法,只能这么办了。"

回到家后,我躺在床上,不知道能怎么做。我似乎根本就没力气连夜赶回哈拉雷。就算我身体最好的时候,这也是一趟艰苦卓绝的行程。

八点左右,我仍未做出决定。我知道有一种顽固性疟疾可能会致命,这里的人都管它叫"亚洲式"疟疾。

"卢克,我想我们必须赶汽车回哈拉雷。车十点钟离开那个小卖部,我们要确保十点前到那里。也就是说,我们要离开马舒比潭,你最好打包一下行李,也许你还要帮我收拾行李。"

卢克开始收拾行李。"卢克,还有一个问题,我想大门已经落锁了,你去看看守门人在不在。"在解放战争时期,一些边远定居点被罗得西亚政府用栅栏围了起来。这些栅栏都是用铁丝网做的高栅栏。出于某些原因,这种过时的东西被保留了下来。我不知道这个时代它们还在防什么人。

"带上手电筒,"我们听到有头狮子在某个地方吼叫,"我想没问题的。他不可能在栅栏内，听起来离我们还很远。"

他拿着手电筒匆忙地走了。几秒钟后，他回来了。"爸爸！"

"怎么了？"

"以后我们能把这件事告诉别人吗？这是一次冒险，对吧？"

"当然，卢克。这确实是一次冒险，以后我们一定要向别人好好说说这件事。"

卢克高高兴兴地去了，消失在夜色中。守门人不在，于是我们出发去看看能不能爬过那高高的带刺的铁丝网大门。"别动！"我边说边把卢克拽了回来。在手电筒的光照下，我看到有一条蛇在路上滑行。另外，我又用光线照了照周边的灌木丛。在不远处较低的树枝上，有一双大大的红眼睛正盯着我们。"看起来像是狞猫，我们别和他纠缠。"我对卢克说。

我们互相帮助，慢慢向上爬，终于成功爬过大门。我们在黑暗泥泞的道路中走了半个小时才到那个小卖部，离十点还有二十多分钟。

月光下，几个人一动不动地坐着，身边是各种各样的行李——一袋袋玉米粉、南瓜及私人物品。我和卢克坐在走廊边上，融入了这一乡村画面中，耐心地等待命运给我们安排驶往城市的汽车。

我觉得好难受。十点过去了，但什么都没发生。我环顾四周，看有没有人开始焦急，但每个人都很平静。十一点过去了，十二点过去了，人群里依然没有骚动的迹象。只是老天爷下起了大雨，我们不得不往走廊更深处挪。

我们蜷缩着，把一些行李当枕头，打了一晚上的盹。大约六点钟，天亮了，阳光穿过大树照下来，在地上留下一排树影。我想我听到远处传来了电吉他声。

"到底是什么啊？"我问我边上的人。他们已经开始起身，检查自己随身带的行李。

"汽车来了。"有人回答。

"噢,那可怕的噪音是什么?"

"汽车司机咯,他在车上装了个大喇叭,总是放他自己的音乐。"那个人幽怨地向我解释。

我呻吟了一声,担心是否还有其他什么不对劲的事。要在那个拥挤而又颠簸、还放着可怕的电吉他乐的公车上待上八个小时,真是个不小的挑战。当时,疟原虫继续在我的血液里繁殖,钻进我的器官里。

第十一章

我和卢克回到了新郎桥。不巧的是,周末医生休假。星期天,我躺在床上努力使自己保持清醒。在打瞌睡的瞬间,我陷入了重重幻觉,幻觉里我被巨大的树叶切成碎片。在这一过程中,不知怎么地,我又使自己清醒了过来。

第二天一大早,格兰达就带上我,冲到家庭医生那儿。我的医生是一位年轻貌美的本地白人。她听我描述了病症,没做任何检查,说:"嗯,我想我必须把你的事告诉我的老教授,他是大学医学院院长,是津巴布韦对疟疾最有研究的人。你到接待区等一会儿,我给他打个电话。你会喜欢他的,他很平易近人。"

医生走向我时,我的思绪还沉浸在我眼前的热带鱼缸里。"一小时后教授在他的私人咨询室见你,他马上就来,已经在路上了。"

教授长得有点像个地精,准确地说,他是个犹太人,他那严谨的态度很吸引人。教授的深不可测使我恢复了点精神。"到屏风后面把衣服脱了,我给你做个检查。"

我一边照他的话做,一边把脖子探出屏风说:"教授,呃,我认为目前赞比西的这种疟疾有这样一个特点,那就是你不要它的命,它就要了你的命?"

他完全不理睬我的问题。

稍作检查之后,教授让我穿好衣服,然后回到办公桌前打了一个电话。我从屏风后走了出来,扣上衬衫纽扣。"我给医院打电话了,"他说,"他们给你留了张病床。不过你就不要回家拿东西了。我想你夫人可以给你拿睡衣和牙刷的。今天下午我结束了这里的事后,就尽快去医院看你。"

那天下午晚些时候,教授匆匆忙忙地来到了巴瑞恩提亚医院的三楼病房。

"他们待你如何?"他和蔼地问。

"皇室般的待遇。"我笑了。

"哦,那就好,我要到明天才能给你治疗。以前我一直没意识到最近这些天他们下午四点就下班了。所以,要到明天八点钟我们才能给你做些有效治疗。"

然后他就离开了。

终于,第二天的药物治疗和血液测试开始了。我一天二十四小时都挂点滴,他们一天两次从我这儿抽走一大玻璃管子的血。每次抽血,我都问他们测试结果。"没什么变化。"他们总是轻松愉快地回答我。

教授每天会诊结束,都会来看看我,给我做检查,密切关注我和我体内的寄生虫。它们似乎在我身体里待得很爽。"没什么变化"当然也就意味着"没什么进展"。

格兰达给我带来了一本我比较想读的小说——《五月的花朵》,里面有一些乐观的无聊话,我很喜欢。

一周过后，仍旧毫无起色，我甚至觉得病情还恶化了。

　　一天下午，教授带来了好消息。"测试结果有了转变，你很快就会好起来的。"

　　"噢，太好了，什么时候可以出院？"我问。

　　"那还不行，"他严肃地说，"我们还需要几天时间确认结果，然后才能谈这个话题。"

　　几天之后，我终于出院了。幸运的是，我有很多病假可请。我走了很多部门，才把急病补助权从津巴布韦电视台转到教育部，其过程可谓是与官僚主义之间的一场卓绝之战。我不知道是为了什么，但决定把我的病假延长到我到教育部工作的第一天。

　　于是，整整三个星期，我都躺在床上养精蓄锐。我阅读有关戴维·利文斯通这位苏格兰探险家兼传教士的各种书籍和日记，如痴如醉。有趣的是，我发现他在周边地区待了很长时间，那些地方我也去过。有些笔记甚至把赞比西河叫作"利文斯通河"。一年中的二月正是他和他的探险队员最容易遭到疟疾侵袭的月份。其中有一本叫《利文斯通医生》的著作，其作者正是治疗我的那位教授。

　　是时候回去工作了。教育部希望我出任哈拉雷一所大型男子高中的地理课程组组长。我不知道该做什么。但不管怎样，我得去马舒比潭拿回我的东西，其中包括宾的蛇——格里妮。

　　一位高级地方官员正要去那里旅游，我受邀作陪。他是一位年轻而又富有感召力的人，以前参加过游击队。"我觉得你应该回马舒比潭。"他说。

　　"嗯，真的吗？"

　　"对啊，你应该回去，帮他们克服疟疾。"

　　"你知道，回去挺困难的。我的意思是除了疟疾，还有新鲜食品交易问题,我该如何应对呢?"这个问题已经出现,可能都有好几周了。新鲜食品从哈拉雷运过来被卖给学校,但有人中饱私囊。

"我真的很难做点什么,这些人有权有势,可能还有关系网。再说,在这儿,我语言不通。"

"学啊,我们可以让你当校长。"

我已经明白:在津巴布韦,来自同一地区的人很团结,对彼此忠诚不渝。校长和副校长都来自东部高地。不仅如此,我后来也得知,我当时的泄密对象也来自那个地方。我真的不知道在这里我有什么立足之地。

我有些支支吾吾。

"这么说,你觉得你待在这里很危险? 当然,山谷里的那支军队的确很凶残,无人不知,无人不晓,他们要杀你易如反掌,没人会发现。"他淡淡地说了这么一句。

"嘿,这可不好笑,你怎么能开这种玩笑?"我说。

他察觉到了我的恐惧,还借机打趣我。毫无疑问,这些人都有方法测试你的胆量。

修纳人都是操纵心理的大师。如果说英语已经是一门很有礼貌的语言,那么修纳人说修纳语的时候能够做到分分秒秒都表现得比说英语时还要有礼貌。也许正是这一技能使他们赢得了战争。他们知道如何一步步让人走向失败。史密斯及其下属一直以为津巴布韦黑人愚蠢又原始,不可能赢得战争。更甚者,这些黑人还能以巧妙的方式把这种观点灌输给白人。

莫笵多罗、族长和前游击队员也许是和我站在同一阵线的。不过,我总觉得周围有一股令我恐惧的势力,我看不到,不过,它的确在阻止我采取行动。

是的，我曾经也有自己的计划。我想要在这一个地方建一个小小的保护区，让这个学校的生态保护俱乐部的成员都参与这个生态旅游行动中。如果我有支援团，它是能开起来的。但是，如果受到微观层面的反对，一开始就会举步维艰。

　　第二天，我回到哈拉雷，又有了一种生命力在流失的感觉，这种感觉很明显。我看了看时钟，已经四点了。我懒得去医院，因为我觉得专业治疗疟疾的良药晚上肯定被安全地锁在店里，所以要等第二天早上再去看病。

　　我抽空给母亲打了个电话。

　　"哈罗，雷，真是太高兴了。你身体好些了吗？"母亲兴奋地说。

　　"你好吗，妈妈？还有爸爸呢，他怎么样？"

　　"噢，没什么好抱怨的，抱怨也没用，生命太短暂了。'老德比和琼'像往常一样相处着。你收到马文的信了吗？我让他给你写信了，不过他很忙，你知道的。"

　　"没，没收到。顺便说一下，我可能又得疟疾了，我觉得应该给你打个电话，因为明天我又得去医院了。"

　　"哦，雷德蒙！千万别再来一次！你那边到底是什么个状况啊？"

　　尽管妈妈竭力用一种轻松的口吻说话，但我仍能感受到她心底的担心。

　　第二天，教授又把我直接送到医院。"你昨天就该来的，现在我保证一天二十四小时供应抗疟疾药。"

　　这次他们把我安排在一间私人病房，但我宁愿住普通病房。他们找到一条可以承受大型针管的静脉，又给我打点滴了。每次打点滴都让我焦虑不安。我记得上次一群医务人员围着我隔壁床的那个人，他也一直挂着点滴。从他们的低声细语中，我了解到点滴中的一个大气泡进入了他的血管,使他病情加重了。我偶尔注意到我的输液管里也有几个气泡,但我总是设法在它们进入静脉前就提醒护士。

在一个特别的夜晚,我看到输液管里有大量气泡往下流,不断靠近我。正当我设法夹住输液管,一个体格健硕的白人妇女冲进病房,就像是执行紧急任务的陆军坦克。"好啊,被我抓了个正着!"她得意地说,"你一直都在摆弄滴管。我站在外面透过窗户看你,你都没发现我,对吧!任何情况下都不能碰医疗设备,只有医护人员才能碰。"

我很想说:"如果危及生命了呢?"但我没那个勇气说出口,也没那个力气说。人来人往的,显然我得表现得有礼貌一点。

这里的黑人护士都很漂亮,同时也是很好的看护。"对了,斯宾塞先生,这儿有一位爱尔兰老师,住在另一个病房,和你得了一样的疟疾。"

几天后,我打算去找那个人聊聊。"记得你之前和我提过的那位爱尔兰老师吗?我想去看看他,他住哪个病房?"

护士苦笑了一下。"我想你来迟了,人去床空,他昨天去世了。"

一周过去了,我体内的寄生虫数量丝毫未见减少,我觉得是时候和格兰达谈谈万一我出意外可能需要处理的问题。周四下午探视时间,格兰达带着宾来了。几分钟后,我对宾说:"看,我现在有点累,所以我不会说很多话,你可能会觉得无聊。如果你想回家,没关系,妈妈会带你回去的,好吗?"

"不,这儿很好,谢谢。我不介意你不和我说话,我就坐这儿,我想和你在一起。"

周五没什么人来看我,晚上我开始发汗。大多数时候我只是觉得很不舒服,但现在感觉更糟糕。我不知道自己能否熬到周六。住院前一天晚上,马文给我打过电话。他是浸信会牧师,那时他建议我到教堂做做祷告,我当时的反应可能有些无礼。

我想尽快得到祝福,任何祷告都行。我现在似乎没必要抵触了。我看了看墙上的钟,九点三十分。突然,我感觉身体舒适了一些,只是一点点,却很清晰地感受到了。我睡着了,但半夜两点半又被吱吱响的手推车吵醒了。"你好,斯宾塞先生,不好意思吵醒你了。我们接到教授的新指示,他要我们给你上一种新配的药物,他不想等到明天。"

"教授通宵工作吗?"

"有时候是的。我猜他在研究一些新的东西。"

一旦寄生虫开始被击溃,很快就退烧了。第二天早上醒来时,我觉得自己有救了,寄生虫似乎已经开始节节败退。医务人员终于松了一口气,把我转到了普通病房。我一直在那里待到下一周的中期。

第十二章

就这样，我终于康复了，从死神身边被拉了回来。但我想要深入非洲的计划也搁浅了。我到哈拉雷的一所规模比较大的传统男子学校出任地理课程组副组长，有自己的办公室。在津巴布韦这个新建的国家，白人似乎可以担任部门主管，但仅限于指定的副主任。对此我倒也不在意。我有好几抽屉地理课的教科书——地理是我读大学时最不喜欢上的课，还有一盘盘岩石，我怎么也搞不清楚是什么岩石。大学一年级第一学期，我的地理学就挂科了。还有几抽屉的津巴布韦大比例尺地图。地图投影和测量是我当时一点都不想学的课程。我不感兴趣，也就学不好，现在却要给全校所有尖子班学生上课。于是，我只能自学，从新剑桥教学大纲学起，达到"O"和"A"级水平①。我在新郎桥的书房就是我学习的教室。在那里,我为了公共考试翻遍了自然地理课本。我开始了解所谓的"温室效应"和"全球变暖"的新现象。

校长是一位上了年纪的黑人贵族,是阿贝尔左肋瓦主教的支持者。他不是革命者。奇怪的是,我放弃的价值观和传统在少数残存白人的帮助下被黑人重新赋予了生命力。在高年级学生代表的监督之下,不管多穷,所有学生上学时都要穿校服。过了一段时间,我才发现怨恨这个小小制度的学生不在少数,此外还有几个老师。

有一次,本来在上午茶时间召开的教工大会延长了半个小时。我在这个世界的不少地方教过书,我想我还是了解学生的,我以为等我回到我的"O"级班,学生们肯定在教室里闹翻天了,没准刚走到走廊就能听到他们的吵闹声了。出乎意料的是,我居然什么也没听到,"天哪,他们是不是回家了?"我想。我打开门,简直不敢相信自己的眼睛。全班学生都坐那儿——笔记本和教科书摊开着——安安静静地做笔记。看到学生那么认真,我真的好高兴。一旦我喜欢上这门课,发现了学生们的本性,教这门课就变得有意思多了。

"我们必须整顿一下集会纪律,"校长说,"集会时学生太松散,进大会堂就花很长时间。也许我们需要在他们进场时放进行曲。"

"听起来不错啊,校长,"我脱口而出,"有一首名曲叫作《非利士人的三月》,不如就它吧? 这首曲子特别好,有人听过吗?"

---

① 通用教育证书(General Certificate of Education,简称 GCE)是一种使用英语教育系统国家的考试制度,1951 年起主要在英格兰、威尔士和北爱尔兰实行,后推广到英国各殖民地,一般一年考两次。在 GCE 制度中,高中毕业生(十六岁)参加普通程度考试(GCE O-Level),大学预科毕业生(十八岁)参加高级程度考试(GCE A-Level)。(译者注)

校长瞥了我一眼，又继续议程上的下一项。

我们斯宾塞一家偶尔会去一座大花岗岩山的山顶野餐。这座山被称为"Nogomo Kurira"，意为"会唱歌的山"。吃好喝好，我四仰八叉地躺着，脸上盖一顶草帽，遮住了脸上可能会有的所有表情。格兰达盘腿而坐，背靠一块巨石，大口大口地抽烟。她俯瞰着这个山谷，但视线并没有落在某个特定的事物上。

一群体积庞大的大象从我们身后走过，为我们后面的崖壁抹上一层赭色的色调，他们的脚步声在永恒的山谷中奏响一个古老的乐章。

夕阳把我们的影子拉得长长的，我问格兰达："想走了吗？"

"随你。"

"喂，我问的是你想不想走了。"

这种僵局出现的频率越来越高，我们开始对彼此失望。我们四人带着零零碎碎的野餐物品下山了。大山里很静，柔和的夕阳余晖照在我们身上。

五个修纳族小孩在车边等我们，每人都有一套讨钱的手段。两个男孩说他们帮我们看车了，两个女孩向我们展示用幸运豆串起来的精美项链，还有一个说要钱买书。

"下次我们给你带几本小说来。"格兰达对最后那个女孩说。就这样，我们开着小型绿色掀背车回家了。

第十三章

离开非洲

傍晚时分，电话响了。"你好，雷蒙德，是你吗？"

"妈妈，你好吗？"

"那么说，你要离开了！"

"离开？什么意思？"

"我知道你要离开非洲了，雷蒙德。我一直说你不会留下的。为什么你就不能留下呢？把家安定下来……格兰达是怎么想的？你的两个儿子很喜欢待在津巴布韦。对了，我们给孩子寄去了手表，收到了吗？玛丽告诉我们周末你要去看他们，然后接他们回去。你说年底你准备回澳大利亚……你什么时候才会定居下来啊？噢，好吧……等你有一天定居下来，大概我已经在天堂里了。"

"妈妈，真的很难，很复杂……"

"是的，我想是的……"她冷冷地说，"我想，你走之前我们还会再打电话的。"

"再见……"

我坐在电话机旁的椅子上,感受着我和母亲之间的距离,感觉有些累。我想起小时候坐在她腿上时她说过的话。"我知道,等你长大了你会做些什么。你会离开,离开妈妈,留下妈妈一个人,对吗?"

"不,我不会,"我固执地说,"我永远不离开你,妈妈。"

"你会的,我知道,你会的。等你长大了,就没时间陪你的老妈了。"

折磨我的是,我似乎从来没让母亲相信我将永远和她在一起。在最近的这次通话中我并未透露,实际上我还没下定决心离开。这是我自己的辩证法,也许是为了解决内心深处的一些混乱。

关于离开非洲这一问题,我的情绪很复杂。当我与家人已经和非洲建立了如此深厚的感情,似乎也就有了离开的好理由。

我拜访了我父母的朋友玛丽,这次拜访给了我一种很奇怪的感觉。她是一个七十多岁的独立女性,和前夫共享一套房子,屋中间立着一堵墙,一分为二。"你爸爸不喜欢津巴布韦,你知道的。他说他要么接受,要么走人。"

"真的吗? 他不喜欢? 前两次他来这儿旅行,我还以为他很开心呢……"

她喝了点杜松子酒和补药,补充道:"而且他说你应该要定居下来了。但萝丝喜欢这儿,她很喜欢津巴布韦,也很享受探亲之旅。"

这些话深深地刺痛了我。"好吧,实际上我们不会在这儿住很久,我打算圣诞节后回澳大利亚。我们没办法继续待这儿,我们的未来不在这里。"我抗拒地说。

这是我第一次明确表达想要离开的想法。我激烈的语气有些让人受伤。我会这样也是受到了之前我妈那通电话的影响。我非但没有把话讲清楚,反而让我妈的担心变成了对我的支持。某种变量出现了,我既是观众,又是参与者。我不知道会有什么样的结果。我担心的是,我要离开这一主张就要成为现实。

我正遭受离别的痛苦:离开父母,离开南非的马文和鲁珀特,以及哈拉雷的好朋友,离开我的学生,离开我的非洲,违背妻儿当下的感受。这时,有一个声音对我说:"现在,要是离开,却不觉得遗憾,岂不是很糟糕? 当你要离开,一定要有所遗憾啊,否则你拥有的肯定是痛苦的生活。一个人有东西可以拿出来奉献,岂不是好事? 如果都没什么东西可以拿出来奉献,你就什么都不是了。"

津巴布韦和南非之间的形势变得越来越严峻。南非军方展开一些秘密行动,在博茨瓦纳刺杀非国大成员。我知道,在津巴布韦有些活跃的非国大成员,而且津巴布韦的言辞带有明显的敌意。除非事情彻底改变(但现在并没这一迹象),否则我觉得两国之间可能爆发战争。在这种情况下,我不想看到我的两个儿子将来服兵役对抗南非。

更令人不安的是,国内言论出现明显转向,尤其是在穆加贝那方。最近哈拉雷市区发生骚乱,穆加贝在电视上也发表了言论。一些汽车被石头砸烂,车主可能是白人,投石者显然是黑人。对我来说,这是令人担忧的,因为当局没有追究暴乱者的责任。我深感不安,认为这可能是纵容。

是的,这里一直存在大量顽固派白人,尤其是拥有土地的贵族。他们似乎无法接受新黑人政府继续提倡的和解精神。伊恩·史密斯在议会中仍然坚持他的捣乱角色,从未动摇。

甚至连宾都厌恶他,叫他"伊恩坏蛋"。

但是,某些政客已经开始大肆谈论紧张的公共关系,还将白人称作敌人。这几乎是一场魔性的演讲。他们真的说了这些话吗？他们指的是所有白人，还是某些白人？

格雷格是个二十多岁的年轻人，黄头发，其中一小簇垂在略微低于下唇的地方。他和我在同一所学校教英语。在铺着石板的休息室里，他坐在雕花扶手椅上笑得很开心，说起话来带着一种慵懒的但被认为是南非人慢吞吞的拉长调子的语气。格雷格是一个冒险家，曾在海中潜水寻找缴获的战利品，其余时间是记者身份。

"嘿，雷蒙德，你在这儿简直是浪费时间。你应该回澳大利亚去电视台做更多的事。像你这么有经验的人在这里教什么地理嘛？你应该到广阔的世界里证明自己，像你之前那样。"

"我喜欢教地理。我是说，实际的课堂内容，和学生一起走进灌木丛，在野生生物中向这些城市孩子介绍他们自己的文化。"

"是的，这些都很理想主义，雷，但你我都知道你还有一份事业要去做。"

"嗯，事实上，我是打算回澳大利亚。这件事，我想了很久。我想年底辞职。你有什么意见，格兰达？难道你不认为我们在澳大利亚会过得更好？"

"我想是时候扎根定居下来了，不要再因为一些事搬来搬去了。"

"我就喜欢搬来搬去，"我插话，"很有趣，而且减肥。"我大笑了起来。

也许格雷格在这件事上有一定的利害关系。我们在澳大利亚，于他而言可能是有用的人脉。他给我们打电话打得很是频繁。

后来我又找格兰达商量了几次，但她还是坚持："你不能离开津巴布韦。"对于和这一问题相关的所有社会问题，我们并不能完全理解。这些问题都是很深层的问题，有些已超出我们的理解范围。

九月的最后一天，我开始证明她是不会得逞的。为了提高效率，离开前必须提早三个月递交辞职信。我坐在驾驶座上，正要开车前往学校，格兰达来了，她走进车库，在我身边弯下身子，透过车窗对我说："请不要递交辞职信……我真的不想离开。我相信我们一定能解决在这里碰到的所有问题。"

　　"再见。"我边说边发动汽车，将车开出车库。

　　那一天，绝大多数时间我都含糊其辞。最后，我终于向校长递交辞呈，并获得了他的批准。

　　一九八六年的最后一天，我独自返回澳大利亚，家人随后也回。当飞机离开跑道进入空中，我的胃似乎猛然下坠，好像身体的某个部分并不想离开非洲大陆。

第二部分

那些重要的年份
十九世纪四十年代至六十年代
南非,北罗得西亚,南罗得西亚

第十四章

　　各位不介意我来回顾一下我的童年和少年吧？那就先说说性格形成期的基本情况吧。

　　我要先讲讲二十世纪四十年代的艾尔兹堡路二十四号人家，然后再回忆一下我人生中最幸福的那段时光。当时我住在非洲的另一个殖民地——北罗得西亚（今赞比亚）。

　　我和鲁珀特在碎石路上你追我赶，一路跑上红得锃亮的水泥台阶，沿走廊朝前门飞奔而去。结果，是他最先按响了门铃。

　　"你们在门前干什么？"爸爸问道，他和妈妈都走在我们后面，"去后门吧，小子，后门开着，没人会来前面开门。"

　　但我听见莱迪那条长着白色卷毛的玛尔贵宾犬在叫，还听到了姑姑趿着拖鞋发出的沉重脚步声。脚步声越来越近。我们透过磨砂玻璃窗，看到了她幽灵似的样子。接着门闩锁"咔嗒"一声打开了，只见滑落的金属链条来来回回摆动着，不时撞击着门框。

　　"好了，莱迪，是埃迪，有什么好大惊小怪的！"凯瑟琳姑妈大叫着，那时莱迪正热情地欢迎我们。"哈喽！真没想到是你们。"

"哈罗,凯瑟琳。不好意思,让你来前面开门,可是这些小鬼跑得也太快了。"

"没事。我猜他们是想试试新门铃,威利和爸爸昨天才装好的。"

爸爸、妈妈、鲁珀特和我依次吻了姑姑。

"你们来得正好,"她说着,带我们走向厨房,"刚好赶上下午茶。"

对我而言,这个二十四号人家是一个很有吸引力的地方。我很喜欢这里的草绿色,房子的屋顶、窗框、前门、后门和车库门都是这种颜色,他们肯定用了一大桶油漆。就连玛丽这个黑佣"姑娘"的厨房凳都涂成了草绿色。在书架和橱柜这些地方,摆着"托比叔叔"牌陶瓷水壶和其他很多稀奇古怪的东西。这所房子屋顶很高,里面住着一大家子人。那里有一种复杂性和有序化深深吸引着我。

我们四人来到厨房,按惯例亲吻了爷爷奶奶、另一个姑姑和两个姑父。大人们陆续拉出餐桌下的椅子,一一落座。大我两岁的鲁珀特去了后院,我坐在玛丽的绿凳子上。我最喜欢这个座位了,这简直就是一个理想的侦查据点。因为一来凳子低,让我不会那么起眼,二来这个小角落正好处在厨房水槽和煤炉之间,屋里的人聊得最起劲时往往不会注意这儿。于是,一旦他们把我置之脑后,我就能观察到他们相当有趣的一面。

五点钟的阳光经由窗户和餐厅门洞——门没关——照进厨房,房里弥漫着乳黄色的余晖。墙壁、碗柜、餐桌和六把椅子都像涂上了奶油。西斜的太阳光让厨房散发出一种柔和的光晕。

突然传来一个低沉的声音,里面还夹杂着咯咯咯的窃笑声。我的爸爸埃迪开始讲一些荤段子了,我尽量像个隐形人一样坐那儿,脸朝厨房的窗户,仿佛自己通过十字交叉的防盗窗栏在看后院。其实,我的目光落在了一只银色水壶的表面,它就放在我旁边的水槽上。

爸爸妈妈、爷爷奶奶还有姑姑和姑父聚在一起,对路过的游行队伍评头论足,开着玩笑。不管是从形状还是肤色看,威利姑父的脸都长得像一只熟番茄,捧腹大笑时仿佛脸就会绽裂开来。我对着水壶表面看着自己的脸,发现它被拉得又宽又大,愚蠢得有点滑稽。

气氛越来越热烈,他们故意停顿了一下,爸爸碰巧发现了我。"雷蒙德,怎么不出去透透气? 你先出去吧,我们马上就来。"

于是,我暴露了,失去了自己的隐蔽据点。我走出厨房,把门关上,站在那儿迟迟没有离去。里面的人都静了下来,接着我听到一个姑姑低声说:"隔墙有耳呢。"

"你先走啊,雷蒙德,快到后院去吧,你这个小鬼头。"

在我拖拖拉拉要去找鲁珀特时,刚好听见爸爸压低嗓门讲了句什么话,里面顿时爆发出一阵雪崩似的大笑。

"噢! 埃迪!"他的姊妹高兴地叫着。同时,威利姑父咳嗽了几声,说话都结巴了起来。

似乎我每次都会错过他们爆笑前的那一小部分。我肯定自己只有拖到那一刻,才能破解长大成人的秘密。虽然每次偷听大人谈话都以失败告终,但我在奶奶家过得十分快乐。奶奶来自达勒姆的一个工人家庭。二十四号人家让我觉得我有这样一群亲人:絮絮叨叨,但为人热诚。

有一次,我和家人分开,在位于杰米斯顿的奶奶家住了一星期。这事来得很突然。爸爸妈妈和鲁珀特坐上小轿车离开了,我忧心忡忡地在门口站了一会儿,直到奶奶走过来问我:"呆呆地想什么呢?"

怎么回答这个问题呢? 我觉得我得好好思考一下:不管那时有什么事让我不爽,要是有人对我的想法有那么一点儿兴趣,我还是觉得很安慰的。

"不知道……"最后,我耸了耸肩。不要表现得太自信,也许是最安全的处事方针。

"我们再去喝杯茶吧,然后你可以帮我剥剥豆荚,为晚餐做准备。"

那天晚上,我一个人睡。床上有好多个胖胖的枕头,弹簧床垫很软,很舒服,羽绒被也很大很宽,似乎都要将我湮没了。我不习惯绿色百叶窗带来的那种黑暗。一道银色的月光刺破黑暗,照在我对面的衣柜镜子上,在上面留下一条条纹理,或明或暗。

餐厅里的钟每隔一刻钟就响。在外面的埃尔斯堡大街上,偶尔会有一辆轿车呼啸而过,随后渐渐消失在拐角处。凌晨时会有牛奶车经过,那些马蹄落在柏油路上,发出哒哒哒的声音,不时打断我的梦。

早上四点半,玛丽从她在花园地势较低那头的"地球"里出来,径自走向后门。她像一个高大的亚马孙女战士,只是少了颗门牙,身上还散发出一股浓烈的甲基化酒精的气味。玛丽负责在早上发动引擎,还要给炉子加上木柴和煤炭,然后生火。

过了一段时间,我醒了,感觉有点吵,应该是她们在烧早饭。墙的另一边,那些人在厨房里走来走去,开碗柜,把刀盘杯碟摆桌上,我甚至还能听到肉在炉子上加热时发出的哞哞声。然而,我的房间里还是一片漆黑。我很清楚天还没亮,搞不懂她们为什么在黑漆漆的夜晚发出这些忙忙碌碌的声音。

我壮着胆子起床,蹑手蹑脚下了楼。在厨房外,我看见底下的门缝漏出一些光,照在地板上。我小心翼翼地推开门,发现里面灯火通明,一片喧嚣。"噢,太太,你看看,雷蒙德到厨房里来了!"玛丽对我的奶奶大叫道。

"你怎么起来了？回去吧，天还没亮呢。再去睡会儿，爷爷都还没起床呢。我们准备好了，就去叫你。"

我感觉自己完全是被她们给轰走的。

我回到床上，却怎么也睡不着。又有别的声音传来，这次是从我爷爷奶奶的房间传来的，是一种奇怪的刮擦声，听到最后，变成了一个独具特色的节奏。原来是我爷爷把皮革圈套系在他卧室的窗户防盗栏上，在上面磨他的直柄剃刀。

当我终于走进厨房，看见爷爷就着烤面包一丝不苟地、狼吞虎咽地吃着番茄和蛋黄。"来来来，小雷蒙德，来和我们一起吃早饭啦，我看见他的胃里有一个好大好大的洞，正等着我们去填满呢。玛丽，我希望有一顿热腾腾的美味早餐在等着这个小伙子。"他往后靠了靠，擦掉他浓密灰髭上的污渍，然后从宽大的马甲里掏出一块怀表，跟厨房碗柜里的时钟对了对时间。"我看还有一杯茶的时间。"他边说边朝火炉和食品柜中间的摇摇椅走去。

玛丽把刚擦过的黑靴子放到他的脚边。

"我来帮你吧，"奶奶说着，给他系鞋带，"他在约翰内斯堡遇上罢工，给军队的流弹打伤了，从此就没那么灵活了。"

我吃着营养麦片，她在帮爷爷穿外套。"你知道吗，雷蒙德？我从来没见过哪个小女人有她那么体贴，做得一天比一天好。"

"得了吧，看他早上浪费时间那个样我就生气。你知道自己要赶不上公车了。"奶奶回应。

他取下衣帽架上的布帽，奶奶跟在后面，手里拿着给他打包的午餐。与往常一样，两人走出前门，在绿色大门那儿告别。奶奶一直站门口，直到公车把爷爷从几步外的站台上接走。

"现在轮到我吃早饭咯，"她说着往回走，"我要喝杯茶，再来一片面包。"

小巷里传来沉重的脚步声,表明今天是周一。这声响引着我从厨房去了后面的阳台,那上面围有铁丝细网。我靠在边上看见一队黑人,不禁屏住了呼吸。他们都穿着橡胶靴,头上系麻布头巾,看起来像是一支秘密入侵的武装部队。黑人们专心前进,步调一致,好像在执行秘密任务。他们空手进入附近房子的后院,接着里面传出刺耳的金属碰撞声,哐当哐当。过了一会儿,队伍又出现了,步调依然一致,每个人的右肩上扛着一个装满垃圾的无盖箱子。空气里抖落着一阵阵灰尘,黏在他们的脸上、身体上。

这些黑人已经被收编到清理垃圾的队伍中,为南非白人服务。他们习惯把主人生活中的腐质和煤尘清理干净。我站那儿看,感觉这个场面恐怖而奇特,一时难以平复心中的慌乱。我不知道自己在怕什么。我是怕涌入后院的黑人战士吗?还是怕一些不在跟前而是在别处的东西?

那天,早餐吃的食品很快就被收拾了,奶奶、凯瑟琳姑姑和玛丽又把我轰走了。

"去园子里玩吧,走走走,今天我们这儿很忙,等我们好了你再回来。"

我敌不过这群肤色不一的女人。纵然如此,不久,我还是偷偷回到厨房门外,却发现里面一片狼藉。厨房的椅子立在桌上,过道和餐室的地毯都卷了起来,餐室的餐桌上摆着椅子,桌子底下玛丽正趴着给地板打蜡。

所有地毯和书架上的装饰物、餐柜、几张桌子都被丢在一边。别忘了,正是这些东西组成了我内在世界的轮廓和我的感受。如今,地板变得光秃秃的,让我觉得无所适从,甚至隐隐觉得有几分悲凉。

不过，奶奶的蔬菜蚕豆汤还在炉子上"噗噗噗"地冒泡，那些椅子也可以暂时落地。我们三人坐在桌边，玛丽坐在自己的绿凳子上，大家一起吃午饭。这才让我放下心，感觉自己又回到了这个家。

"从现在开始，你得自己多玩一会儿，玛丽要去给后廊上光，不想让你妨碍她。"

玛丽正在给水泥阳台涂抹红色上光剂，滑溜溜的。正当我想方设法滑过去时，四肢着地趴那儿的她突然转过身对我说："过来。"这个黑人妇女以前从来没有对我用过命令的口吻，弄得我一下子不知如何是好。"过来！"她又说了一遍，还朝我招了招手。

就在我迟疑地靠近她时，她一把拎起我，放在背上。"雷蒙德，抱紧点，不然要摔倒了。"玛丽继续卖力地干活，我只好紧紧抱住她的脖子。我开始觉得这很好玩。玛丽的动作还有点颠，我只好紧紧地贴在她的身上。

过了几分钟，奶奶出现在厨房门口，骑马游戏只能停了下来。"雷蒙德，你再这样子，玛丽的力气都要被你耗光了，她今天要做很多事，没空陪你玩。"

我没法宽慰奶奶说一切都没问题，也不能说其实是玛丽主动要背我的。这个黑人女佣把我放下来，朝奶奶会意地咧嘴一笑，然后解下头上的白巾当鞭子打发我走："去吧，'suga wena①'。"她大声嚷着。于是，我出门了，女人们继续忙活她们的事。

---

① 修纳语，意为"离我远点"。（译者注）

第十五章

二十世纪五十年代初,我在森山小学念书。一天早上,我听说我们将大饱眼福。那时我大概九岁。有个演员要来参观我们的学校,还会给我们表演节目,前提是我们要在第二天上交半个克朗。我虽然兴致高昂,但不知道什么是演员,更不清楚他是做什么的。老师很卖力地讲解,但我还是不得要领。无论如何,我还是说服父母给了我半个克朗,这似乎是一笔巨款。

在学校的四方院子里,我们在草地上排排坐,等演员出场。我至今记得,因为在草坪上晒太阳,我的腿上起了红疹。这位演员叫艾米林,名字很怪,也不容易记住。他从查尔斯·狄更斯的某部著作里选了一些篇章朗读。我不习惯看成年人这样,却也不想他停下来。

同年,全校最后又在院子里组织看音乐会,优秀学子轮番出场,表演木偶剧、大合唱和很多场踢踏舞。他们照例穿着精心设计的演出服,我从没见过这样的衣服。我的女朋友奥莉维娅也是其中的一名舞蹈演员。在周围的观众席上,男生们都在夸奖奥莉维娅,大多是评论她本人,而非她的表演。"我敢肯定她是罗杰的女朋友。"其他人表示赞成,因为在她的班上罗杰是最强壮的,应该会有女朋友。

我迫切地想让他们知道她的男朋友是我。每天放学回家,我几乎全程替她背书包。我们也经常在昏暗的房间里玩接吻游戏。但我居然不知道她会跳舞,也没告诉别人我们的关系。

米勒老师决定全班办一个完全属于我们自己的音乐会。我绞尽脑汁,却找不出自己有什么特长,心里有一种被抛弃的感觉。

"要不诗歌朗诵吧? 加油,你不是知道《绿色蚱蜢》吗?"不行,我不能表演这个。

到了那天早上,同学们站在教室前面的讲台上,或唱歌,或念诗,还有些人跳踢踏舞(其中包括我的女朋友)。

"那么,我想我们的音乐会可以告一段落了。"米勒老师宣布。但她随即看见后排有人在挥手。

"好吧,雷蒙德,你有什么事?"

"老师,我也准备了一段表演。"

"真的吗? 雷蒙德,你确定现在能行?"她很惊讶。

"是的,我已经练了很久。"我边说边走上讲台。

"表演什么?"

"跳舞。"

"跳舞? 我怎么不知道你学过舞蹈。"

"噢,是啊,我每个星期上两次舞蹈课呢。"

我站上大讲台左边角落的舞台,全班同学都惊愕不已。我摆出一个复杂的姿势等着,好像是在音乐里寻找合适的起点。然后,我放弃了,开始即兴地胡乱摆动身体。同学们哄堂大笑,有的拍桌子,有的跺脚,其间还有人跟着我做动作、摆姿势。

在我眼里,这如同游乐园的旋转木马。讲台是静止的,但我却在随心所欲地运动。狂欢到极点,我跳了下来,在一股巨大力量的推动下继续旋转。我在那个小小的空间里放纵了一回,那时我不了解,也不知道如何再来一遍。

很久以后,有同学提起这段即兴表演,说:"哇,雷蒙德,那是全场最棒的表演了。真的很精彩。"

喔,那天的事我没什么印象了。我记得那时的雷蒙德明显很害羞,不敢出风头。他似乎总要获得准许才会行事,甚至连做他自己也是如此。然后,他忽然就放开了,好像只是自己的某一部分跳了出来。

不过,当时的确是获得了某种许可。有的孩子表演了拿手好戏。他们之前受过训练,而他没有,因此他已经是破了先例。细想起来,还是氛围起了很大的作用:当时是在开音乐会。因此,站在众人面前表演,也不会让人觉得不妥。

有时,奶奶在家里放她喜欢的唱片,我便同长辈们一起神游天外。只有下午时分,阳光才会穿过有柱子的前廊,稍稍溜进房间瞄一眼。墙上挂着一幅阴沉沉的画——在苏格兰高地陡峭的山峰上,雄鹿群在翻越、跋涉,个个都有精美的茸角。这幅画与餐厅里其他东西的黯淡色调相互融合。隔壁的墙上是奶奶早年的彩色画像,画中的她体态丰满,正傲慢地俯视着我们。我把目光转向如今已然衰老的她,无法将两者联系起来。还有一张画,用南非国旗和英国米字旗来纪念大英帝国,画的后面是我的大姑姑和已故大姑父的几张大照片。一架钢琴占了房间里的很大一块地方,琴盖永远都是盖着的,但琴桌上有一摞珍贵的唱片。

我最爱的歌是《幸福的青鸟》:

落魄乞丐和威武的国王，

只是名字不同而已，

因为他们都一样，

各有各的命运。

今朝笑，明朝哭，

我们不知道将来，

那么就趁早学习吧，

就像我一样，

高高抬起你的头，

直到找到幸福的青鸟……

我完全被珍尼·皮尔西感性而又威严的歌声征服了。对我来说，幸福的青鸟过去一直都在。我不知道它会消失。只是到了后来，我才发现青鸟会逃之夭夭，而自己还后知后觉。每放完一张唱片，奶奶都要对每个声音的好坏做一番评价，参照对象往往是男高音吉利。接着，现场又会渐渐响起新的歌声，那是马里奥·兰沙的声音。

在这样的时刻，梦与现实美妙地交织在一起。我第一次发现高雅的东西未必要有升华的形式。但高雅的东西是漫长斗争的雏形。音乐的力量高深莫测，它创设出一个个情境，随后将其摧毁。

我在邻居家的浴室里，把洗衣篮翻了个底朝天。待洗的旧衣服发出阵阵霉味，却丝毫没有影响我的兴致。洗衣篮是演出服的宝库，我能随心所欲地在里面翻啊找啊，研究这些衣服有没有改造的可能性。在我自己家里，我根本没这种自由。

邻家小孩的姓是范德·韦斯特休伊曾，他们的母亲来自爱尔兰，父亲是阿非利卡人。这种结合造就了一个幸福的乐天派家庭。他们看起来与我们斯宾塞家迥然不同。我察觉到，他父母对邻居和他们凌乱邋遢的屋子有点不屑。然而，对斯宾塞家的儿子来说，当他和邻居的孩子们想设计自己的演出服，隔壁就是一个寻宝的天堂。

维耶娜姐·范德·韦斯特休伊那时只有十岁，有一头弹力十足的浅棕色秀发，脸上长有雀斑。我们是好朋友，但是并没有擦出爱情的火花。不过，在某些方面，我们俩的关系要比我同奥莉维娅（我的正牌女友）的关系还要好。当然，我见到维耶娜姐的时间更多，一起做的事情也更多，击剑啊，抽烟啊，等等；我们还会去街区周围的地下雨水渠，在那里的迷宫禁地里探险。当她害羞地告诉我她的胸部开始发育了，我这才忽然想起她也是个女生。这好像在暗示我要区别对待她。或许，这隐隐表达了她对奥莉维娅的嫉妒。

维耶娜姐的弟弟维格斯是我们忠诚的密友，也会参加我们的大部分活动。现在我们仨要去后院看看我选的表演场地。戴着软帽的马文看见我们，打开窗户探了探头，"我想和你们一起表演。"他喊道。

"你的皮癣好了吗？"维格斯问。

"好多了。下个星期就能上学了。不过还得戴帽子，因为头上没什么头发了。我可以参加表演吗，雷蒙德？"

"除非你把帽子摘了。"我提出一个苛刻的条件。

"摘了就让我去，你保证？"马文竟然开口。

"是啊，一言为定。"

他立刻把头上的帽子扯了下来，拿在手上挥来挥去，浑圆的头顶上只有一小撮头发。

我一下子蹦了起来，指着我自己的弟弟哈哈大笑。"秃头，秃头，秃头！"维耶娜姐和维格斯在旁边一脸震惊，尴尬地看着我。

"这不公平，你说了会让我参加的。"马文冲口说道，又气嘟嘟地戴上帽子。

"对不起！对不起！你当然可以参加，"我说，"我都替你想好角色了。"

他关上窗冲了出来，和我们一起去后院。

我们的演出受到多方面的启发。大家每周去一两次阿斯科特电影院，巴德·阿伯特、卢·科斯特洛和杰瑞·刘易斯等人的电影便成了范例。因此，我们有很多疯疯打闹的喜剧场面。还有魔术，那时的我已经会几个小戏法了，于是，诸如让鸡蛋消失之类的把戏也出现在我们的表演中。

这个庭院是我们精心挑选的演出场地，四周绕着一排高大的松树篱笆，把佣人房隔在外面。如此一来，我们的秘密便能远离大人的窥视。不过，爱丽丝除外，她是我们的女黑佣，和白皮肤的大人不一样。她其实对这些奇特的活动很感兴趣，还要求当观众。院子中间，有一条晾衣绳横穿而过，正好可以用来挂床单。床单就是我们的幕布。这样一来，布景时，表演者就能避开观众的视线。

我们放出风声，吸引附近的小孩都来看演出。我们的节目内容是什么，一言两语也说不清楚。因此，如果一些孩子需要得到家长的批准，我们干脆就说那天是马文的生日。

无论如何，等到周五三点钟，演出都要开场。我们把所有服装道具放到了床单后面，又临时排练，把前晚想到的改动加了进去。两点四十五分左右，观众陆续来了。早来的人有餐椅可坐。我正在"观众席"工作，一个打扮干净的小男孩找到我，他要见马文。

"干什么？他在忙呢。"

"今天不是他的生日吗？我给他准备了礼物。"他推给我一个包装好的包裹。

"噢,对哦,我会帮你转交的,你坐到那边去吧,派对马上就开始了。"附近的许多孩子都来捧场,他们坐立不安,满怀期待,渴望看见幕布后面的情况。在准备撤掉晾衣绳上的床单之前,为了防止混乱,我即兴发挥,豪情万丈地讲了一段开场白,稍稍介绍了几个即将出场的反派和喜剧人物,听得观众愈发兴奋。此时,起码第一个节目已经把观众的兴趣吊得足足的了。

幕布徐徐拉开,映入眼帘的是一群衣衫褴褛的人,有小丑、变装的艺术家等各色人物。在一些观众的积极参与下,这五个演员只得频繁换装,并立刻完成即兴表演。演出大概持续了半个小时。很多小孩临走时还问下次活动是什么时候。"很快!"我喊道,"到时我们会通知的。"演员们都坐下来吃巧克力,那是别人送给马文的生日礼物。

第十六章

　　萝丝和埃迪有一个家庭职责做得很棒:他们经常体贴能干地组织全家度假。这时候的埃迪会给大家带来很多惊喜和快乐。

　　但是,通常情况下,早上七点,当新闻广播里的伦敦大本钟敲响时,萝丝就要在卫生间把他热腾腾的刮胡水准备好,灌在原本放在脸盆下面的蓝色水壶里。身穿西装的埃迪那天余下的工夫都消磨在一件事上:思考处于政府机构低层的他们如何才能避免自己的手指被职务比自己高的人的双脚碾压。他坐十三路公车回家,周一至周五都坐五点十五分的那一班,周六坐十二点十五分的。

　　正值隆冬,埃迪提出去远行。于是我们准备南下去印度洋。凌晨三点,两个大人静悄悄地装好手提箱和纸箱,萝丝看时间差不多了,才把儿子们叫醒。全家快速吃完营养早餐麦片,把行李拖出去,然后埃迪熟练地把它们装上汽车,放到后备厢里、车顶架上和后座的地面上,另外还在座椅下、后座架上找空间。然后,一家五口坐进四座汽车。这次,腊肠狗特克斯也跟着去了。

　　我们穿梭在约翰内斯堡的街上,夜色笼罩,路上还冷冷清清。男孩们蜷缩在毯子里,双层的袜子和双层的针织衫、长裤及彼此身体里传出的热量把高原冬季里的严寒阻挡在外。

"有灯光,在左边,肯定是阿尔伯顿。"这说明离约翰内斯堡越来越远了。埃迪和萝丝的声音盖过低沉的引擎声。孩子们的睡眠,有深有浅。我情愿保持清醒,听爸爸妈妈压低声音讲话。此刻,我觉得爸爸妈妈的关系是和睦的。谈论和交流打破了长久的沉默,这表明一切顺利。虽然我快睡着了,但意识还在跟着爸爸妈妈的声音走。汽油是根据相应的里程数买的,萝丝有记录,她还用路线图完成了大部分导航工作。

"前面就是帕里斯了,"埃迪轻声说,"我们开快点。""这小车真不错,我们好走运呐。"萝丝跟着说。

"嗯,我们到奥兰治自由邦了。现在,看看我们在哪拐弯能去克隆斯塔德,得给车子加油了。"

太阳慢慢升起,这辆黑色的小派法特车在自由邦辽阔的褐色平原上疾驰。偶尔会经过孤零零的平顶小山。

"翻过下一座山,我们就停车吃早饭。"埃迪宣布。

男孩们从毯子里伸出头,就像出地洞的獴开始了新的一天。我们查看了赶路的进度,但貌似离上山还遥遥无期。车子爬过平缓的长坡,远处是一条地平线。大约又过了十五分钟,我开口道:"要是那儿是座山的话,我们老早就到了。"

"前面是另一座山了,"埃迪回应,"等开到山顶,我们就靠边吃点东西。"

"还要喝茶!"萝丝补充说。

这是我们一路上第一次靠边停车休息,孩子们一下车就伸懒腰、打哈欠,摇摇晃晃地在附近转悠,让自己的身体活动一下。埃迪查看了汽车水箱,萝丝拿出食物篮。她把热水瓶里的茶倒出来。"瞧瞧,茶一点都没变冷,和刚泡时一样。"

埃迪"嘭"的一声关上车前盖,走了过来,看着所剩不多的茶,说:"我们一滴水都没浪费,一滴都没。"

每个人都拿了一片冷香肠和一个水煮蛋,在上面撒了些原先用防油纸包着的盐粒。孩子们通常把香肠和蛋夹在土司里吃,这样才不会饿得太快。

这是全家最开心的时刻,我们有三周的长假,当时一天都还没有过去。全家人其乐融融的。这种其乐融融首先得归功于埃迪。但之前在家的时候,也正是他忽然会对自己的地位深感挫败,从而让家人惴惴不安。现在,其他人都收到这样一个信息:是时候放松放松了,甚至可以愉快地开开玩笑。

当时,南非只有少数地方被称为乡村,艾尔弗雷德港便是其中之一。这多半是因为那里偏远落后,海边没有公路直通主街,坐火车也不易到达。它离格雷厄姆斯敦只有三四十英里,搭火车去却要花上整整四个钟头。

当然,南非还有很多其他偏僻的欧洲殖民地,但那些主要是"村落"。对英国人来说,"村落"是阿非利卡人的集镇,穷困而又荒凉,完全没有文化景观。至于荷兰式外墙后面可能存在何种文化细节,那些匆匆而过的英国人仍然一无所知。

简略地说,艾尔弗雷德港本来有可能成为这个地区的商业中心,后来出于某些原因,这里的官员不再致力于进一步发展这个地方。当时,铁路已经铺好,科维河口建了一座巨大的混凝土桥墩。而且,囚犯劳工已经从当地的石山里开采出"砖头",在河的两岸筑好了河堤。

它从来没有跻身于大港口的行列，于是，一些人觉得有点失败。这里发展缓慢，还有不少怪人。玛尼·塞缪尔斯就是其中一个。他是科维河的"口袋猫船长"。在村里，只有他拥有一艘较大的工作船——可敬的"风险号"。玛尼虽然皮糙肉粗，却有一副好心肠。下午他一般戴着黑色大檐帽，在自己的船屋外固定渔网，售卖钓饵，早上常常去海上捕鱼。

埃迪总喜欢把事情摸得一清二楚，他的办法就是和玛尼·塞缪尔斯聊天。埃迪从这个老船长那里得知第二天的天气和潮汐情况，挖寻明虾的地点，鱼刺的部位，等等。他掌握了这些信息，就对接下来的安排信心满满了。

这里和大型度假中心（如德班）不同。在这里，你得"自助游"，感受海风的轻拂，听鸟儿呼唤，在河湾处闻闻面包店新鲜烤面包的香味——面包店位于海族馆对面，可惜海族馆已经歇业了。

埃迪规定每天早上都去海边。下午沙滩上刮风，去海边就没那么令人愉快了。吃过午餐，埃迪和萝丝总要睡个午觉，醒来后可能出门做些事情，比如开车去乡下兜兜风，也可能不去。对孩子们来说，中午时刻总是叫人懒洋洋的。按大人的说法，是孩子们休息的时间。但孩子们一听到大人的鼾声，就从隔壁房间偷偷地溜出来，溜进外婆的花园。

我爬到了阶梯状草坪的最顶端，眺望着艾尔弗雷德港，觉得有些晕，但还是觉得很幸福，这种幸福的感觉可以持续好一段时间。外婆把房子建在科维河西岸的高山上。我在山上俯瞰村庄，它看起来很像一个"玩具岛"。我看见河的对岸，即河的东岸，有一列火车正在进站，也许它会稍作停留，或许几天。旅客车厢和货物车厢已被转到岔线，离蒸汽机车头远远的。这些车厢停下的地方附近有一幢平屋顶的矮层建筑物，那是一家商场。

　　邮局也在河的东岸，沿河再往前走就是镇公所，那里每周会放几场电影。接着，马路蜿蜒而行，同铁路和河流一起奔向村外。但与河流不同的是，那两条路爬上山谷陡坡，穿过土著和"混血人种"居住的地区。他们住的房子悬在山上，看上去很危险。这里便是艾尔弗雷德港的隐秘之地，甚至可以说是危险之地。黑人少年犯大多出自这里，过去他们经常在市场里闲逛，随时准备偷游客的钱包。在寂静的夜晚，山的那边传来岩兔（即岩狸）交配、搏斗的声音，令人毛骨悚然。还有传闻，说那里住着一个白人，他和一个非白种女人同居。

　　我朝火车站的下游望去，发现潟湖旁边搭起了大片的彩色条纹帐篷，还有许多供小孩娱乐的新奇设施。镇上举办了露天游乐会。我们以前从没去过这种地方，因此对此一无所知。不过，外婆说了，她会请我们去玩，听起来相当不错。

　　步行去广场之前，大家提早吃了晚饭，然后先走路下山，再坐船过河。船夫是年迈的沃利，他是阿非利卡人，谁都记不清他在这行干了多久了。沃利整天不是在河边的小屋里坐着，就是在岸边钓鱼。有人要过河，他就愉快地笑笑，无论手头上在忙什么事，都会统统放下，去给人划船。

　　天快黑时，我们抵达广场。那里已经亮起了灯，但人们陆陆续续才来。四个大人向我们几个小孩交代了哪些游戏可以玩，哪些食物可以吃，接着就把选择权交给了我们。要决定如何分配这幸福的短短几分钟，实在也不是什么容易的事。

　　广场喇叭里忽然响起歌声：

　　把另一枚镍币

投进点唱机，

我想要的是爱你，

还有音乐、音乐、音乐……

这些游乐设施十分刺激，那些生意人能说会道，很有魅惑力，他们来回走动，对着人群大吼大叫，连哄带骗。游客们被紧紧地绑在座位上，时而俯冲，时而急转，一个个又惊又恐，忍不住厉声尖叫。我决定玩碰碰车和摩天轮，其间吃了一个冰激凌蛋卷，最后去数字转盘桌那边碰碰运气，也许能中大奖。外婆宠我们，给每个人都买了棉花糖。

我们及时赶在沃利打烊前过了河。上山时，我们在城堡边休息了一阵，那里其实是富人住宅区，有白墙，有塔楼。灯光照得整个夜晚活泼起来。周围的灌木丛中，萤火虫一闪一闪，发出点点绿光。银河好似一条无限延长的白色台布，横跨天际，在科维河里投下微微闪烁的光。远处，广场上还闪着糖果色灯光，可能是吉卜赛人以疯狂的形式举行欢快的宗教活动。

"现在，如果你们想看灯，回家我就带你们去，你们绝对没见过这么大的灯，对吧，母亲大人？"艾伯特舅舅向外婆求证。

外婆回应他说："今晚我们可以看得很清楚。是啊，我活了这么久，这是我见过的最大的灯。我们继续上山吧，回去看灯。"

回家以后，我们给自己加了件毛线衫或夹克，然后在花园深处碰头。"它一般就在这个时间出现。看那里，在东岸尽头。"艾伯特舅舅指着天边说。

"就在那儿！你们看见了吗？"他大喊起来。"有啊，我看见了。"马文插嘴说。"什么呀？我没看见。"我表示抗议。

"等着！马上又会出现的，一直盯着那个方向就好。"

"在那儿！"我们齐声尖叫，一道巨大的白光划过天空，又消失了。

艾伯特舅舅转过头，对我们说："那就是灯塔，每晚都要闪光，提醒水手避开岬底危险的礁岩。灯塔没建好之前，经常有船在狂风暴雨里触礁。"

"然后呢？"我问。

"然后船只就失事了。直到今天，你都能看见一些沉船躺在那儿。"

"那些水手死了吗？"

"应该死了。他们被淹死了。"

"好了，这一天也够刺激了。上床睡觉前要不要再喝杯茶？"外婆提议。

这时，艾伯特大叫："孩子们，来来来，看看这个。"

"别耽搁他们了，艾伯特，孩子们睡觉晚了。"外婆提醒他，别的人都进屋了。

"我们马上就好。"他保证道。

"到这边来。"我们走到周围的树影深处。"你们有没有在花园尽头见过我养的鸡，又跑又跳？那里就是狐獴还有野猫进来的地方。它们都趁晚上来，然后那些鸡就被它们给吃掉了。"

"我觉得那儿有一只，我听见了。"鲁珀特说。

"你说对了，"他急忙说，"要是跑得不够快，我们就会被它们抓住了。"他边跑边喊："你们要跑快一点，最后一个人会被吃掉的。"

我们飞快地爬上梯级草地，跑进屋子，这才喘口气冷静了下来。艾伯特夸我们一个个都跑得很快，运气也好，居然没有被灌木丛里的"强盗"抓住。

那晚，我们三个人很快就睡着了，脑海里出现的是各种画面——沉船、野兽、划过天际的灯光，耳边似乎还有广场上传来的动人旋律。

随着海水没过肚脐，我举起胳膊对马文说："瞧。"说完，一头扎进水里，游到远处才上来。"你不能在水下游那么远吧。"

鲁珀特躬身坐在汽车轮胎里，胳膊和腿都伸在外面，他大力划水推着轮胎。我和马文舀水泼他，笑嘻嘻地要让他放弃轮胎。抢到轮胎后，我和马文都爬了进去，在水里摆动身体，一边咯咯咯地笑，一边拌嘴，像两个大人泡在一个浴缸里。

埃迪常对我们说，科维河是世界上最长的感潮河，而这个小滩河就是其中一个支流。一座黑色大木桥从入口连到水湾，引得孩子们一个个攀上爬下。当潮水吞没河道，涌至桥下时，他们对着涛声欢呼雀跃。涨潮时，在这个奇妙的盐水凹地，孩子们不玩则已，一玩非玩上几个钟头不肯歇息。

随着潮汐向辽阔的海域撤退，哗哗哗的涛声也越来越远，意味着海水慢慢撇下他们，离开小滩河，最后顺河而下。等到这时，埃迪便让孩子们停下，结束那天的嬉笑和戏水。等他们收拾好沙滩上的杂物，便上山。整片水域，便冷清得只剩一些浅水池。

早上若不涨潮，小滩河上就空无一人。每当这时，他们会驱车路过这里去大沙滩。第一次去时，腊肠狗特克斯也在。他跳下车，看了一眼广阔的黄色沙滩，然后朝大海飞奔而去。他跑到水里，追赶正往后撤退的波浪。接着，波浪朝特克斯迎面涌来，一直把他赶上沙滩。特克斯跑了很久很久，才没被浪头追上。

在这个沙滩上，特克斯和人一样自由自在。外婆和斯宾塞一家五口裹着浴巾晒太阳，这时马文突然喊："哎——哎！"

远处，特克斯正朝一个道路指向柱前进。一个胖女人，头朝木杆躺那儿,脸上盖着手帕。特克斯朝杆子抬起腿来,我们六人盯着他,却无能为力。或许胖女人察觉到了手帕上方的阴影,及时掀开手帕,发现自己头上的这只狗已经准备就绪。

她发了狂似的乱摆手臂,嘴里好像发出"嘎嘎嘎"的声音。这招似乎管用,狗狗看了她一眼,便仓皇逃窜,跑到沙滩更远的那头去了。我们顿时捧腹大笑了起来,而外婆一语双关地说:"这小狗太调皮了,没想到他这么没礼貌。"埃迪听完,笑得更响了。

过了一会儿,我们六人沿着沙滩散步,水没过了脚踝。外婆鼓起勇气,提起裙摆,想和其他五人一起享受大海。忽然,一个浪头打来,老太太来不及躲,被水淋得不成样子,大家又笑了起来。又一次,埃迪笑得最欢,整个场面像是代际战争。

"埃迪,你不该那么笑,你知道妈妈不喜欢。"萝丝警告他,这时两人已经回到房间。

埃迪不思悔改,又笑了起来。"喔,老妈不会介意的,她乐得如此。不管怎样,我们开心,她也开心啊。"

在老太太的事情上,萝丝和埃迪一直暗中较量。它多半牵扯到过去,而埃迪更是发现这是一个没法解决的问题。

岩石区湖水塘的鲨鱼湾在大沙滩的尽头,涨潮时波浪滚滚而来,填满整个水潭。为了站直身体,我不得不把脚趾深深地埋进沙砾和贝壳碎片中。在很长时间里,水好像静止了一般。然后,潮汐朝反方向发力,我又被拖了出来。

又一个浪峰过来,我深深吸一口气,然后屏住呼吸。正在那时,我弯下身来,跳进了海里。在这一排浪头中,我睁开眼,发现自己置身于一个怪异的海洋空间。海草、岩石、黄沙、半透明小鱼,许许多多形象似乎触手可及。我屈膝弯腰,愣了一会儿,却感觉时间过了好久。接着,我开始感觉到水的拖动,肺受到了不堪负担的压力。我蹿出水面,大口大口喘气:"看到没,爸爸,你看到我了吗?"

埃迪在教马文打水漂。"嗯,看见了,你小心点。"

"不,你没看见,这次你可要看着我啊。"等时机合适,我又一次潜入水。这一回我提早冒出水面,刚起身站直,就发现埃迪是背对着我的。"你根本就没看我。"我一口咬定。

"看了。"

"不,你没看。我在水里时你也要看着。"

"我真的看了,好了好了,快去把水擦干。"

第二天早上,我们又来到大沙滩的桥墩头。潮水正奔向天边。埃迪明确地对儿子们说:"你们看那个回头潮!这回你们一定要小心。今天早上我希望你们找个水浅的地方玩,水不能没过膝盖。今天的潮水很猛。"

"谁和我一起去餐馆喝早茶?"萝丝问。

"我去。"马文回答。于是,他们两人沿着沙滩去了桥墩旁边的旧餐厅。

我闭上眼睛,享受般听着孩子们的声音与阵阵涛声相互融合。我平躺在毛巾上,动动肩膀和臀部,沙地里便出现了一个小土坑。这样做,很好玩,很舒服,我任由思绪飞扬,甚至没察觉到自己的脸上出现了一丝笑意。

埃迪坐在我身旁,一直留心地在沙滩上搜寻。他在找鲁珀特!他搜索了海边,眼睛从左看到右,愣是没找到他的大儿子。他站起身,望向远处,这才发现鲁珀特正在水里拼命挣扎,只露出头和肩。埃迪顿时心跳加速。

鲁珀特被困在逆浪里了,明显很无助。埃迪本能地抓起我的手就跑，一路拧着我的胳膊，从沙滩跨到水里。我浑身无力，就这么被他拖进浪里，整个人在海水的拉拉扯扯之下胡乱地翻滚。我被埃迪拽着，根本没法控制自己的动作，更不能奋力破出水面。宇宙的混沌之力把我弄垮了，我努力保持清醒，却无济于事。我被海浪击得连翻带滚，大口大口地吞着海水，把海底的泥沙都搅了起来。

埃迪设法伸出另一只手抓住鲁珀特，却感觉不妙，发现他自己根本不可能挣脱海水的拉扯。他拉着两个儿子在水里挣扎，直到一个强壮的女人游过来，抓住他的脚踝。她吃力地把埃迪拖到安全水域，与此同时，我和鲁珀特也获救了。

回到外婆的厨房，她把所有能用的锅都拿了出来，放在煤炉上烧热水。厨房中央放了镀锌浴缸。"你们洗完澡，就会感觉好很多。"她边说边往缸里倒水。埃迪从浴室里走出来，他已经洗好澡，坐在长椅上，使劲地拿毛巾擦头发。

"你们两个都过来，快洗洗吧。"但鲁珀特不愿意在外婆的注视下脱裤子。"那好，你们洗澡时我不看你们。"外婆说着，转过身背对他们。

"简直不敢相信，我的头发里居然有这么多沙子，我们可能要花好几天才能弄干净。"埃迪说。

我们紧张地蹲在浴缸里，他走了过来。"我们今天差点出大事了，对吧？我说过今天早上海里很危险。"

"爸爸，你为什么要拉上我？"我问。

"噢，我可不想你追着我跑到海里去，我本来以为你跟着我会安全一点，总好过留你自己一个人在沙滩上，谁知道你会做出什么事来。"

"我会做什么？就坐那儿啊，"我弱弱地说，"我才不会那么冒险。"

"耳朵里都是沙子。"鲁珀特抱怨道。

萝丝弯下腰,用海绵把沙子擦掉。"我看,你们最好把头伸到水里,这样耳朵和头发里的沙子会少一些。等你们洗完澡出来,我们去看看外婆家有没有眼药水,你们的眼睛都充血了。"

第十七章

对我们孩子们来说,这是在艾尔弗雷德港的最后一个假期。长达三星期的假期结束后,这些"乐景"之旅就只能成为他们童年的神话了。因为再过段时间,外婆就要卖掉山上的房子,搬到谷底狭窄的小屋里去住。此时,孩子们还有一周的假期,有很多稀奇古怪的事要做。即使大沙滩上的意外让人很不愉快,大家还是玩劲十足。

我们在东开普省乡下的马路上开车,偶尔会碰见乌龟过马路。孩子们早就暗下决心,要带一只乌龟回林德伯格园。有几条乡间马路正对着紧闭的农场大门,成群的"小黑人"从门里蜂拥而出,争相来抢丢出车窗的便士。

全家人参观了位于一个偏僻的青翠山坡上的"一八二〇移民者"小教堂。我们看着精致的墓碑,阅读墓碑的铭文,想象着那些去世多年的人。"天啊,她才十二岁就死了,太可怜了,我好想知道她到底出了什么事。"萝丝就差跟我们说,"死后我也要葬在这种地方。"

埃迪和岳母在一起时常常表现出敌意,这让我们边上的人深感不安,但这一切在这块墓地上得以缓和。每个人都读了教堂里的劝世良言,在用当地的木材草草凿出来的教堂长椅之间徘徊,还摸了摸盖在祭坛上用金线绣花的蓝丝绒布,各自给出了自己的反应。也许,这是他们最接近天堂的地方。能发自内心地回应,并和自己深爱的人在一起,使他们都基本上忘记了过去不快乐的时光。

我们经由艾尔弗雷德港的主街回家。艾伯特舅舅就在那里的杂货店当柜员。那是一个用波状铁皮盖的屋子,屋里光线昏暗,架子上陈列着毛毯、袋装粮食、厨具、花哨的手工艺品等各种杂货。男孩们获准入内,和舅舅打声招呼,于是各自意外地得到一杯口味任选的奶昔。

要回到车里了,男孩们在工艺店门前迈不开步,那些小巧的作品让他们恋恋不舍。这些东西取材于当地的贝壳,经过彩绘和胶粘制作而成。其中有戴着软帽穿着撑箍裙的妇女,坐在石头上收钓鱼线的渔民,还有乌龟、兔子等各种可以拿来陈列的小摆件。

周三下午,镇公所大厅就成了电影院。在我们待那儿的最后一个星期,电影院放映的是约翰尼·韦斯穆勒主演的《丛林里的吉姆》。我们三个小孩很想去看,总是有意无意地和大人说起这部电影,给了他们不少微妙的暗示,随后屏住呼吸,静观大人的反映。埃迪坚决不予理会,萝丝直直地盯着他。这对孩子们来说是个好兆头,雷和马文灵机一动,将话题转到电影院的神奇之处。

"好吧,我想我们的确需要去趟邮局,还要去镇外办点事。我们走了,你们能在电影院待会儿吗?"他调侃着问。

"哇!谢谢爸爸!"

"别谢我,要谢就谢你们的妈妈,这都是她的'功劳'啊,她一直盯着我看。"

"是啊,你这个人真扫兴。"萝丝狠狠地说,但并没有责备他的意思。

　　回约翰内斯堡的旅途十分轻松。早上五点以后，我们的车离开"乐景"。外婆和艾伯特舅舅站在屋前的台阶上，大家都挥着手，直到看不见对方为止。然后，埃迪"嘟嘟"按了两下喇叭。

　　萝丝哽咽着说："说'再见'的时候，你们看见她哭了吗？为什么早些年她没有流露出这样的情绪呢？唉，人生苦短啊。"

　　埃迪给车挂上低速挡，顺着山路开下去。车子开到一座小桥上，正是这桥将右边的小滩河与潟湖口岸隔了开来。

　　"看！"我大喊一声，"要涨潮了，我们今天可以去那儿游泳。"他们只是看了看，不做回应。

　　汽车在丁字路口右拐开到主街上。从玛尼・塞缪尔斯的船屋到入海口，这段科维河上横跨着一座大桥。随着汽车驶近，全家人都看见早晨的阳光在山上铺洒开来。萝丝看着下方的河流，挥手告别："再见，艾尔弗雷德港。"

　　马文和我也一同挥手告别。

　　鲁珀特难过地回头看了看，一声不吭，埃迪只是耸了耸肩。汽车爬上斜坡，离开沿海低地。三个男孩开始将点点滴滴的经历都留在了过去。萝丝想，若是她的母亲在她小时候就表现出温柔的一面，那么从前又会是什么样的呢。而埃迪思考的主要是前方的路要怎么走。

　　汽车开过大片菠萝树林和绿色牧场，然后在"猪和哨兵"酒吧右转，将巴瑟斯特的小居点抛在了后头，一路前往格雷厄姆斯敦。在更偏远的地方，灌木林绵延不绝，呈现出一种倔强的美。那些荆棘丛、仙人掌及帝王花已经在势不可挡的单一栽植的浪潮中幸存了下来。

　　在南非，格雷厄姆斯敦是英格兰化的发源地。小镇的斜坡上到处都是教堂尖顶、塔楼及乔治亚风格的外墙。在主街地势最高的地方是罗得斯大学，向下俯视，穿过德罗斯蒂大门，可以一直看到镇中心的英国国教大教堂。

"再过几年，你们三个就可以考虑到这儿来了。"埃迪对他的三个儿子说。在校区旁边的植物园里，大家把毯子铺在草地上吃早餐，萝丝从瓶里倒茶，他们大口大口嚼着外婆准备的三明治和曲奇饼。

"想去学校转转吗？"埃迪问萝丝。

"可以吗？"她问。

"嗯，"他狼吞虎咽地吃着，"只要他们不胡闹就可以。"他指指孩子说。

我们从植物园里的智利南美衫和伟岸的棕榈树旁边走过，大胆地朝校园走去。在周围庄严的建筑物的映衬下，这一行人显得越发矮小。他们在自然科学系附近好奇地看着建筑物周围的废墟：一些农用设备堆在墙边；许多旱生植物随意摆在临时搭建的假山花园里；还有一些被丢弃的贝壳。我弯下腰，想要捡起来，又突然停了下来，怕这些贝壳丢在这里是出于某些我们不知道的原因。这些东西仿佛模模糊糊发送了什么信息，这是那些习惯待在植物生物学大楼里埋头研究的高级动物们可能经常会有的想法。

我们继续往校园深处走去，来到了语言系教学楼。但这些建筑守口如瓶，我们一家若有所失地看着它们，它们却还是不泄露任何机密。快九点钟了，部队来"晨间巡逻"，于是，我们一家开始撤退。只见大学生们一个个都急匆匆地，赶去上当天的第一堂课。我们一家离开了校园中心，穿过前面的草坪回到了停车场。

我回头看了看。我很喜欢屋顶上的红瓦片，还有墙上长满常青藤的行政大楼前面的玫瑰花园。但是，让我不解的是，人们为什么要在一生中最重要的阶段强迫自己达到这些地方规定的要求？当然，到那里求学是很重要，因为你从那里毕业之后就变得有价值。除了这个原因，我想不出别的。

林德伯格园附近长着很多金合欢树。不是什么人特意种的，都是自生自长的。金合欢树的叶子暗绿色，羊齿状，给整个街区带来一种特别的气息。我们一家为了去商店就要穿过空旷的草原，在草原尽头有一片比较成熟的金合欢树林。在那里，有一股粗钢丝斜斜地绕在两棵较大的金合欢树之间，形成一个环路，低的那头固定在大约两米高的树枝上，一根钢管从环中穿过。当地胆子大的小孩把这种"高空滑索"当作一个绝妙无比的娱乐项目。

"不准去玩！"埃迪警告道，"会死人的。随时都有可能断掉，摔断你们的脖子。总之，要远离那些树。那是祸害，根本称不上是树，树枝脆得跟稻草似的，很容易断。那些树不是拿来爬的，都给我离它们远点！"

如果埃迪可以任意为之，他会砍掉整个街区的金合欢树，一棵不剩。他特别担心马路边一排排茂密的小树。"那儿可能藏着小孩，要是他突然冲出来，开车的人没法不撞上去。"尽管埃迪的逻辑完全正确，但这个说法让人听了感觉瘆得慌。

确实，整个白人社区都不喜欢金合欢树，在北部郊区几乎看不到它们的身影。金合欢树一般被认作观赏木，不受人待见，在富裕一点的郊区，很少有金合欢树围在那些修剪齐整的草坪外面。但林德伯格园似乎够不上郊区的身份，这个街区是补贴给"二战"老兵的租房。在一九四八年扬·史末资选举失败时，居民们明白重新掌权的国民政府会任由这片土地落后下去。过去阿非利卡人从哲学层面上反对加入同盟国与纳粹作战，因此这里的人甚至不指望一些最基本的服务会得到完善。比如,一九五四年,当我们一家离开时,那里还是土路。

不过,孩子们倒也不介意。没铺沥青的马路和金合欢树让他们觉得自己的街区很特别。反正那时林德伯格园区的汽车很少,只有我家有一辆汽车。尽管如此,孩子们还是能找到旧的轮胎。滚轮胎比赛是最受欢迎却被大人明令禁止的游戏。比赛从山顶的我家外面开始,到马路尽头的丁字路口结束。但这个比赛有两大缺陷:一是,如果前方忽然有车开上来,比赛就得中断,孩子们只能把轮胎停在路边,免得被汽车轧过;二是,如果玩的人多了一个,大家通常会说服此人去终点处指挥交通,确保道路畅通无阻。

同时,轮胎越重越受追捧,因为它们滚下去的势头会更猛。也正因如此,轮胎滚到终点时,偶尔会翻过围墙,跳进别人家的花园。不过通常是在下午,这时住户们都还在外面工作。花园里没种什么,只有一圈大丽花挨着墙根长得热热闹闹的。当重型轮胎达到一定速度,就会完全越过大丽花。这个游戏大概会一直持续到五点钟,随后孩子们会把轮胎推到后院,冷静地藏好,避免被即将下班回家的父亲怀疑。尽管大多数孩子的妈妈都待在家里,但她们似乎没有特别注意到这些事情。妈妈们偶尔也会出面干涉,但不知何故,她们看起来都没怎么放心上。当父母决定清理后院的垃圾,孩子们就只好重新找旧轮胎,再度把它们放在后面围墙边茂密的草丛中。

这个小郊区位于约翰内斯堡的南边。此时一个惊雷划破天空,轰隆隆的雷声震撼着这片土地,世界变得灰蒙蒙的。我靠在窗台上,看见外面的院子突然像曝光不足似的,变成一张黑白底片。大滴大滴的雨点砸在铁皮屋顶上,越来越急,终于变成倾盆大雨,排水沟里也哗哗哗地流着水,世间万物一片凄凉。

"雷蒙德，没事吧？"我妈妈出现在卧室门口，她刚午睡醒来。

"没事，我就看看。"

"离窗户远点。不是跟你说了嘛，下大雨时不要站窗边。"

"哦，天哪！看看这里，乱七八糟的，你爸爸会杀了我的，他马上就要回来了。"萝丝赶忙去关客厅的窗户，"你怎么不叫醒我呢？快关上所有窗户，我把这里拖干净。"

"马文在哪里？"她在我身后喊。

"去隔壁玩了。"隔壁就是范德韦斯特休伊曾一家——一个爱尔兰人和阿非利卡人的混血家庭。他们家的维耶娜姐、维格斯和梅格达和我们就像兄弟姐妹一样，玩得很好。

暴雨骤歇。屋外一片宁静，马路上没什么车，甚至连小鸟都不出声，仿佛在发呆。

我飞快地脱下鞋袜。"你干什么呢？"母亲问我。

"我想出去玩。"

"现在不行，不能出去。"

"为什么？"

"地太湿了。"

"可是雨停了呀。我不会淋湿的。"

"不行，等地面干一点再出去。我不希望到时候你弄得屋子里到处都是泥。你爸爸马上就要到家了。我得叫爱丽丝帮我准备晚餐。"

"我去跟她讲。"

"非去不可吗？那你去吧，千万别弄湿了。"

我朝大门走去，大声喊着爱丽丝。灰色云团已经散去，露出大片大片的蓝天，阳光洒下来，给万物蒙上一层华丽的黄色。我家外面的一条泥坡路早已变成一道急流。我推开铁丝网门，走到路边，那里水流湍急,与一般河流没什么差别。

在我前方不远的地方,有一个黑人男孩正认真地往水里扔东西,之后这东西迅速地朝我流下来,一直到它被缠进了路边的矮灌木丛。我蹚进水里把它捡了回来,原来是一艘简易小船,船身是一根空心的金合欢树枝,桅杆用了冰棍棒,船帆则是用废弃的汽车票代替的,简直就是一件工艺品。

"哇,这想法真棒,"我朝跑过来的男孩惊叫着,"能帮我做一个吗?"

"很简单的,"男孩说,"去找根树枝来,我给你做。"

我把树枝递给他,男孩拿出一把刀就开始削,动作很快,很灵活。然后他把船放到水中,试了试它的稳定性,最后又取了一小截细枝插进船身,当作一个人。

"哇,谢谢。你叫什么名字?"

"贾斯汀。"

"我叫雷蒙德,我们到河里赛船吧。"

船赛从比尔路的顶端开始,这不像是一次比赛,更像是一次庆祝。有一些房子的前门开了,其他孩子蚂蚁般跑了出来,带着自己的小玩意加入我们。我们的船在水上摇摇摆摆,漂移不定,打着旋涡,不时地撞在一起,尔后分开又继续向前冲。我们在边上跟着跑,时而焦急,时而轻松,时而喜悦,声音此起彼伏,形成一场听觉大狂欢。

五点钟光景,父亲们开始坐公车回家,随后看见孩子们成群结队,昆虫似的在斜坡上来来回回。最终那些工艺品还是遭到了遗弃。陆陆续续地,我们被大人叫回家吃晚饭。在无人领航的情况下,小船又被缠住了,孤立无援地淹没在水里。"船长们"都在家里吃水煮蔬菜,乖乖地屈服于父母的严苛管教。

第十八章

那天是一九五三年的十月八日,课堂上,我一笔一画、认认真真地在本子右上角写下这个日子。我很享受地写下每一个数字和字母。这是属于我的一天。我十一岁了,为了让这一天过得慢一些,我做每件事都花更多心思。我靠在椅背上,从不同角度看着我写在纸上的日期。每次我都很享受做好一件事带给我的感觉。我喜欢十一岁。

我想跟每一个同学分享这些感受。但跟以前一样,我没有办派对。朋友们很难知道那天是我的生日,因为不能请他们参加派对,我觉得很尴尬。其实,事情并没那么糟糕,因为很多朋友也没办过派对。然而,这意味着我基本上只能一个人体会那种特别的感觉了。

那天早上十点左右的游戏时间,维耶娜姐走到我身边,轻声说:"生日快乐。"她当然知道我生日这件事。

"谢谢,"我笑着说,"我希望下午你还在,到时候我给你带一小块蛋糕。"

"真的?"她红着脸说,"什么时候?"

"不确定,大概四点吧。"

妈妈端上插满蜡烛的蛋糕,放在我面前,鲁珀特和马文围着桌子坐下,看着我。我们每个人都有一杯冷饮,桌上有一个盘子,上面放着许多纸杯蛋糕。我快速地吹灭蜡烛,妈妈带头唱起"祝你生日快乐",但声音渐渐弱了下去,因为大家唱得都不太好听。

小小的庆祝活动结束了,我拿起两块蛋糕就跑,一块给维耶娜姐,一块给爱丽丝。

晚饭时分,我从口袋里拿出十一便士,放在厨房的桌子上。"看,这是爱丽丝给我的生日礼物。一个便士代表一年。"这笔钱可以用来买好些东西了,因为一便士就能买到一根鱼式棉花糖和四颗彩色糖球(当时叫"黑鬼糖球")。同样,一便士也可以买到"炸鱼屑"——炸鱼薯条店里的面制碎屑食品。另外,三便士能买一个卷筒冰激凌,九便士能买一本连环画,六便士能去看一次电影。

"你不能收这笔钱。"萝丝说。

"为什么?"我问道。

"爱丽丝没钱给你买礼物。她连给小孩吃穿的钱都不够。"

"但这是她给我的生日礼物!"

"听妈妈的话,"埃迪说,"爱丽丝的心意是好的,但你不能收她的钱。"

萝丝从手提包里拿出钱包,对我说:"把十一便士给我吧……"

我极不情愿地把钱交给了她。

"这里有一先令。你把这钱拿给她,告诉她这是给她家孩子的礼物。赶紧的,现在就去。"

我到她的宿舍退掉这笔钱,或者也可以说是给她孩子送这笔钱,比原先还多了几个便士。爱丽丝的客厅天花板上挂着一个灯泡,外面没灯罩,发出微弱的光。很奇怪,那天爱丽丝把孩子舒舒服服地裹在被子里;通常,她都把孩子用包裹布绑在自己的背上,孩子看上去就像一个紧紧黏着她的负累。我进去时,爱丽丝正在用小桌子上的普里默斯煤油炉做晚饭。一张单人椅和几个用来当椅子的木质箱子被塞在桌子下。除了角落里的一张铁床,房间里唯一一件家具就是一个连门都没有的衣橱。

一块破旧的窗帘用一根线挂在窗户上。墙上钉着一张一九五二年的年历,上面印有一幅有光泽的图片,上面是一名穿比基尼的白人女模坐在跑车里。爱丽丝是一个年轻的巴苏陀兰女人,五官精致,头上绕着一条白布头巾(南非人称之为 doek),朴素的穆斯林头巾的风格。

对我而言,还这笔钱并非只是意味着我不能买东西。我很喜欢收到礼物的感觉。而且,这份礼物来自一个自己生活环境都不怎么好的人,更使这份礼物显得弥足珍贵。这是一个小小的举动,却已经超越主仆情谊。

我掏出一先令给她,说:"我爸爸妈妈想让你收下这一先令,给你孩子的。"

"哦,不!这是给你的,是我们俩要给你的。今天是你的生日,我们都为你高兴。你不能把钱还给我。"

我把钱放到桌上。"对不起,他们不会让我收下的。"我道了一声"晚安"就离开了。

"怎么样?"我回到厨房后埃迪问道。

我耸了耸肩。

"看吧,我说过她会很感激的。"萝丝说。

妈妈在礼物这点上有些问题,而且在收礼方面要比送礼方面的问题更多。一月初是她的生日,我打算给她买一个特别的东西。以前我从来没送她什么。但在这方面我遇到了难题,因为家族里从来没有给父母送礼物的传统。

我逛了几家店,看了许多货架,最后在一个店员的帮助下决定买一个玻璃碗。店员把价格降到了四点六先令,没有超出我每个月五先令的零花钱。到了妈妈生日的那个早上,我扭扭捏捏地拿出礼物,前一个晚上还精心包装了一下。

"这是什么?"她问。

"送你的。"我回答。我期待看到她打开礼物时一脸开心的样子。

她小心地拆开:"你买给我的?"

"是的。"

没想到,她竟然说:"我不能收。"

"为什么?"我惊慌地问道。

"你的心意,我很感动。但你不能浪费钱,"她把礼物还给我,"你把东西退回去,让店员退钱。他没权利非让你买不可。你拿回钱,留着自己用。"

妈妈的话,让我又不满,又失落,而且我觉得把钱要回来十分尴尬。但最让我伤心的是,跟店员碰面后他就会知道妈妈拒绝我的礼物了。最后,整个退货交易总算完成,只是店员的态度没那么和善了。

与其他大多数教室相比,学校的音乐教室光线更弱,因为它是少数没有朝向阳光充足的四方院开放的房间之一。同时它还是个博物馆,在教室后面有一些展品陈列在以深色木材为底的玻璃橱窗里。我们伴着老师的琴声唱歌时,瓶子里装着的蛇和青蛙会不知不觉地朝我们"观望"。我很喜欢教室里这种"哀怨"的气氛。我最喜欢的一首歌是勃拉姆斯的《摇篮曲》，我们是用南非语唱的。

　　就在此时，另一位老师慢慢地走到孩子们中间，头歪向一边，从而更清楚地听到我们唱歌时发出的声音。一些同学将被挑出来组成合唱队，在年底的音乐会上表演。她一直认认真真地听我们每个人唱歌，一个接一个。轮到我时，她犹豫了一会儿，然后拍拍我的肩膀，低声说了一句，叫我站起来，走到教室的一边站好。我很疑惑，但还是照做了，嘴里还是一直唱着，直到她听完全部同学的歌声为止。最后，又有一个男生跟我一样站到教室的一边，两个老师在一旁低声商议着什么。

　　这时，钢琴老师站了起来，对全班说："祝贺大家，你们的表现很棒。没被拍到肩膀的同学都可以参加班级合唱队，在音乐会上表演。"我盯着地板，羞愧难当，恨不得地上有一条缝可以让我钻下去。我就这样被拎了出来，跟朋友们隔开了，没人向我解释过原因；一想到这，我只能使劲地憋住眼泪，但隐忍的悲伤仍然浮现在脸上。

　　并非出于自愿的试唱终于结束了，我被拒之门外。我无法理解自己到底哪里没做好。其他同学也很困惑为何我们俩就这样遭到"遗弃"了，但他们几乎没说什么。那个年代，情感上的失落很少被人特别关注，哪怕是身边亲密的人受到了心灵上的伤害。也许老师觉得不说明原因就是为了保护两个男孩。

　　我和马文准备在二十四号人家住上一两个星期。第一个晚上，奶奶让家里所有人聚到桌前，琼姑姑端上一桌热腾腾的饭菜。有许许多多的烤肉、烤土豆、饺子、豌豆，上面浇满肉汁。爷爷身材高大，受人尊重，坐主位。马文、堂妹凯蒂和我被带到后面的座位。

　　"哦，老天，我的三个小宝贝都长成小伙子和大姑娘了。"爷爷说道,因为得把桌子移开我们才能挤进去坐到墙那一边。我和马文狼吞虎咽地吃着盘里的食物,又眼巴巴地盯着桌上瓶装的番茄酱和辣酱油。我们不习惯在多种调料中选择,就每种都取了一点,其他人则愉快地闲聊着。

"对了,我想问问,埃迪跟萝丝怎样了。"奶奶问道。

"他们过几天回来,"爷爷说,"然后我们得弄清楚到底是什么情况。"他转向我们,继续说:"你们可能要离开我们到非洲中部去,你们愿意吗?"

"唔……我不知道,应该会很有意思吧。"我耸了耸肩。

埃迪去了北罗得西亚的卢萨卡参加工作面试。萝丝一点也不想离开家人到非洲荒野,不过最后还是不情不愿地陪他坐了很远的火车。

前院的矮墙上嵌有几根柱子,我和马文、凯蒂每人爬上一根,然后像石雕一样坐在那儿,耐心地看着来来往往的车辆。威利已经开着福特车到车站接他们了。

爸妈一到家,我们就亲吻了他们,把他们和行李都拉到客厅;大家围着他们,想听听两人的情况。奶奶端上茶壶,琼姑姑又拿来茶和饼干放在一边。

"埃迪,情况怎样?"奶奶问。

"远!"他气鼓鼓地说,"实在太远了。"

"你得到那份工作了吗?"琼打探着。

"还不知道。但他们对我们很好。宾跟巴布接待了我们,还让我们住他们那儿。那地方不错,很大,瓦片屋顶,都是市里提供的。他们对员工很照顾,市办事员还带我们到外面吃晚饭,又介绍了他的妻子。没什么大问题,你们可以问萝丝。"

萝丝点点头："是的,那里的人很好,这点我承认。"

"你们会想去看看那儿的繁华景象的。一幢幢新楼房,还有两所新高中正在建,一所男子高中,一所女子高中,每一所学校都投入一百万英镑。在非洲大陆上,你看不到比那儿更好的了。"

"我相信那儿的议会里会有些黑人。"威利推测道。

"务必抽空去一趟,"埃迪耸了耸肩说,"给你们带了点东西。"他对男孩们说:"把那边的箱子拿过来。"

"这是给你的,妈妈。"他递过去一个淡褐色的木制长颈鹿,上面有一些烧制出来的斑纹,"开罗街上买的,那里到处是这种东西,你肯定没见过。"他又掏出几条由珠子和幸运豆串成的项链、一些木制小收藏、两根长矛,总之每人都有。

"它让我想起当年打仗时驻军在内罗比的一些回忆。那里要小些,却很漂亮,有些街道两旁种着杧果树。"

"能走过去摘一些吗?"我问。

"嗯,我想,要是熟了的话,应该可以吧。"

"好哇! 那我们就去吧!"我开心地叫道。

那段时间,我们都沉浸在可能移居国外的兴奋中,包括不在家的鲁珀特。他在多山国家斯威士兰上学,学校是位于姆巴巴纳的圣马可中学。他是个异类分子,心理医生建议把他和两个弟弟分开。埃迪似乎是最担心鲁珀特的那个人;鲁珀特有很多不切实际的幻想,会讲一些有关他自己的不着边际的事。另外,他被认为不能跟弟弟们一起相处,只能被送去寄宿学校。

虽然说兄弟间总会有相似之处,但一定程度上鲁珀特不是这样的。男孩们慢慢长大后,会反抗、悖逆父亲。鲁珀特在反抗和争取独立方面总是"遥遥领先"。他的行为总是很出格,甚至在他的两个弟弟看来也是如此。

埃迪曾表明将鲁珀特送去寄宿学校对三个男孩都有好处。但可能他更想保护的人是他自己。鲁珀特童年时不守规矩。他用化学物品制作臭气弹，导致家里气氛尴尬，造成不愉快；用子弹枪打隔壁家晒在外面的衣物，使衣服上出现很多小洞，有时他会突然买很多东西，钱来自他在废弃的地下排水道偶然发现的赃物。

埃迪被录用的消息传来时，鲁珀特已回家过大周末了。那个周五晚上，我们坐车前往杰米斯顿二十四号人家。开车前，爸爸转过头说："你们要跟妈妈说再见了，因为她不跟我们一起去卢萨卡。"

我们都难以相信，却也不知道发生了什么。我突然大哭了起来。

"你怎么了？"他粗声粗气地问道。

"我不想妈妈离开我们。"我流着泪说。

"宝贝，我不离开你们。别怕，我跟你们一起去。"妈妈赶紧安慰道。

我们全家一起出发去杰米斯顿。妈妈一直没表现出对这次移居的不满，当时没有，以后也没有。

"你走了，我们的表演怎么办？我敢说肯定不会再有了。"维耶娜姐说。

"你们可以自己表演。"我回答，尽量表现出愉悦的样子。

"那不一样。"

"我知道了！我一放假就回来，然后我们就能继续表演了。"

"对，你可以跟我们一起住，我妈妈不会介意的。"

尽管我们都认为这想法不可行，但这样说似乎让两人的心里舒坦了好多。

篱笆支架、矿物废料堆、脏乱的街道、荒芜的草原，离开熟悉的这一切，我很是不舍。周三下午，我最后一次去了当地的"小虫之家"，这家旧式电影院会放映许多常见的动画片，比如《小露露》《猪小弟》《马弗尔队长》——都是我排队花六便士看的。

屏幕上，有圆点在以下歌词上弹跳着：

　　给我

　　一个吻，

　　给我一个梦，

　　让我

　　思绪飞扬。

我们高声唱歌。经理十分和善，送了几张好莱坞明星的黑白大照片，我挑了格蕾丝·凯利和维克多·迈彻的。收听周播广播剧时，我们听到牛仔们迅速逼近逃犯时，一个个急得连连跺脚。

第十九章

火车门"砰"的一声关上了,接着汽笛声"呜呜呜"响起,绿色旗子随风飘扬。我们要坐三天的火车,向北驶进非洲腹地。委托建造这条火车线的人是眼光独到的殖民者塞西尔·约翰·罗兹,这条火车线始于开普敦,一直延伸至比属刚果(今刚果民主共和国)和北罗得西亚交界处的铜带省。罗兹是想打通开普敦到开罗的路线,当然他幻想的是全面"英国化"。

我们这节二等车厢里有五个人,埃迪是核心人物。他安置好了一切:家具放货车厢,个人行李放进手提箱,纸板箱放地上、下铺底下和空出的一个上铺。我们的狗特克斯则被留在警卫车厢里。

鲁珀特带着他的一箱东西走进来。"来,给我。"两个大车窗间的水槽池底下放着一堆箱子,埃迪接过去后把它挤在箱子上面的东西中。"只能这么放了,这也是最好的解决办法了。"

他给了我们仨每人一副塑料护目镜。"车开动时,你们要是想把头伸到外面去,就得戴上这个。否则灰尘会吹进眼睛里。"

我们像去探索历险般满怀激情。但是,当最后的启程信号响起,心底却涌上一种深深的忧伤,不舍之情油然而生。妈妈、爷爷奶奶和两个姑姑都在流泪;爸爸在告别他的妈妈和姐妹时脸上闪出一丝哀伤,但很快就消失了。

那是四月初,我们就像以前的进步党人士一样,徐徐穿过非洲南部。工业中心约翰内斯堡早已消失在我们的视线里,我们缓慢地驶过马格雷斯堡山。晚上八点到了马弗京站,我跟爸爸从火车上下来,走向车头。一辆大型加油车正在给车头注水。

"这么一列火车怎么经得起长途旅程?"爸爸问列车员。

"它干得很好啊。如果操作得当,它就会一直保持良好的运行状态。"

我穿着拖鞋,披着睡袍,紧紧握住爸爸的手,听他跟白人列车员说话。看到爸爸能跟这样一个大人物自然地交流,我感到很骄傲。听到他们用的是同一种语言,我很高兴。相处融洽的氛围让我安心。回到车上,我们(就是戴着护目镜、把头伸到窗外的我们仨)看着火车慢慢驶离这座保持着维多利亚建筑特色的边境城镇,也是南非的最后一站。

当我们一点点深入非洲灌木地带,微弱的光亮闪现在黑暗中,妈妈却似乎正在跟寂静带来的恐慌做斗争。怎么会这样呢?我舒适地窝在上铺,盖着有些硬的白色被单,底下是蓝色毛毯,这些都是火车后勤人员提供的;我默默地听着车轮发出有节奏的"哐当哐当"声。埃迪已经为我们一家子做出了一个决定,这个决定可以说注定是影响不小的。在一个白人不怎么多的非洲中部小镇上,没其他亲人的我们跟外界的联系也相对较弱。埃迪会以某些难以言明的方式对家人的生活产生更多主导影响。

第二天醒来时,我们已经到了贝专纳(今博茨瓦纳)。那里的风光全然不同：一望无际的平地上到处都是荆棘丛和矮灌木。这三天跟往常的旅程不太一样。大多数时候，我们都待在狭小的车厢内。对于一个老实正直的中低阶层家庭来说，小孩子不可以在过道上闲荡。埃迪把禁止在过道上闲荡的警告牌指给我们看。坐在绿皮车下铺，我有大量时间思考"闲荡"到底是什么意思。什么时候站那儿就变成"闲荡"了呢？这个词带上了一些不干净的意味。很明显，一个人不可能无缘无故坐那儿或站那儿。也许是因为即便得到了允许，私下里这样做也是不得体的表现？

我们几乎是面对面坐着，车轮用力驶过轨道，留下印记。车头继续喧嚣着驶过那片荒野，宣告着白人政策的胜利，驰骋在非洲大陆。对此，人们多是一脸的无动于衷。一眼望去，尽是绵延的褐色和绿色，天空显得特别蓝。

"欢迎来到罗得西亚。"身穿卡其色制服的男人用一口地道的英语说，他是来给我们的护照盖章的。埃迪喜欢这种直接率性的问候方式。

"哦，这些就是。"埃迪从外衣暗袋里掏出一叠证件。

"我们过了吗？"萝丝等工作人员走远后，问道。

"这你得问英国人，他们知道怎么管理国家。看看，数百人要接待，我们不到十五分钟就过了。好了，我们现在是罗得西亚居民了，你刚才听到移民局官员是这么说的。"

萝丝把护照放进手提包里，给了三个儿子每人一颗糖。确定我们通过了海关和移民局的检查，她明显松了一口气；就像我们通过了适用性检查，这些身穿笔挺制服的人给了我们重生的机会。

到了布拉瓦约站以后，我们离卢萨卡还有二十四小时的路程。站台上挤满了人，其中混杂着黑人、白人，即使说不上摩肩接踵，这一场景仍然显得十分奇特。南非已经实行种族隔离政策,不同种族的人不能出现在同一个公共场合,比如火车站。站台上还有几个白人家庭,有些打算回北罗得西亚,还有些跟我们一家一样从南非移居而来。北上前往卢萨卡或铜带省的人要在这里转车。

移民们有些不知所措,不晓得如何面对种族混杂的局面。他们只能看着那些自信而愉悦地宣称自己是真正的英殖民地居民的老移民们,从中获得一些安慰。

"过来,我们的火车在这儿。"埃迪叫道。

我们伸着脖子张望,寻找我们的车厢号。站台中间的告示牌橱窗里贴着许多表格。

"我们在这儿。"埃迪说。

"哪里?"我急切地想看到我们的名字出现在一个新地方的样子。终于,我看到了,二等车厢 C 节——E. W. 斯宾塞,家庭座五号。

我们四人怀着被认可的欣喜之情,紧紧跟着爸爸。他在示意搬运工将行李拖到车厢那边去。

"你们知道吗? 这是世界上最长的站台,"他轻快地讲道,"哈,在这儿。"他指着眼前的这节车厢说,"现在我们需要有人到车厢里去,接从窗口递进去的行李。雷蒙德、鲁珀特,你们进去吧,试试看行不行,一定要小心。"

我和兄弟们很少有机会跟爸爸共同完成一件事。因此,当我们从车厢窗口接过他和搬运工用力塞进来的行李时,感觉十分愉悦。

我们总算平平稳稳地坐在罗得西亚火车站的新车厢内,开始欣赏周围装饰的些许不同了。我看着一张多出来的入境登记表,突然问道:"我们注定到哪儿?"埃迪大笑:"你说的是'终点'吧,我们的终点是卢萨卡,明天这个时候我们就在那儿了。"

我勉强接受了这个回答，但其实这不是我想要的答案。我想知道"注定"跟"终点"的不同之处。但爸爸只是想到了一个具体确切的答案，忽视了抽象层面上的思考。

自布拉瓦约出发后，车头像处在"亢奋状态"似的，一直用尽全力地前进。车头飘起一团团蒸汽，我们五人只能默默接受这种强劲的北上态势。

第三天醒来后，火车完全静止不动，这让我十分疑惑。几丝微光划破夜空，宣告着清晨的来临。车子内外没一点声响，让人猜不到现在到底到了哪儿。好奇心重的我等不及其他人醒来，就从上铺爬了下来，赶紧掀开遮光帆布和木百叶窗，好好地看了看外面的情形。

眼前是一座小型锯木场，我很期待看到这儿的人早起的画面。为了捕捉到珍贵的画面，我静静地看着外面，尽管光线不亮，却没人搅扰，也没有大人干涉我的想法。一小群黑皮肤工人互相打招呼，然后围在一个守夜人旁边，喝着用烧了整晚的火堆煮出来的茶水。火堆上方飘起袅袅白烟，随风而去，然后化成一缕灰烟。

注满水的蒸汽火车再次载着我们穿过灌木丛。非洲可分为南非和其余地方，两者十分不同。电影《无鹰之地》和《所罗门宝藏》（1950年版本）为我塑造了非洲的真实形象。车外，林区更为茂密，树木更为高大，身处非洲的真实感愈加强烈。这可能是一种野性和辽阔感冲击下的感觉，超乎人类力量的范围。太阳释放着光线，如刺透这幅风景一般，让人觉得极为懒散。我们渐渐沉下去，陷入漫无目的的思绪中。我们只是一个极其普通的小家庭，有着种种自我憧憬。我们享受待在自己的小角落里，怀揣着这些向往。

突然间，车厢外的过道上有一大堆人来来往往。"你去哪儿?"我走向门口时埃迪问道。

"上厕所。"

"上完厕所就马上回来。"

几分钟后，我回来了。"为什么大家都站在过道上？我们到站了吗？"

埃迪耸了耸肩："还没呢，进来吧，把门关上。"

我又沿着过道瞄了最后一眼，看到大家都探出身子往火车的上方看去。我关上门后，冲到对面的窗口。"嘿，天上有东西，快过来看！"

埃迪仔细努力地看了一眼。"你应该知道那是什么，那是维多利亚瀑布。"

"什么?!"

一团像巨大云朵的东西从一片辽阔的树林中升起，闯入高空，甚至有几千米高。

"是的，那是瀑布溅起的水雾蹦到空中弥漫了开来，一直都是这样的。"

这对我们兄弟仨来说实在太震撼了，我们争先恐后，想找个看风景的最好角度。最后，我溜到过道上，感受着全车的乘客对这一壮观景象所流露出来的激动心情，无人不对莫西奥图尼亚（意即"霹雳之雾"）瀑布叹为观止。

大家仍然待在原地，而火车正渐渐靠近在赞比西河流过的地球表面上所发生的这一剧变。在罗兹的极力坚持下，瀑布下游迅速建成了铁路和桥梁。火车缓缓地开过这座桥。这些平日里表现得很安静的移民们近乎狂热地欢呼了起来。火车隆隆驶过大桥，我有点慌乱，拼尽全力地想多看一眼这一短暂的奇观。我从这个窗口跑到那个窗口，透过人群间的空隙，千方百计地想要看到沿着峡谷奔涌而下的巨大水流,密密麻麻分布着的热带植物。接着,这些东西很快就看不见了;转眼就落在火车后头了。这场视觉奇观没有维持多久就消失了。似乎没什么办法可以紧紧抓住这些瞬间。

火车要减速停下的时候,太阳已经下山了。我们都猜测着这次应该是目的地到了。此时,一块告示牌不声不响地出现了,上面写着"卢萨卡"。

博塔一家按照先前说好的过来接我们,把我们安置在他们市区的家里,还表示我们可以一直住那里,直到我们找到住的地方。"你们还不能离开我们,不是吗?啊,萝丝,你看起来有点累,需要喝点茶。埃迪,你怎么不好好照顾女士呢?"说话的是巴布·博塔。

萝丝抱了抱这位强壮的南非白人妇女,差点儿感动得落泪了。

"各位动起来吧,把行李搬下来,其他事等会儿再说。"埃迪本来可以再加一句"要事第一!"的,但他没说。

这就是卢萨卡了。完全是非洲的样子。一下火车,我们就踏上了一片光秃秃的土地。火车站里有指示牌和一些瓦楞形遮阳棚。我通过车厢间隙看了看对面,大叫了起来:"爸爸,马戏团!我们能去看看吗?就看一下,不进去可以吗?"

埃迪疑惑地朝那边看了看。不远处,黑夜中亮着几排灯光,像是临时搭建的。"宾,那里在干什么?"

宾轻声笑道:"没什么,那里是镇中心——开罗街和利文斯顿街。"

周六一早,宾带着埃迪去办公室见新同事,而我们这帮孩子就跑到外面,去见见这片非洲的世界。空气清新,就像刚洗过一样,一切显得那么清新,那么明亮,连地上爬动的小虫子都被看得一清二楚。博塔家的孩子们把千足虫和狼蛛指给我们看。适应一个新环境真的需要一些时间。

几天后，我们住进了市里提供的新房子。博塔在罗兹公园的家有瓦片屋顶和拼花木板，让我们印象深刻。现在的家是全新的，位于镇子的另一边。事实上，这一带是全新的市郊地段，没有电，没有柏油路，这些东西"短时间"内都不会有。大人们已经看过新房，现在轮到男孩们去看。我也很难通过大人们的话明白他们到底在想什么。妈妈的想法就是："不管怎么说，这是属于我们自己的房子。"

我们坐着黑色福特车穿过小镇，开过两边种着杧果树的街道，经过庄重的秘书处办公楼和查特公司，经过山顶小路，沿路经过左侧的政府大楼，路过英国皇家非洲步兵队的哨所，接着到了白桦路，路边栽有当地的几种树木，还有九重葛和猩猩木。这里明显受到殖民者的优待，跟杰米斯顿或约翰内斯堡都不同。

然后，我们停住了。柏油路突然到了尽头，大家必须越过灌木丛仔细看去，才能确定里面有房屋。于是，我们沿着灌木丛中一条像什鲁斯伯里路般的小道走进林区。这儿真的是一个特别的世界，就像洪佩尔丁克歌剧《汉泽尔与格勒太尔》中的画面。这条勉强称得上"路"的小道不是很干净，看起来曲折蜿蜒，但它倒是和早就存在于此的姆萨沙树和大蚁冢很协调。

那就是我们的新房子了。一栋外观普通的小楼房，屋顶是波浪形石棉瓦铺成的，边上是一个小屋舍（仆人的住处），还连着一间车库。我们感觉这儿和博塔家的风格一点都不像，但谁都没说出口。楼房建于一片尚未开垦的原始林区里，占地大约半英亩。这里最常见的物种是北罗得西亚高原上最为丰富的穆萨萨树。房子的一侧，也就是鲁珀特房间的外面，放着一堆花岗岩。

我们在林区中努力生存的故事几乎可以改编成一首德沃夏克的

《新世界交响曲》。由于当时市议会进步的管理政策,穆萨萨树被保存了下来。居民们不能随意砍伐当地的树种。一名尼亚兰萨人被雇为护林人,他一家人都搬进了仆人房舍。这块小小的半亩地真正有了庄园的样子。埃迪想了一项美化计划:铺设草坪;垄作栽培幼苗,用浓密的大象草制成屏障,保护它们不被阳光晒伤;还有一些幼苗栽在空的果酱罐里,放在树底下。

很快,香蕉树和番木瓜树结出了累累硕果。西番莲(即百香果)缠满金属网架,牵牛花在微风中轻轻摆动。泥土地上开出了鲜绿的花生叶子,跟地下长出的花生相比,显得更有生机。玉米秆长得很高。还有一种头部为蓝色的大型有鳞蜥蜴,一有人靠近,就会上下摇摇头,立刻冲到树干上,保持一个安全的距离。前花园外面的那棵树上有一个鸟窝,住着冠蓝鸦一家。

"大家穿好衣服,别乱跑。"萝丝穿着一件新的黑色晚礼服站在镜子前,对我们说,"你们知道的,战争开始后我就再也没穿过这种衣服了,我都不记得怎么跳了。"她突然把我拉过去,随意地跳了几步华尔兹。"看来也不是完全没印象。哦,雷蒙德,我记得以前我们还通宵跳舞呢。多美好的回忆。我们一大家子还去英悠妮海滩小屋度假呢……"

虽然埃迪只是一个市委会办公室小职员,但还是要参加一些社交应酬的。他的一个同样是小职员的同事家里会举办舞会,年底时还会有一场盛大舞会,所有职工都要参加。

这种喜悦之情也感染了新来的"男佣"詹姆斯——一个俊朗的年轻黑人。为了擦洗红色混凝土地面,他把刷子绑到脚上,然后沿着过道滑过客厅和厨房。但萝丝为此把他狠狠地训了一顿。我很是不解,问她,她说:"雷蒙德,你怎么会问这么一个问题?"

天黑前,护林人奥比斯特要为户外的热水炉劈好柴火。夜幕迅速降临,汽化灯散发出强烈的光。在亮光的映照下,伸展的树枝虽然不是很骇人,但看起来很怪异。窗帘被拉上了,好像是要把异教徒势力拒之门外。有的夜晚,我们还会听到铿锵有力的非洲鼓声;鼓声所传达的情感常常不同,有时阴郁死寂,有时杂乱癫狂。

　　这段时间,我们一家正在努力适应新环境。直到那时,我们才开始意识到,有必要对外宣告我们对这片土地的所有权,否则,那些过路人才不会知道这房子里是有人住的。新栽的树篱前立了一根木头柱子,上面挂着一块写有"E. W. 斯宾塞"的精美指示牌。由于街道编号还没确定,郊区的大多数白人把自家的姓氏写在前花园的信箱旁,宣告自己的主权似的。

第二十章

那是一个令人兴奋的日子。埃迪开着福特车回来，车顶的架子上绑着三辆崭新的自行车。对我们三个男孩来说，这是第一辆属于自己的自行车，对此我们引以为豪。鲁珀特学了没几周，居然就能够骑车上路了。我却勉勉强强才能双脚够地。为了让自行车能用得久一点，我那辆新买的自行车大了一个尺寸，就跟买衣服一样——我的衣服常常跟我不搭。最近，有个男孩在操场上突然大声问我："你穿的是长的短裤还是短的长裤啊？"我很窘，却无言以对。回到家跟爸妈讲起这件事时，埃迪开怀大笑，然后提出很多可以回应的话，却没有一句话能减轻我的窘迫感。

"嘿，不要再噘着嘴巴了，都可以挂个酒瓶了。"爸爸开玩笑地说。通常我会收起噘着的嘴巴，勉为其难地笑一笑。

很快，我长高了，那辆自行车适合我骑了。那辆自行车让我能够在方圆二十公里以内自由地探索。

周六下午，我通常会骑车去镇上的卡尔顿电影院看电影，双脚踩在电影院的地毯上带给我一种神奇的享受。因此，每每看完电影，我都需要时间适应站在坚硬的地面上的感觉。回程时,我要花些力气才能骑上山路缓坡。到了山顶,自行车在空中划出一小段弧线,然后靠左冲下坡,来到白桦路。这一段路不用我怎么骑。下午的树荫遮住路面,我呼啸而过,双手放开车把,放在坐垫后面,用膝盖夹住车的横杆,靠身体左右移动来调整膝盖位置并控制方向。

回到家,我仍然劲头十足。姆萨沙树枝叶交错,密密麻麻,阳光透过绿树浓荫照在草坪上,斑驳点点。我躲在别人看不到的地方,想象自己是一只还没长大的蜂鸟。我站在一辆有轮推车上摆弄姿势,在花园里奔啊跑啊,到处游荡,把我自己的身体当作一个原始的乐器,表达着一些似乎不知从哪里来也不知到哪里去的情绪。

学校放假时,我开始到灌木丛中开始小小的冒险。其实很简单:只要沿着什鲁斯伯里路向山下走几百米,然后随意选一条小径,就能走进荒野。在这几条相互打得通的小径中仔细选了又选,我会再骑上几英里;几次下来,也只是偶尔碰见一个骑车的黑人或一个跟孩子们在一块儿的女人。通常黑人会冲我友好地招招手,而那个女人和孩子们会抬起头,一脸的惊讶和困惑,只是盯着我看。我喜欢跟灌木丛中的这帮人这样相处,哪怕并不是很亲密。

如何尽可能提高骑车速度,这里有个小窍门,就是跟弯弯曲曲的路边沿保持十五厘米的距离。这样一来,万一需要急刹车,车子还是能保持平稳。当我骑到豹丘路,我感觉就像进入了一条跨越冥河的路——那是一条宽阔但尚未命名的路,向南直通灌木丛,通向我知道的那个无人区。从远处看,这个无人区坐落在一个上面长着两棵棕榈树的山丘上,然后消失在未知的远方。

当我穿过那个地方时,我感觉我完全是属于我自己的。这是真正的非洲。不会碰到白人。有一次,我鬼使神差地走进这个地方,却发现在这片偏僻的地方有不同的植被。原来是一个废弃已久的果园,没人修剪的枯草丛中还有一个石头堆砌而成的壁炉的遗迹。从眼前的迹象看,这个农庄应该是罗兹进步党时期荒废的。我一直沉浸在对这片废墟的无尽幻想之中,直到在前面转弯的时候思绪才被打断。这里后来成了我的秘密花园。一到春天和夏天,我就会到这儿来大口享用桑葚和杜果,这基本成了惯例。

等我重新回到大路上,我又向东骑了一会儿。快到路的尽头的时候,几栋小茅屋映入眼帘。这么个地方勉强可以称之为村落,因为每栋屋子都矗立在灌木丛中,周围是大树和花岗岩层。只有屋子周围的一圈没有任何植被的痕迹。

这时,我忽然有点慌乱起来。或许我该回家了,我的探索之路应该到此为止。毕竟我要怎么跟这边的人解释我的所作所为? 也许他们并不欢迎我。要是父母的声音那时浮现在我的脑海,我一定立马回家。我眺望着那一片乡野,那儿真的是我想待的地方。别处的居住区根本没这种特色风情,我真想尽情享受这么一次没有同族人干扰的自由时光。

我把自行车藏在灌木和岩石中,然后一步步踏上曲折的林间小路。突然背后响起一个低沉的声音,吓得我的小心脏都快蹦了出来。"下午好,先生,今天过得好吗?"一个身强力壮的年轻黑人站在我面前,看起来十分友好。

"下午好。唔,我很好,谢谢。我正在找野鸟,因为家里要做一个鸟舍。"这个回答让我觉得自己更安全一些。

"哦,这样啊,我带你看看这些鸟是从哪儿来的。它们爱吃稻谷,每天早晚都会聚一块儿。不过在此之前我得招待招待你。带上你的自行车,去我家坐坐,吃点东西。骑了这么久,一定饿了。我叫威廉,来,走这边。"

　　显然,这时我不能独自走掉,只能跟着威廉走进他的土屋。圆形墙上只有一个方形通风口,过了好一会儿我才适应了昏暗的环境。"欢迎来我们村。这儿从来没白人来过呢。"威廉把花生、生番薯、熟玉米装在不同的碗里,然后跟我蹲在地上,"在家喝酒吗?"

　　他的问题很奇怪。我摇了摇头。

　　"哦,好吧,那你最好别喝。这酒刚酿的,很烈。"他把陶壶里的水倒进两只锡杯里,"这是山脚下打的泉水,你骑车过来时肯定经过那儿。"

　　可是不知为什么,他弯下身子,从架子上拿出一本《圣经》。"你读《圣经》吗?"

　　我耸了耸肩,答道:"有时候……不怎么看。"

　　"我每天都看,"他翻到有书签的那一页,"我现在在读《以赛亚书》。"

　　我不由得感到惊讶。

　　"对了,有件事让我很不明白,为什么白人非要在房子边上种植树篱或围上栅栏。你看到了,非洲人从不这样做。你可以自由穿过村庄,穿过房子,没人会介意。"

　　我以前从没想过这个问题,于是点了点头,以示赞同。

　　"这样一来,我要是想去看在市郊的白人家干活的朋友,就必须绕过房子沿街走。要是抄近路,他们会把我关进监狱。"他十分疑惑地摇了摇头。

　　他走到门口,向我招了招手,叫我过去。"看到那边的树了吗?这片深草的另一边就是我接女儿的地方。一个一个地接,"他又说,"啊,我们在那儿玩得很开心。"我抬了抬眼,假装感兴趣,其实我兴致索然。

"想去树林里看看羚羊吗?"

毫无疑问,我对这个兴致盎然。走到附近一座林木茂密的山丘旁,威廉从树上摘下一片叶子,仔细折了几下,放在嘴边吹了吹,试了好几次,总算吹出他想要的哀怨声。"是不是像小孩的哭声?羚羊呼唤小鹿时就发出这种声音。坐这儿吧,这样一来,它们就看不到我们了,等会儿我指给你看。"

"呼唤声"持续了大约十五分钟,威廉抓住我的手臂,低声说:"在那儿,看到了吗?"

过了一小会儿,我总算认出那只胆小的小动物,它正踩着厚厚的淡黄绿树叶慢慢地靠近我们,嘴里不停地嚼着灌木叶。威廉吹出声音时,小羚羊就抬起头,转动耳朵,毫不怀疑地循着声音走来。突然,一声响动,羚羊迅速而又慌张地逃了,只留下一阵疾风。

"通常,羚羊靠得够近时,我们就会拿矛刺死它。羚羊肉很好吃。不过今天就算了。"

我赞许地点了点头。

夕阳散发出一阵柔光,我该回家了。我答应威廉下次再来,到时共商捕鸟大计。我沿着山坡向下骑,看到小路两边长着高高的大象草。我兴高采烈地加速前进,骑过弯弯曲曲的草丛小路。突然,场面陷入混乱——车子重重地撞上一个从泉边打水回来的女人。她头上原本顶着装满水的陶罐,这下打碎了,她的嘴角还流血了。我们两个人坐在原地,一动不动,呆呆地看了对方好一会儿。这是一个迷人的女人,淡淡的巧克力色皮肤很紧致。我担心她可能磕掉了一颗牙。

"对不起。"我结结巴巴地说。但我知道这起不了什么作用,因为她根本听不懂。

我立刻站了起来，扳直前轮，飞速骑走，想撇清这次无心之过。这个状况很棘手，我自己处理不了。我发疯似的迅速逃回家，好像后面有一个来自地狱的恶魔在追我。

"你不能就这么走掉!"

"为什么?"

"唔，首先你爸爸肯定会大发雷霆。不过我们要去参加市长阅兵仪式了，你先换好鞋子，穿上校服。"萝丝坚持道。

阅兵场是一片很大的草地，旁边种着高大的亚热带树木。场地一头是用绳索隔开的高台，两边集齐了一排排黑人。白人家庭成群结队，从停车场走来，摆上折叠椅，坐在黑人前面。

一队黑人士兵列队走进阅兵场，后面跟着英国皇家非洲步兵军乐队，这些殖民者的肤色十分显眼。铜管乐、木管乐和鼓一起合奏开场曲——艾尔加的《威风凛凛进行曲》。披着豹皮外衣的主鼓手时而在空中挥舞鼓槌，时而重击鼓面。随行的还有乐队前方的吉祥物——一只打扮华丽的"早熟"的山羊，士兵一脸庄重地护送它前进。山羊前面是乐队指挥，他庄严肃穆地挥动着指挥棒。斜阳从人群后面照过来，照亮了一张张红彤彤的脸、黑色的发辫和黄色的铜管乐器，还有一群爱国热情高涨的殖民者。

一群穿工作制服的人集体接受检阅，包括士兵、警察、侦查员、护士。人群中传来窃窃私语，观众很得意地辨认着那些不同的代表团。接着，随着一声"稍息"，队伍开始安静地就地休息。但观众的期望此时达到了顶峰，不停地走动，低声交谈，引领企踵，纷纷猜测市长会从哪里出来。这时，一辆黑色劳斯莱斯轿车悄悄地停在高台后面。一位工作人员突然出现，打开后车门，只见里面走出来一个人，身材高大，身穿黑色制服，头上戴着插有羽毛的头盔——他就是亚瑟·本森爵士。这时,在一个手势的示意下,全场起立,脱帽致敬,乐队奏响《天佑吾王》。

一些黑人不清楚摘帽这一礼节,招来一些白人的怒视。市长走上高台问好,并向检阅队伍致敬。然后,他沿着队列行进。阅兵仪式很快结束,大家各自散去。这英国式游行令人印象深刻,是军队实力的一次对外演示,其实也是一次虎头蛇尾的游行。开始时明明气氛高涨,整场下来却不知怎的并没多少节目;散场时,大家都感觉心里空落落的。很多白人在阅兵仪式结束后互相问好,一起到阳台上喝杜松子酒,针砭时弊,展开讨论。

我们一家开着我们的黑色小"战车"径直回家,脱下身上的"外出服"。阳光映在草坪上,形成一片浓荫;我穿着卡其布衫,赤着双脚,坐在树下的有轮推车上。

"哦,该想想晚上吃什么了。"萝丝换上绿色居家外套,"哎,还是这双好。"她深深地叹了一口气,换下高跟鞋,穿上了拖鞋。

"别担心我。我只要一些小点心。面包和奶酪就可以了。"埃迪说完去倒腾他的车了。

马文跑进灌木丛里跟朋友们一起玩,鲁珀特则在房间里很认真地阅读关于枪支的杂志。

第二十一章

　　学校放假了，时间充裕得很。这种时候，我常常会倒腾一个大纸板箱，从里面掏出一堆红红绿绿的真丝围巾、一些红色台球和大号纸牌，还有一个装有陶瓷圆形蛋和别的古怪小东西的黑色大包，统统都摊床上。通过严谨的过程和灵敏的手法，我像一个真正的魔术师那样巧妙地利用这些道具创造出神奇的变幻效果。我先是展示一下基本手法，然后运用技巧一步一步将"观众"带入设计好的表演中。为了更好地展现整个过程的风采，我是站在萝丝的梳妆镜前完成这些表演的。

　　整个魔术表演由我和爸爸合作完成，但我总觉得有点别扭，因为我们俩很少一起完成一件需要配合和信任的事。但我有这个爱好，其实也是受爸爸的影响。几年前，我们一家去约翰内斯堡的二十世纪影院看一位著名魔术师的演出。那场表演让我惊叹不已，从此我迷上了魔术。舞台的奢华布置不是我能做到的，于是我只能先置办一些最基本的魔术表演道具。因此，每次生日或圣诞，我都会把姑姑和爷爷奶奶给的一张张十先令纸币攒起来，加上爸爸妈妈给的几英镑，全用来买道具。我和爸爸一般会去伦敦的埃里森店买道具。

我们认真地观察道具样品，阅读魔术技巧简介，想象舞台上可能会有的表演效果。"你得先学习学习那些小魔术。至于其他舞台魔术，像大锯活人、印度通天绳这些，现在还不适合你。"我不得不先从小处做起，让魔术像室内音乐一样亲近，而不是像交响乐那样高高在上。

我们提交了订单。几个月后，埃迪下班时带回一个包装精美的纸板箱，上面贴有标签，发货地址是伦敦的埃里森店。订单上那些古怪的物品总算成为现实；将来表演时，它们一定会引起观众的阵阵惊叹。我们激动不已，连忙拆了包装。当然，我们是关上房门后才拆的，因为不想让别人知道，包括妈妈、哥哥和弟弟。

埃迪剪了一些纸，然后卷成魔术棒的样子，还在外面涂了几层黑颜料。"魔术的关键其实在于行话。你要学会像魔术家一样口中念念有词，要快，要流畅。"我记住了这句话。我还花了很多很多时间练习手上功夫，做到熟练地移动或隐藏台球和其他形状的物体，总算掌握了魔术的基本功。魔术中常有设置陷阱的时候，这时，表演者需要通过手上功夫和语言技巧来转移观众的注意力。有时我会再摆一道，给观众错误提示，让他们觉得自己真相在握。当他们大叫"袖子，袖子里"或者"右手，右手中"，为了加强效果，我会故意怂恿他们叫得越来越得意，然后装成被逼无奈的样子，伸出空空的袖口和右手，宣布他们判断失误。一旦设计好陷阱，我就胜券在握，开始神气十足地卖弄技巧了，因为接下去的一切会像上了发条一样顺利进行。

但是，通常我不喜欢这样去提示，因为这会让观众以为我是在唬人而已。我更喜欢让观众一直感到好神秘，让他们以为真的有魔术存在。这种引发别人想象的感觉，让我如痴如醉。

我们家没书架。所有的几本书都是埃迪的，包括一本很大的旧版《韦氏词典》和一套厚厚的关于"二战"的硬皮书，书里插有很多黑白照片，讲述了那段阴暗的岁月。我看着它们，会被深深地吸引，尤其是那些战马的图片。画面上，在士兵胯下的或被系在大炮旁的战马受困于一场轰炸中。我注意到了他们的无助和脆弱：鼻孔张大，眼神癫狂，正徒劳地挣扎着，试图逃离即将到来的屠杀。我常常从橱柜里拿出这些有着深红色封皮的大书，在字里行间感受那些战火纷飞中的悲痛往事。对于这些战争参与者来说，不经意间就可能光荣牺牲。

　　后来，埃迪又得到了三本书，分别是关于同义词、名人语录和俗语的。但书还是不够多，放不满一个书架。文字能表达意思，记录准确的信息，却无法传达想象力。在这些固定藏品中并没小说。身为委员会一员，埃迪能用常见的措辞撰写精准的报告，对此他很是自豪。他已经形成了一套他必须掌握的、成熟的知识体系。任何违背常用词的行为都注定是浪费时间。埃迪对任何人的演讲、行为、性格中的不寻常之处都保持怀疑的态度。他会说："奇怪的家伙。"

　　另外，他衣柜的那些衬衣底下还放着一本《时尚先生》的复印本。不是他自己买的，是别人送的生日礼物，后来一直被锁在衣柜里。里面有一些脚踩高跟鞋、发型时髦的女郎照，露臀裸体的。当然，没有露出性器官。除此之外，书里没有任何其他有关床上性行为的图片或文字。性爱是一个私密的话题，我们不会在生活中公开提及。

　　由于某种原因，长大意味着再也不能像小孩一样跑来跑去，哪怕别人并没注意。一些习以为常的小事都突然变得不再得体。最先发现这一点是在睡觉前。和往常一样，我洗了澡，刷了牙，穿上蓝白相间的睡袍和棕色皮革拖鞋，然后吻别妈妈，跟她说"晚安"。当我走近爸爸也想这么做时,他把我往后一拉。这个动作吓了我一大跳,但我还是想去亲他的嘴。

"以后不用这么做了。"

"什么?"我急切地问,十分不解。

妈妈什么也没说,只是怜悯地看了看我。

"以后不用再亲我了。"

我呆呆地看了看爸爸。

"你已是个大孩子了,睡觉前,不必跟爸爸道晚安了。"

我看了看妈妈。她静静地坐那里,没有插手父子之间这件微妙的事。

我转过身,讪讪地走回房间上了床。心情很糟糕。

"雷蒙德?"

"嗯?"

"不给我讲故事了吗?"

"今晚不讲了,明天吧。"

"为什么?"

"不知道,就是不想讲。"

马文跟我睡一个房间。最近晚上躺下睡觉前,我都会给他临时编一个故事。我给故事取名《吉米·奥尔森》,吉米·奥尔森是电台转播过的"超人"系列剧的主角。

马文央求道:"你可以讲短一点啊……好吧,我知道了! 你就给我讲讲昨天讲过的吧。"

"好吧。"

这是一场与时间的对抗。我需要影响别人的思想意识。除了对魔术的兴趣,爸爸还常常影响我的思想。在某种意义上,妈妈却恰恰相反,她全盘接受别人倾诉的情感,但对自己家里人,除了家里的那些事,她并不关注我们心里在想什么。我不得不用各种社交手段全面装备自己,这样才能让外面的世界更好地了解我。

那么,是哪个外面的世界呢?当时我没想过这个问题。事实上,无论是在心里还是在心外,都有许多类型的世界。从根本上看,我想要一个内外合一的世界。这样就会拥有那些灿烂的时刻。"这是大多数人大多时候的感觉吗?"我很好奇。如果真是如此,世人为什么不跳着维也纳华尔兹舞大杂烩似的载歌载舞呢?

家里人相处和睦时,我能感觉得到。但这种和睦关系变得越来越脆弱。

走出家门,置身于灌木丛中,微风拂过我的肌肤,阳光落在颜色各异的草上,反射回或橙色或褐色的光,斑鸠低沉地咕咕咕叫,我很自然地就会去回应这些美好的感觉。电影也有这种魅力,总是能让我不断地发现演戏的乐趣所在。

戴维·特罗洛普是马文的一个朋友。他是个早熟的胖小子。跟我一样,他被莫名其妙地拉入一群同龄伙伴中。对这种小团体,我既不排斥,也不热衷。通常,小伙伴中会有一两个跟我同岁的。在这个团体中是男是女无关紧要。但林区附近没有跟我同岁的女孩愿意一起在街上或林中嬉戏玩耍。

我在约翰内斯堡确实有一个女朋友,她叫奥莉维娅,我很喜欢她。我会帮她提书包,有时还会热情地亲吻她。但她并不会这样跟我疯玩。维耶娜姐却不同,童年时我们会临时起意去某些地方玩。而在卢萨卡,没有像维耶娜姐那样的女性伙伴。

当然,我并不是很在意这一点。我周围似乎有很多小伙伴,各种各样的。尽管相差四岁,马文还是常跟我一起玩。当时是一九五五年，是时候开始另一场表演了。为此我还得到了一辆自行车。这次，魔术师的名字是"魔术师佐伊"。我会表演瞬间消失的老戏法，然后穿插一些别的表演。这个名字或许是从蒙面侠客佐罗那里演变而来的。

卢萨卡新造的许多政府用房在设计上都有一个特别之处，这引起了我的兴趣：从前门进去后，门厅跟客厅隔着一块帘子。特罗洛普一家就住在这样的房子里，我们家拐个弯就是他们家。特罗洛普是一名勘测员，他妻子是卡布隆格市让雷宁高中的地理老师。要论家教修养，他们家的人比我们家高一两个层次。

让雷宁高中的老师上课都要穿学院袍。要是我能借特罗洛普太太的学院袍当魔术师服装，然后在门厅里为客厅里的观众表演，对戴维本人来说也是很好的。马文跟我同学德斯蒙德也是我的忠实粉丝。我们四个人排练了一段时间，到最后片刻，奈杰尔（也是我同学）表示他也想加入我们。

下午来了一位"不速之客"，我们一个个都很惊喜，开始了热情高昂的表演。我们大张旗鼓地表演，让前来观看的人大吃一惊。结束后，我们一致觉得，我们的努力没白费，表演圆满成功。我们决定开个会讨论以后的打算。

开会不是我的主意，另外我也感到不安。过去都是我想主意，让他们去做。而这次出现了一个新的活跃分子，这是我要当心要注意的。后来加入的奈杰尔想法很多，我想让他跟我们一起。他会给团队注入不一样的新鲜血液，因为他比我们更聪颖更机智，有自己的独特想法。他妈妈是全国网球冠军，最近请了我和德斯蒙德帮忙当球童，在卢萨卡体育俱乐部举办的全国大赛上帮忙捡球。虽然我不太懂规则，我只是热情高涨，但跟网球打交道实在很有意思。有时，我会跑到场地里,在运动员面前捡球,他们就会很生气,甚至态度粗鲁,然后要求重来一次。

奈杰尔的爸爸是北罗得西亚政府的高级官员,他被任命为农业部部长后,他们一家搬入一幢大厦。对于来自约翰内斯堡南部郊区小地方的某些人来说,这样的机会实在难得。

德斯蒙德是我最好的朋友。我们曾用刀划破手指,滴血结义。他跟我很不同。他像历险故事里的飞行员比格斯,而我更像伊妮德·布莱顿笔下的人物。他擅长板球等体育项目,而我在这些方面都很一般。但我们住得很近,常常一起骑车上学、看电影、游泳。有时我们也会去探险。

第二十二章

"珍妮弗,进来梳洗一下,基督徒要有基督徒的样子!"说话的是住在隔壁的斯帕罗太太。他们一家当时刚从波斯搬到这儿,还带来一些漂亮的毛毯、花瓶和短剑。我以前常到斯帕罗太太家串门,她女儿珍妮弗比我大几岁。

"帮我倒点杜松子酒好吗,小家伙……多放点冰块。要吃橘子的话,自己动手拿。"

我走到酒柜那儿,使尽浑身解数也打不开酒瓶。要知道,我之前连杜松子酒的味都没闻过,更别提开瓶倒酒了。

"天哪,你在跟我开玩笑吗?珍妮弗,你教教他。他要是以后还想来拜访我们,就一定要学会这些事。对了,雷蒙德,我这儿有些东西你可以拿去下次表演用。这是一套宫廷装,是珍妮弗在船上参加那些烦人的化装舞会穿过的。这一大堆是卡菲尔粗斜纹布,你要是喜欢的话,可以拿去当作幕布。我们用不着了。那新窗帘,你看怎么样?我们可能随时搬到新的家,我迫不及待地想要处理这些旧东西了。"

"嗯,窗帘是挺好看的……那些布我们应该用得上。"我回答道。这款黑、金、红三色条纹的新窗帘泛着绸缎般的光泽,垂到地面,让这个暂时充当小客厅的房间显得有些压抑,看起来与轻淡柔和的波斯地毯不太相衬。

"这套服装正好适合我们的演出,不过只能套在国王身上。"

"哦,已经有人要出演国王了吗? 是谁?"

"德斯蒙德。"

"哦,所以你就到我这儿来了。"她这话说得有点莫名其妙。

我们在奈杰尔家开会,来了很多人:除了《魔术师佐伊》的表演人员外,奈杰尔还请了一大帮他的朋友。

他安排我们在客厅坐下,接着对我们说:"《魔术师佐伊》是一出很棒的节目,所以我们现在做事也要有规有矩。我想我们应该选一位会议主持,这样每个人都能有机会发言。你觉得呢,雷蒙德?"

我耸了耸肩。"嗯,没错。"话是这样说,但我还是对眼前的情形感到十分困惑。

后来是奈杰尔的一位朋友主持了这次会议,还要求我在最后一场表演中汇报进度报告。对此我也没异议,只是继续琢磨从斯帕罗家拿来的那堆服装和窗帘。

"还有,"奈杰尔接过话头道,"我觉得如果能用那些卡菲尔粗斜纹布来做服装,效果一定更好。要是大家想演出更成功,现在就要开始制作服装了。"

"嘿! 那是用来作幕布的。斯帕罗太太是这么说的,我们也的确需要幕布。要是把它裁掉做成服装,表演完之后就没什么用了。这块布就这样浪费掉了。这窗帘布是给我的,我要用它们做幕布。而且,我才是制作人!"

这问题挑起了大家的情绪,最后我们决定投票表决。除去奈杰尔,我获得了演员们的全票支持,在投票中获胜,窗帘布被留下用作幕布。会议中虽然出现了小摩擦,但我的朋友们还是表现得很仗义。会议很快就结束了。奈杰尔和他的朋友再也没在排练期间出现,我们也没再开会。

"哎,那人真是太不要脸了。"奥比斯特大声嚷嚷着走进门,手里拿着一包萝丝吩咐他拿去卖掉的旧衣服。

"你说什么呢? 你说谁不要脸?"萝丝问道。

"就是那个人。他不让我把夫人的衣服卖掉。"

"奥比斯特,我不明白你在说什么。我看就是你自己不想把衣服卖掉。"

"不不不,夫人,不是这样的。"他矢口否认。但他没费心解释:其实他是被人从黑人聚集的麒麟杰地区赶出来的。那地方在什鲁斯伯里路的另一边,就算登上山顶也看不到。当时,肯尼斯·卡翁达,这位领袖的名字,对他来说没有任何意义。奥比斯特是马拉维人,他觉得要是被一个赞比亚的白人辞退,连那些脏活累活都没得继续干的话,一定很丢人。

那时,卡翁达还只是一个邮局职员,距离他解放北罗得西亚黑人并让他们掌握自己命运的时刻还很遥远。在卢萨卡那些临时的住户们看来,白人很有可能会在这里一直统治下去。没有人会猜到,这位默默无名的肯尼思·卡翁达会在一九六二年成为黑人政府的领袖。

看着斯帕罗太太给的粉缎宫廷上衣与长裤,我想显然下次演出的内容只能关于皇室了。而且,为了营造必要的戏剧张力,国王要在一次成功的起义中被罢黜。

这次演出的题目起初暂定为"伦敦农民"。但我爸爸指出,伦敦是个城市，没有农民；我勉强换了题目，叫作"伦敦的反叛者"。演出在屋前的外廊上举行，观众就坐在前面的草坪上。我们还打算用挂钩和线将幕布悬挂在长廊的前方。

"我们学校里有一位班级排名在我前面的男孩，很擅长表演，"马文对我说，"他很不喜欢运动，但他的表演能力很强。你应该问问他。"

我不想照马文的话做，因为我对广招人手这事特别没信心，反而更依赖自己对人的直觉和从他们身上感知到的赤诚。但这些东西不是我出门找就能找到的。那时候，我的志向很明确：成为魔术师。当时在中非只有"楠加"或巫医才算得上是专业的魔术师，但他们接受的传统与我被灌输的截然不同。我想用我在圣诞节和生日时收到的那一丁点儿钱，尽快创作出一个自己的保留魔术。爸爸跟我说过，我的舞台魔术表演生涯已经结束了，但我实在不愿接受魔术只能作为爱好这一事实。

表演是魔术师的基本功。为了表演，我必须准备自己的演出作品。我把这些念头藏得很隐蔽，从未向任何人提起，不论是朋友还是父母，甚至对我自己都不曾承认过。这些无人知晓的梦想显得有点过于狂妄，因为协调内心和外在现实这个问题似乎很难解决。

我本来在妈妈的梳妆台镜子前做翻腕运球的练习，后来停下来休息。坐在凳子上，我定定地看着镜子里的自己。青春期的我双腿裹在卡其裤下，变得长了一些，那画面让我沉浸其中，像在欣赏一幅静物画。我双腿交叠，观察自己的小腿平伸时展现在镜子中的曲线。接着，双手摆好姿势，让自己晒黑的身躯展现出美好的曲线。

我深深地看着镜子里自己的眼睛，内心又重新涌上一股久久停不下来的感应流，以一定的频率震颤着。我闭上双眼，能感受到这种

174

愉悦还在持续。除了眼睑还在不住地开开合合，我坐在那儿一动不动，感受着这种平静下的脆弱。

我睁开双眼，在那铺着绣花小垫布的梳妆矮柜上，看到了装在不透明的粉色玻璃盒中的香粉，旁边还有一把大号的棕色塑料梳子。右手边有一张同样高度的抽屉柜，上面铺着一样的垫布。爸爸的驼绒衣刷和黑色尖头梳放在上面。我背后是两张单人床，套着锈红色与白色相间的烛芯纱盘花床单。

我把两侧的后视镜向内调节了一下，镜子中的影像产生了异常有趣的变化：镜中原本光滑平整的影像变得参差不齐。接着向外调整侧镜的角度，我的脸和身体变成了片片重叠的碎片，跌入无限向前延伸的菱形通道。极端平静的我任凭自己坠入那条通道，感受着那种似乎灵魂被割裂的过程。

之后，我的确在某个下午骑车赶到伍德兰兹小学见了马文认识的那个人。他和他妹妹刚结束合唱队的排练，两人正在停车场等他们的妈妈。他妹妹看上去像一个金发的小精灵，而他本人，像是一个特大号的淘气精灵。他们像是来自英国小树林的精灵，而我大部分的朋友都像来自南非大草原，没有他们兄妹俩那么美好的气质。

我坐在自行车上，听着他们又是提问又是回答的；在听他们回答问题时，我不知不觉就骑车绕着他们转起了圈圈。罗伯特明确表示他有兴趣加入我的团队。相互了解得差不多了，珍妮朝我怯生生地微微一笑，然后两人一下子就奔向等在那辆莫里斯·考利车内的妈妈。

吉尔伯特·伦尼中学正要策划一场文艺晚会，还号召学生参与。踌躇了一阵之后，我还是决定冒险试一下，报了一项魔术表演，虽然在魔术表演方面我只能算入门级别。那年卢萨卡新建了两所全新的兄弟中学,准备招生。这两所中学的一个招生途径是录取五级标准的学生,而这些学生往往是小学的尖子生。因此,作为本省这所艺术学校的学生,我和我的同班同学都感到高兴。

我入选了。组织这场晚会的高年级学生同意我演出。这是我第一次能在演出前得到事先批准。过去都是我自己先在脑中构思,然后再想办法说服别人加入表演。现在这个晚会中有了我的专属位置,我甚至不用自己去招揽观众。

但也不是没有竞争。一个高我两级的男生也要表演魔术。我的表演排在第二个,而他则是中场休息之后再上场。初步讨论时,那个男孩就像是一位表演家那样走过来。他说起一两个他要展示的壮观的舞台魔术,包括一段将一位女士一分为二的表演。相比之下,我的魔术显得平淡而又乏味,因为我一直专攻的似乎是小打小闹的沙龙魔术。另外,那个男孩有专业的魔术礼帽和燕尾服,而我唯一的配件是自制的魔杖。

该去拜访一下迪尔德丽了。她住在附近,有一个服装箱。听说她经常和她弟弟一起动手制作服装。我得去她家感受一下。我发现,和之前几次去的情况一样,最后我们都是在她的房间里。迪尔德丽是一个迷人的金发小甜心,她自然而随性地躺在床单上。她弟弟下午出门了,黑人佣人也不在家,至少暂时不在。

我们侃侃而谈,两人之间出现了良好的情感共鸣,但我并未产生明显的欲念,也不打算明说。这就像打开潘多拉魔盒一样。我们一起看了她收集的服装。我试穿了她的红色天鹅绒披肩,只能将就着穿。当然,若有配着丝绸内衬的合身黑色斗篷就完美了。

吉尔伯特·伦尼中学的建筑设计并没有考虑到演出场地。学校有现代的科学实验室,设备齐全的木工活动室,可全天候使用的网球场、橄榄球场及板球场——但是演出只能在地板翘起、墙上架有攀爬横栏的体育馆内进行。演讲台是从餐厅搬过来的，幕布也是临时挂上的。

我们想办法掩盖了体育馆隐隐透出的庸俗感，但观众进来时还是会感觉到这里有搬动过的痕迹。男孩们上台表演低音三重唱，献上了一曲《小萤火虫发光》，其他人和着音乐跟唱，结束时观众齐声喊"再来一遍！"。当帷幕落下时，我的心狂跳不已，肾上腺素激增。几位工作人员帮我把放有小道具的桌子搬上了舞台。

我做了个手势，叫人拉开帷幕，登场时灰色的校服短裤和衬衫被罩在天鹅绒披肩里了。我紧张起来，有表演的原因，也因为我必须挑起观众的期待。你要让他们相信你会有一出特别的表演，然后用大胆轻松的表演征服他们。"女士们、先生们，晚上好，我的名字叫神奇，这（我举起魔杖）就是我的神奇所在。"开场时这个小小的梗是爸爸教我的，进行得很顺利。过关。应景的自谦帮我进入了第一个魔术。魔术成功，观众中响起阵阵掌声。

表演继续，我的保留节目也顺利通过，到了最后的表演。我将我最喜欢也是难度最大的魔术保留到这个环节。两名自愿上场的观众配合得当，我将牛奶通过纸漏斗倒入他们的一只耳朵，然后牛奶变成可乐从他们的手肘处通过金属漏斗流出。最后响起一片热烈的掌声。我成功了！这些表演的时光会慢慢变成我进步的阶梯。在这个让我觉得越来越无法接受的世上，这真的是一个不错的临时避难所。

令我感到愉悦的不只是掌声。很多时候我都要被迫集中我的心理、情绪和生理机能，还要在聚光灯下表演动作，这比对日常言行举止的要求更为严苛。这类表演要求更高的沟通技巧。这是我向自己和他人证明我举止正常的一种方式。

当我在后台的大厅观看那位竞争对手的表演时,我感到很惊讶:他的那些大型魔术没有一个表演成功。相比之下,我的表演看起来更真实。为了表现他的绅士风度,那位魔术表演者后来还是过来向我表示祝贺。

　　我的拉丁语老师说,他希望我的课堂作业能像我的魔术一样优秀,我当他是在表扬我。之后这位老师因为自己带的班级在学业上没有进步,变得很是情绪化,闹得众人皆知。在一堂课上,他缩在那儿,头抵着讲台,遮着头,又哭又闹,让学生在课堂上哭笑不得。

　　我们进入了为期三周的排练阶段,在我家排练《伦敦的反叛者》。第一次集合时,罗伯特大声表示他们一家人都看到了那场文艺晚会,并一致认为我是一名非常出色的魔术师。我们也由此在二十世纪展开了一段长久的友情。

第二十三章

属于我们的周六来临了。全体演员都准时到场,一起帮忙布置舞台,又趁着饭后观众未到场的空隙进行了最后的排练。罗伯特告诉我们,他的父母要来看演出,情况忽然间有了变化。"你是说他的父母想来看你们表演?"萝丝问。

"是的,"我耸了耸肩,"我觉得他们挺喜欢表演这类活动的。"

"嗯,这样的话,我觉得你最好烤点点心。"埃迪对萝丝说。

"烤点心? 为什么?"我问。

"嗯,因为我们要请他们喝茶,不是吗?"爸爸反问道,"你知道这意味着什么吗? 意味着我们也得请德斯蒙德和戴维的父母一起来。"

"还有范他们一家。"妈妈补充了一句,却没有不高兴的意思。

"你应该早点通知我们的。"埃迪接着说。

"嗯,不过我也不知道这些大人会来看演出啊。"

零零星星的阵雨打断了我们的排练。我们只得聚在一起合唱:"雨儿,雨儿,到西班牙去,永远别再回来!"我们一直重复唱,情绪略显激昂。最后太阳终于出来了,照亮了天空,我们也能继续在屋前的外廊上布置和排练了。长长的白色卡菲尔斜纹粗布被我们当作幕布，挂在外廊的前面。

我们预定下午三点拉幕开演。在那之前，观众都到了，聚在屋前的草坪上。我从来没见过我的邻居们这个样子。他们像是在期待什么。女孩们穿着礼服，背后系着蝴蝶结，头上戴着别致的发夹。男孩们鞋子锃亮、发型整齐，在草地上坐成一排，他们的父母坐在后一排的餐椅上。后来餐椅不够用，我爸爸搬出休息室的扶手椅，还被大家取笑了一番。

待观众一一落座，我在后台，也就是休息室，播放了一首《得克萨斯的黄玫瑰》，歌声嘹亮。这也成为我们之后表演的圣歌。戴维为此借来了他家女佣的便携式唱机。我来了段开场白，简单地介绍了节目内容，然后戴维领着其他少年表演了歌曲串烧，以《我们该拿这个醉酒的水手怎么办》开始，以《爷爷的大钟》结束。

奥比斯特站在入座的观众后面。街道对面聚集了一群黑人，他们保持了安全距离，观看我们的节目。看到爸爸或其他人没出面打发他们走，我松了口气。

幕间休息时，奥比斯特和我妈妈为大家端上茶，热情地送上她最拿手的司康饼，配着草莓果酱与奶油，还有她做的苹果馅饼。她做的苹果馅饼是全世界最好吃的。我们把它叫作馅饼，实际上是一种派。造型可爱，外皮略厚，上面洒满糖粉和肉桂。我们用瓷制茶具装着这些，这套茶具是我爸妈的结婚礼物，通常只在圣诞节的下午才拿出来用。

休息过后就迎来了重头戏。在此期间出了一个小故障：场景转换时幕布开开合合，结果被挂钩勾住了，表演动作被卡断。那些该死的幕布！幸好到了表演高潮时刻，及时救了场。演员们在宫廷风暴到来的这一幕迸发出蓬勃的激情。扮演国王的德斯蒙德随着高潮死去,有观众喊:"太棒了!"于是,在观众自发的掌声中,他站了起来,大家立即又重演了一遍战斗场面,国王也再一次死去。

后来罗伯特的妈妈来找我,说:"我是想让你知道,我们非常喜欢这场表演,也非常欢迎你能来我们家表演下一场。我们很乐意为你提供场地。那儿有你理想的舞台,就在我们的休息室。"

过了一会儿,傍晚时分,爸爸搬着一个纸箱走过我身边,将箱子放在车上。"你对戏剧有兴趣,是不是?"他问。"你不是弄了些表演什么的吗?"

"嗯……是。"我回得有点犹豫,不明白他问这话的意思。

"看来你对戏剧有所接触,应该能帮上我的忙。上车。不会很久的。"

"这些是干什么用的?"我看着后座的箱子问。

"这是为市长夫人将要举办的圣诞欢庆会准备的。他们准备在圣诞节后演出《阿拉丁神灯》。你听过阿拉丁的故事没?"

我摇了摇头:"没……没有。"

"你肯定什么时候在学校表演过了?"

"没有。"

"这是有关一个男孩的童话剧,他发现了一盏油灯,灯里有一个精灵。他们每年圣诞节都要演一次。只是这次可把我给卷进去了,他们让我做宣传主管。我必须把手里的这堆海报和宣传手册发出去。我们从驻防剧院开始。今晚那里有演出,我们能在那儿碰上他们。这些人都是戏剧爱好者,他们也有可能会去看《阿拉丁神灯》。然后我们再去电影院和卢萨卡运动俱乐部。他们这类人都喜欢这些娱乐消遣。"

在看到国王非洲步枪团的标志后，爸爸从里奇韦路转出向兵营开去。一名穿制服的黑人站在入口处。车子慢了下来，爸爸向他做了个手势，又像挥手又像敬礼。"没错，他就是个宪兵。"

"什么是宪兵？"

"就是军事警察。他在站岗。我可以告诉你，那些家伙很聪明。我们在战争中碰到过他们。纪律严明?!"他摇了摇头，"呸，他们可真丢我们这些人的脸。"

"到了，就是那儿，"他说着就朝驻防剧院的停车场开去，"看样子今天里面是座无虚席啊，看来我们也会不虚此行了。"

那会儿大约是星期五晚上七点半，我们从车里爬出来，站在漆黑而泥泞的停车场，每人手里抓着一叠小册子。

"到这边来，"他低声说道，但清晰有力，"现在……你必须正确学会这个。不管怎样，都不能用力掰雨刮器。它很脆弱，很容易弄坏。弄坏了，我们就会被严惩。前几辆车，我先来，你看我怎么做……"

"好了……那边几排由你来，我负责这边的这些。"

我小心地把贴在挡风玻璃上的雨刷摆臂向后拉开，我有一种变成入侵者的感觉。这种感觉因为我爸爸鬼鬼祟祟的样子变得更为强烈。小册子正面朝下，放在挡风玻璃上，摆臂也被快速扣回原处。手上的动作虽然没停，但我一直回头看那幢低矮的波纹铁皮建筑。仅有的一点昏暗灯光指明了入口。

"所以……那个就是剧院……开这些车来的人一定都在里面。我想知道他们在干什么。"这里什么人都没有，渺无人烟。

我看到爸爸完全沉浸在掰摆臂的动作中。当时我已经完成了好几排。

我被驱使着向那边靠近。我快速解决了手中的最后几本册子，朝那幢其貌不扬的建筑走去,准备一探究竟。

入口处灯光昏暗,静得令人不安。还是没有动静。这个相当宽敞的房间好像是匆忙间被人遗弃了。玻璃杯散落在柜台上,有些还装着半杯水。上面还有不少碗,碗里盛着吃剩的花生和薯片。

那些双开门的另一边一定有什么发生。我慢慢地向那边挪步,从开着的一边侧身挤了进去,就等着被逮住。还是什么都没发生。但是,我听到了一个洪亮的声音,虽然只有一两声。

我不明白为什么有人要在黑暗里高声讲话。听起来他们也不像是在生气。我向剧院里面走了几步。等我的眼睛适应了黑暗,我发现很多人坐在我前面,观看着发生在房间另一端的事情。好像没人注意到我。

我又向前迈了几步。现在我站在了过道上,顺着大家的目光,直直地往下看向倾斜地面的方向。

房间的另一端有座房子,确切地说是在屋外。那儿还有座花园。但很快我就意识到这座花园是假的。

在此之前,我从未在谁的身上见过如此耀眼的光。

于是,我就想,或许这房子也是假的。

这强光让我困惑。我的脚巴不得在那儿生根发芽了。我也被这群与众不同的人吸引住了。我很想留下来,加入这群快乐的偷窥者。

一位牧师站在门前的石阶上,一位女士正在门口和他说话。观众时不时地笑话他,但他看起来并不介意。底下的人坐成一排排,在偷听。另一边的那些人只管自顾自地继续。我开始怀疑,他们是真的很喜欢被人围观。

也没人介意我站在那儿。

"嘘!过来。我们走吧。"埃迪说。

背后传来的"嘘"声让我泄了气,这正是我害怕听到的。我一直知道,这是我偷来的时光。最后,我往后瞥了一眼,看到一张海报,原来是卢萨卡戏剧俱乐部出演的《冬青和常春藤》。

　　离开那里后,我们又在其他停车场花了几个小时,把小册子悄悄塞入挡风玻璃的雨刷下。我们现在的举动,只是为了让其他人去看另一些人的表演。

　　"顺带说一句,如果这事做得好,我们都能拿到《阿拉丁神灯》的免费门票。"爸爸说道。

　　"我们? 你是指我们全家吗?"

　　"没错,就在圣诞节后的那一周。"

　　"是像驻防剧院里那样的剧目吗?"

　　"嗯,"他不确定地耸了耸肩,"有点像吧。但这个有音乐……还有歌舞,而且还会带点魔术。"

　　我等啊等,等待变得难以忍受。

　　"不要忘了,你和鲁珀特节后还要去看望奶奶。"

　　一如以往,圣诞节是个喜庆的节日。货车送来了一整箱五颜六色的饮料。萝丝烘焙了一个海绵蛋糕,一些百果馅饼和她拿手的姜饼。姜饼形状小巧,口感润润的,顶上有一层软软的白色糖霜。还有几个苹果馅饼,肉豆蔻的嫩枝混合在苹果里面。这种厚厚的油酥点心上洒满了粉状的糖霜。我们的圣诞蛋糕早在几天前就已经寄到了。琼姑姑擅长制作糖霜装饰物,她送来了一个精美的水果蛋糕,样子像是装满花朵的篮子。

　　周围挂满了彩带和铃铛,壁炉里放着一棵圣诞树。我们坐在休息室里,吃着坚果、葡萄干和杏仁蛋白糖,听着妈妈打开烤箱在乳猪上刷猪油时发出的滋滋声。屋外,知了完美地隐形于穆萨萨树树枝上的蓝灰色地衣中,热的阴霾聚拢一起,天气太热了,它们的叫声听起来像是上千把小提琴在演奏同一个音符。

烤乳猪被盛在一个大碟子里端了进来,边上配着烤土豆。我们使劲啃猪皮,松软白嫩的猪肉蘸上苹果酱一起嚼,嘎吱嘎吱作响。"雷蒙德,可否赏光与我一起拉圣诞花礼炮①?"萝丝伏着身子,递给我她的拉炮,好像要握手一样。"砰!"这个造型奇异、爱意满满的包裹爆开了,里面的东西掉到桌上的油炸土豆、豌豆、肉片、肉汁和酱料里。我们开玩笑,惹得大家大笑起来。我们还交换了塑料小饰物,戴上纸帽子。这种将宴会上的馈赠和收礼与公开庆祝耶稣诞辰相结合的活动,萝丝还是很喜欢的。这些天来,她流露出浓浓的暖意,我们大家都很享受。

午餐结束时,我们头上低低地扣着纸皇冠,两侧脸颊油光闪亮。我们饱餐了一顿,一个个心满意足,起身收拾碗碟,将它们放入水槽,然后一个个陷入了白日梦的状态,当时大家姿势各异,看上去昏昏欲睡。后来,那个下午,特罗洛普一家和德斯蒙德一家来访,我们切了圣诞蛋糕,端上了茶和自家做的馅饼。

节礼日②过后,圣诞节的气氛就渐渐淡了。节日剩下的最后一点东西也吃完了。尽管如此,当我们为午后的童话剧打扮时,周围还是弥漫着兴奋的气息。爸爸对我们衣着打扮的要求相当严苛。还是像以往去这类场合那样,我们兄弟三人穿上各自的校服。"过来,"走过埃迪身旁时,他叫住了我,"你来学这个。是时候让你学习如何打领

---

① 　圣诞节娱乐品彩色硬纸包糖果、礼品等,两人各执一端,一拉即噼啪作响。(译者注)

② 　圣诞节次日或圣诞节后的第一个星期日。(译者注)

带了。"我耐心地站在那儿,费了好一番功夫,才打好领带,而他又解开了,站在我面前仔细摆正领带的末端,使两边末端的长度完全符合要求。"现在我们来学领结部分……"他将樱桃红配着银条纹的领带折了又折,直到领结打得足够饱满。"你站在镜子前练习,记住。不要忘了打理头发。"他在我走开时喊道。

我看着我的妈妈,她正站在梳妆台的镜子前戴帽子。她转头看着我。"噢,小聪明要参加聚会啦!你知道吗,要不是因为你的脸,你一定很帅气!"我坐在她的床上,享受着她的调侃。

"好了,希望你们的座位能让你们满意,"载我们去修道院大厅时埃迪这样说道,"那都是大厅里最好的位子。"

"最好的位子! 是前排吗?"我问。

"不是!"他不屑地回答道,"前排是贵宾席。我们在 K 排。前排离舞台太近了,要一直抬着头,结束后脖子都要抽筋了。"

他哈哈大笑。"几天前的晚上,他们请了市长夫妇和市镇书记夫妇到马戏团,安排他们坐在前排,"他又笑了起来,"那头老象挺爱开玩笑的,竟然尿了他们一身。那些官员无一幸免。哇唔!"他再次失控地大笑了起来,连眼泪都快笑出来了。

"埃迪! 别那么粗鲁。"萝丝大声说,故作不满,"他们是不是臭气熏天了?"

"他们都中招了! 最后只好回家换衣服。"

"他们再回马戏团了吗?"马文问。

"有啊,他们都回来了,但拒绝再坐前排,往后移了几排。"

"看那儿!"爸爸指着大厅入口那个"满座"的指示牌。我们在这个装饰简单的多功能天主教学校大厅里走向 K 排。很快,幕布拉开,巴贝·科克尔夫人冲上舞台。她的儿子阿拉丁让她非常生气。角色的反转和她富有个性的表演让我捧腹大笑。阿拉丁高歌了一曲《宝宝的酒窝在哪里》,充分利用这首歌,把能想到的各种暗示都做了。

当然,男主角是由一位女扮男装的女演员饰演的,她唱道:

> 你能不能,
>
> 我能不能,
>
> 我能不能,
>
> 相信那是真的,
>
> 我爱你?

当"他"向"他"的女朋友演唱这首出自《演艺船》的歌时,我顿时整个人都变得绵软无力。这位"男孩"比"他的女朋友"更有魅力,轻易就让我爱上了"他"。这是我第一次真正观看现场的表演,严格地说是音乐剧,一连几天我都迷迷糊糊的,仿佛沉浸在一场昏睡之中。

我听说爸爸正在弄这次连续公演第二周的票,就表示要自愿放弃为期两周的南非之旅。

"别傻了。车票都已经预定了,奶奶还盼着见到你呢。要是她知道你不想去,她会怎么想?"我父母态度坚决。

第二十四章

　　火车南下的途中，我坐在绿皮座椅上，看着外面无边无际的灌木，自己哼唱着《请相信》这首歌，想象着与那位身穿黑色高跟鞋和燕尾服饰演男性的女演员同演二重唱。

　　三天后，我们抵达艾尔兹堡路二十四号人家。我挨个走过每个房间。看着好像一切都没变，只是感觉小了些。我再也不用使劲地抬头往上看了。从某种程度上说，现在往上看很容易，轻易就会被人宠溺地拍拍头，还能根据自己的喜好做选择。对于做一个既乖巧又不亏待自己爱好的孩子，我挺拿手的。人人都对我和鲁珀特说："哎呀，你们已经长这么大了。"随即就会调整他们对我们的态度。我很享受成为小伙子的感觉，虽然我还穿着短裤。

　　在这个世界上，变得引人注目也是有弊端的：你将要承担更多责任。我身边有许多我喜欢的成年人，但没有一个是我特别渴望成为的那种人。我也不想做所有成年人都在做的事。他们有许多总是要遵守的规则。我开始仔细观察我身边的大人，试着想象他们小时候的样子。大多数时候我都放弃得出这样的结论：想到要严格遵守这个世界的规则，他们身上的孩童天性就会逃离，消失，落荒而逃，而这些规则与强烈的感受并没有什么关系。

在奶奶身上，我根本就看不出她以前曾是名音乐家。其实，从英格兰北部移民过来之前，她是海勒管弦乐团的首席小提琴手。

我一直在等待的那一天终于到了——林德伯格公园之行。三点左右，布奇在约翰内斯堡车站接我们。布奇·奥斯特赫伊任是童子军组织的人，喜欢夸夸其谈，但并不让人讨厌，也是一个业余魔术师。

我、鲁珀特、布奇的妻子及两个女儿坐一起，用精致的陶瓷茶具喝下午茶，吃着各式各样的饼干。

"呃，我一直在学魔术……"我对布奇冒昧地说，"我爸爸过去常跟我说起你以前表演过的那些魔术。现在我在表演一些自创的魔术。"

"嗯，很好啊。你爸爸最近怎么样？"

"嗯，他很好，谢谢。"我回答道。

"那么，我想你们应该想去今晚的露天汽车电影院。你们喜欢这个活动吗？"他善解人意地问，"是一部牛仔电影。你们喜欢的，对吧？"

我看了看鲁珀特。

"是的，我觉得应该挺不错的。你不觉得吗，雷蒙德？"

我笑了。"是的，我喜欢牛仔影片。"我试图隐藏我的失落。一直以来，我都希望布奇能跟我说说他的魔术。从爸爸那里，我学了不少他的魔术。

"我们会在这里待上一两个小时。你们几个男孩想要自己玩会儿吗？"布奇的妻子蕾奈问，"露天电影就在去比勒陀利亚的路上，我们一个半小时后出发。晚饭就在那儿吃。"

"可以啊,好的。"我赶紧回答,打算趁机到几个老邻居家串串门。

我和鲁珀特兵分两路。我朝范·德·韦斯特赫伊曾家走去,想看看他们是否还住在老地方。我敲了敲大门,无人回应。我正要走开,威格斯从后院走了出来,站住了。"等一下。"他说完,不做任何解释就沿街跑走了。

我四处逛了逛,很快威格斯带着维耶娜姐一起跑回来了。我们站在那儿,相互害羞地看着。

"你在这儿做什么?"她脸红了。

"度……度假。"我说得结结巴巴的。

"没想到还能见到你。"

"我来我奶奶家待两星期。"我解释道。

"卢萨卡怎么样?"

"我挺喜欢那儿的。不过,与林德伯格公园不太一样。大家都还好吗?"

"还好……就是挺想你们的。"

"你还记得我们过去办的那些音乐剧吗?"

"当然。那是我最想念的。"

"嗯,我在卢萨卡也有搞,不过规模更大一些。我们花了很多时间排练。其中有一部叫是'魔术师佐伊',另一部是'伦敦的反叛者'。那次演出,连大人们都来看了。"

我激动地讲起我们在非洲深处戏剧性的探险经历,维耶娜姐一只脚交叉着搭在另一只脚的前面,左手从背后穿过,紧紧抓着自己的右手。

"圣诞节过后,我去看了一部真正的童话剧,很有意思。我爱上了那位女士,她扮演剧中的男主角……"我的声音低了下来,因为我意识到我说的有些事好像让她伤心了。

不管怎样，我们还是想法子平稳地交谈下去，没一会儿，我们就又如旧时伙伴一样了。离别时，我们都有些悲伤，但我们答应彼此写信，保持联系。

南非铁路局的客运列车穿过约翰内斯堡的西北部。就在要离开黄金城之前，列车开进了郊区的佛罗里达站。"你看，街对面那边有一只狗。"一个人在吹一支细长的哨子，却听不见声音。

"不太对。"他调整了一下，又吹了一遍。"看那边！有没有看到那只狗竖起耳朵四处张望？他们能听到的频率比我们要高很多。这就是我不用制造噪音就能呼唤他们的窍门。"说着，他摊开手，向我们展示他手中的狗哨。我、鲁珀特及另一个人共用一个小隔间，那人要去南罗得西亚的索尔兹伯里，给一场宠物秀做评委。之前他那么做，是他与我们建立友好交往关系的一种方式。

在过道上，我们和一个烫发的漂亮女孩聊上了，她叫莎伦。她的腰间系着时尚的宽边松紧带，年纪在十五岁左右。很快，她就坐到了我们的隔间里，和我们三个人聊开了。当她去了餐车之后，那位宠物秀主持人对我说："我觉得她对你有意思。"

我笑着耸了耸肩。我很费解，她明明比我大了整整两岁。半个小时后，莎伦回来了，看起来很高兴，往我手里塞了一张纸条。

"这是你的。看看上面的名字。我特地问他们要的。"

上面签着布兰德、达克沃思之类的名字，我愣愣地瞅了她半晌。

"罗得西亚板球队！"她大声嚷道，"他们就在后一节车厢。我找他们签名了，两张，一张给你，一张给我自己。"

"哈，非常感谢。我真不知道他们在这列火车上。"其实我对板球不感兴趣，但我尽量说得不露痕迹。

第二天，我们停在贝专纳兰深处。在帕拉佩落满灰尘的铁路线上，一大群小贩在车窗外叫卖他们的小玩意、水果和热腾腾的烤玉米。其中一位小贩拉开他破旧的大衣口袋，里面有一只"夜猴"，然后使劲举高给我看。"十先令！"他报价了。

　　没父母在场，我对这个招人喜爱的小东西毫无招架之力：他眼睛大大的，是棕色的；耳朵大大的，摇来摇去；手指长长的，肉肉的。他抬头看了看我，一点都不怕我，还朝隔间内仔细看了看，好像想找个隐秘的角落藏起来。我拿出十先令的纸币，使劲将身子探出窗外，以便一手交钱一手交货。

　　很显然，这个习惯夜间活动的小家伙想逃。我一把将他放进口袋，他就往口袋最深处的角落里躲。一把他从口袋里拿出来，给同伴看，他就拼命地四处张望，想找一个无人能靠近他的角落。

　　我放松了对他的钳制，轻轻地摸了摸他。他突然"噌"地跳了起来，跳到了隔间角落的一个小橱柜上面。为了让他安静下来，我发出自认为很友善的嗒嗒声，走近他。当我继续向他靠近时，我们一直盯着对方。可他却在毫无预兆的情况下从我头顶跃过，飞速掠过门边。

　　"他跑了！"鲁珀特发出嘘声。

　　"待着别动，"宠物秀主持人警告我，"检票员就在隔壁。什么事都等他走了再说。"

　　我们耐心坐着，直到检票员穿过车厢到餐车去接晚餐订单。

　　过了一小会儿，附近的隔间里一位中年妇女发出一声尖叫："啊——老鼠！隔间里有老鼠！"

　　那位宠物秀主持人猛地站了起来。"你在这儿等着。我来解决。"说着，消失在过道上。

　　大约一分钟后，他若无其事地回来了，随后关上身后的门，从裤兜里放出了那个小东西。"到家之前要小心看管,否则的话,你还会把他弄丢的。没事,他们都还以为是只老鼠。我去抓时,他正在过道上蹦蹦跳跳,还想逃到其他人的隔间。"

在布拉瓦约车站的那一晚,"夜猴"就藏在我的运动上衣口袋里,而我必须通过移民局和海关的检查。当火车到达索尔兹伯里,我们就要准备与莎伦和宠物秀主持人说再见了。莎伦和我交换了地址,事实上我们保持了大约十八个月的书信往来。

第二十五章

我沿着什鲁斯伯里路骑自行车，莫名地感到不安，却又不知道自己在担心什么。这条路穿过一片尚未开发的林地，把这片林地分为白人社区和黑人社区。罗得西亚和尼亚萨兰联邦（英属中非联邦）①是新成立的国家，还很脆弱，一切都在摸索中。

我骑车在伍德兰购物中心对面的大型环岛边兜圈圈。蜻蜓在路边的草地上空盘旋。我经过茅草棚顶下的公共电话亭，发现这个巨型混凝土蘑菇状建筑底部的小门半开着，心跳顿时加速。那是一座水塔，一块神秘的巨石，是卢萨卡的最高建筑物，让人望而生畏，却又充满吸引力。

我跳下自行车，把它放倒在地，任其后轮继续转动。我走进塔里，等着某些声响突然袭来，击碎我想通过狭窄的螺旋梯爬上顶部的想法。但是，水塔底部光线昏暗，寂静无声，直到我的凉鞋踏上金属

---

① "罗德西亚与尼亚萨兰联邦"，于一九五三年八月一日正式成立，其目的是能够在当地的黑人民族主义者及位居统治地位的白人之间，采取折中方式来建立一个永久性的政治实体。由于三国人民的反对，英属"中非联邦"仅维持了十年，于一九六三年十二月三十一日解体。（译者注）

楼梯,这才发出"当当当"的声响,打破了寂静。

到了塔顶,我往下看,只见穆萨萨树枝条交错,简直就是一个大大的天篷——穆萨萨树是中非平原上随处可见的大叶片树种。夏日的积云密布,带着将落未落的雨点沉沉下垂。地面上,忙碌的购物者在星期六早上穿梭在各商店之间,或驾车,或骑车,或步行。白人父母在格拉瑟斯购物市场忙着补货充实他们的食品橱,穿着卡其裤的"当地黑人男厨"也照着购物清单帮他们的先生太太选东西。我,作为大地上的普罗透斯,高高地站在尖塔上,想象着有歌手在为我唱响《印度之歌》,其中一句是"比乌鸦翅膀上的羽毛还要轻还要柔",却依稀只能听到知了不知所谓的齐鸣。

那天晚上,殖民地的白人到"难忘的锡帽秩序"兄弟会跳舞,他们边跳狐步舞边唱:

> 收拾好你的烦恼,
>
> 把它装进旧旅行包,
>
> 然后一路微笑,微笑,微笑。

"难忘的锡帽秩序"这个组织比较正式,没有澳大利亚退役军人服务团那么活泼。虽然他们自称基本上就是一群老笨蛋,其实那只是自谦之词。

我四肢像散了架似的躺在休息室的绿色地毯上,听着麒麟杰地区黑人部落的人在传达保密信息时鼓槌不断敲击鼓面发出的重击声。这些黑人部落真是既叫人叹服又让人感到恐惧。但唱着老战歌的白人肯定没有在好好听。

我把注意力转移到电台的旅游节目上。

在那遥远的地方……

有许多古老的国家……

正在呼唤……

呼唤……

我……

去中国……

去暹罗……

我想亲自去看看。

　　我闭上双眼,晕乎乎地听着属于异国的海洋、市集或其他地方的和谐音律。总有一天,我会到那儿去。

　　也许我忽略了一个事实,其实那时我已身处异国他乡。要与人分享这个大陆的古老地壳中所存储的巨大能量,似乎困难重重。殖民者试图削弱这些阻力。罗得斯主张教化当地土著。于是,传教士来了,试图赶走他们原先信奉的神明;教师也来了,带走了他们的音乐和医药。同时,他们的土地也被剥夺了。之后,土著居民又被请了回来,于是他们觉得能拥有殖民者饭桌上的剩菜剩饭也算是变得富有了。

　　不知道为什么,我就是想突破政府大楼(即总督官邸)的安保。以前在去电影院看电影或去游泳池游泳的途中,当我骑上里奇韦双车道,总会经过政府大楼。这个建筑很雄伟,具有英国摄政时期的建筑风格,正面位于一条住宅通向大路的大车道尽头,有两名国王非洲步枪团的宪兵站岗放哨。

　　我向官邸挨着灌木丛的那一侧靠近,把自行车藏在矮树丛里,然后翻过围墙，在当地植被的掩护下落地。我小心翼翼地贴着地面匍匐前进，爬到灌木丛边上。总督府就在一片宽阔的草坪和花坛后面。我从边上缓缓地移到宅子后面，看到一群工人正在大花园里干活，有的在除草，有的在浇水，有的在修花剪枝，伊丽莎白王太后最近要在这儿举办聚会，宴请当地的高官权贵。

我觉得差不多可以进宅子里看看了。怎么进去呢？本来我期望可以大摇大摆直接从正门进去，希望没人怀疑也没人阻拦，但这样太冒险了。实际上，我敲响了一扇侧门，一位看起来像是秘书的白人女性开了门。

"下午好，"我礼貌地说，"我能不能到总督府里四处看看？"

"恐怕不行，总督官邸，闲人莫入。"她草草地回了我一句，关上了门。

我站在那里，不知所措。不知道为什么没人押我出去，也没人把我拘留起来，诸如此类的事一概没有发生。或许，他们对像我这样贸然入内的人并没什么相应的处理程序。帝国士兵笔直而强健地站在门口，拐角处却是一幅规模宏大的家居景象。那一刻，我不知如何是好。虽然我不受人家欢迎，却也没人威胁过我。我没有昂首挺胸地走上那条通向大门的一尘不染的车道，而是决定沿着来时的路再爬出去。

"雷蒙德，用这个给我变个魔术吧。"乔纳森举着他的泰迪熊央求我。我到伯罗斯家准备排演下一个作品《迪克·惠廷顿》，结果被罗伯特的小鬼头弟弟缠住了。

之前他看过几次我的魔术表演。有时来这儿，无论是排练还是玩，我总要把一些东西变没或表演一些不同寻常的东西，否则没法满足乔纳森。即兴魔术表演是很难的，我只能一再推脱，以免坏了我作为魔术师的声誉。

对于家有全职仆人的房子来说，这儿算是相当不整洁的了。外观不像大多数殖民家庭那样具有极好的光泽，架子上和窗台上到处都是五颜六色的岩石标本，这些都是罗伯特的爸爸贾尔斯周游全国找水源时收集的——他是一个地球物理学家。架子上还放着一些书，包括丘吉尔的《英语民族史》，以及莱特·哈葛德、赫伯特·乔治·威尔斯、莎士比亚和一些十九世纪英国诗人的书。

"啪！啪！啪！"

德斯蒙德转过身，弓着腰，脸都红了。"哎哟，好痛！你说过不会下重手的！"

"对不起！我不是故意的。这次不会那么重了。再来一下……"

我用棒子抽打德斯蒙德的背，这次只是稍稍一声"啪"。

我像管弦乐队的指挥一样，经常拿棒子指挥排练。这一次，马文失控了，而我最好的朋友德斯蒙德排练时迟到得离谱。他们要弯下腰，接受棒打，以示惩罚。这引起了他们的一点骚动，尤其是德斯蒙德。在一阵关于创造重于一切和排练神圣不可侵犯的讨论过后，所有人终究还是同意我实行惩罚，以示公正。看起来，被棒子打就是最明显、最干脆的惩罚。毕竟，一切以演出为重。没什么能阻碍我们的演出，即使是个人义气也不行。于是，他们弯下腰，默默受罚。从那以后，再也没人胡闹和迟到。

排练结束的一个午后，我留在伯罗斯家，他家位于卡不隆加的伍德巷。"想喝什么？"贾尔斯问。

"呃，呃，我……嗯，随便。"我磕磕巴巴地说。

"我们正要喝茶，一起吧？"

"好，谢谢，伯罗斯先生。"

"还有,我叫贾尔斯。你总不能一直伯罗斯先生、伯罗斯太太这么叫,对吧?"

"不行,我这么叫不合适。"我局促地回答道。

"我太太叫简。从现在起,你就叫我们的名字——贾尔斯,简,好吗?"

"哦,好,当然可以。"

仆人约瑟夫用托盘端着茶壶、茶杯和茶碟进来时,我坐在了椅子上,不过屁股只落在椅子边上。

"约瑟夫,"贾尔斯说,"以后要是雷蒙德在这儿,你就多拿一个杯子进来。顺便说一句,"他介绍道,"这是约瑟夫,他在这儿替我们工作;这位是雷蒙德,这部剧的导演。这里一片狼藉,也是他的杰作。"

约瑟夫咧嘴一笑。"午安,先生。您好吗?"

"我很好。"我回答道,往后坐在政府统一发的摇摇椅上。

"你好吗?"

"一直好着呢。"他轻声笑了。我们都很享受扮演成年人的角色,做文明有礼的白人。他服侍我,带着点谦卑,像一位英式管家。

过了一会儿,罗伯特站了起来,刚才他一直和弟弟妹妹在喝橙汁,他略带请求地看了看他的爸爸,说:"能让雷蒙德出去一会儿吗?我想给他看点东西。"

"你自己问雷蒙德吧。"贾尔斯不确定地说。

罗伯特赤脚踩圆桶快速移动,穿过屋前绿荫下的草坪。"很简单。你来试试,"他说着,跳了下来,"不过你得脱掉鞋子。"

我在圆桶上一边挣扎着不让自己掉下来,一边往前移动,这时罗伯特开始踩高跷,追我。

我从圆桶上摔了下来,躺在了草坪上,一副放弃了的样子。

"多练练就行。"他回头看着我说。

暮色降临，我蹬着自行车回伍德兰兹，路上要经过一个长斜坡。为了获得最大的动力，我站了起来，屁股离开坐垫，双腿使劲发力，有节奏地向下踩。到达坡顶时，车速已经很快了，我举起双脚放在横杠上。微风拂面，带给我一种在空中翱翔的感觉。

"去哪儿了？是不是回得有点晚了？你看看，这都什么时候了。"埃迪语带不满。

"我一直在伯罗斯家，忙着排练。"

"别跟我说那些。马文都回来一个多小时了。"

"呃，后来我在那儿喝了点茶。"

"你不觉得你这样有些过分吗？在那边待整整一个下午，排练……他们不会希望你排练完了还逗留那儿的。给他们留些私人时间。你要保证在合适的时间内回来，孩子。这儿才是你的家，"说着，他伸出食指指了指，"不是那儿！"

我站在爸爸面前，感觉好像有负电荷被导进了我的身体。下午积累起来的正能量好像被吞没了，顿时感到全身乏力。

在我看来，迟到仅仅是他反对我的一个借口。我觉得他不仅不赞成，而且很排斥：排斥所有让我变得与他不同的事物。

我们五人围坐在厨房的餐桌边，好一会儿，谁都一言不发。刀叉划过餐盘的声音，变得让人无法忍受，听上去就像某些令人毛骨悚然的极简主义交响乐。我用叉子叉了几块马铃薯和胡萝卜，又用刀浇了一些稍稍有点糊的比斯托调味肉汁。我尽量动作很轻。无声的进食可以让我假装不在现场。我没有打扰任何人的意思，因为除了爸爸，没人敢从餐盘中抬起头来。如果餐具碰撞的声音是餐桌上唯一允许发出的声音，那么我就不能发出太大的声音，否则会被认为是抗议。

"马文,帮我递一下黄油好吗?"埃迪问。黄油在妈妈和马文之间,为了递给爸爸,他不得不从妈妈面前伸手过去。她咬着嘴唇,低头看着自己的盘子。

"雷蒙德,告诉你妈妈,明晚不用麻烦她给我留饭,因为我不回家。我要开会。"

我缓缓地抬头,看了看爸爸,又看了看对面的妈妈。她当时嘴里塞满炖牛肉,坐那儿,却没有嚼,强忍着泪水,仍然低头盯着盘子。我停了一下,又回头看了看爸爸,只见他正恶狠狠地瞪着我,他百感交集的复杂情绪似乎都写在他的脸上,一览无遗。

"妈妈,爸爸说他明天不在家吃晚饭。"我的声音略微流露出对妈妈的同情和对爸爸的不满。

她的脸部肌肉微微动了一下,痛苦地挤出一丝笑意,算是回应了我,然后又慢慢嚼着嘴里的食物,却发现那么难以下咽。

餐桌上的气氛让我们备受煎熬。我们坐那儿,看着妈妈一脸羞愧的样子,却无能为力。

爸爸用一片面包蘸着肉汁吃,吃完后站起身,用力推开他的盘子。看来他是要回卧室。他打开厨房门,"砰"的一声,甩门而去。

这种异常的"气氛"通常会持续几天,甚至一周,或更久一些。在这种低气压时期,埃迪拒绝和妻子讲话,对几个儿子更是百般不满。我们会这儿坐坐,那儿坐坐,就像在等待干旱快快过去。几天后,我和马文恢复了活力,不在他们跟前时就经常一起四处乱晃,鲁珀特却总是一个人待着,没人知道他在想什么。

"一个多星期前……最后一次争吵是上上个星期的周日下午结束的……"我计算着争吵时间与和平间隙的比例。争吵变得愈发频繁。我不敢考虑这个可能,其实所有争吵时间凑在一起就等于全天候的争吵。

看样子,爸爸是想要最大限度地发挥其怒气的淫威,其余四个家庭成员只能坐桌边默默忍受,无处缓解情绪,这让他得到了几分满足。或许他并没意识到其权威的分量,又或许还没意识到那扇被摔的门的声音在接下来的几十年内都将继续回响在我们的脑海里。

第二十六章

　　我不明白爸爸为什么越来越喜欢抓着琐事不放，甚至借此为他的那些坏情绪开脱。他觉得有必要让我们和他一起经受他那时所遭受的坏情绪。他养成了晚饭后躺下休息的习惯。看来，他的胃溃疡恶化了。

　　"如果彼此能分享各自的内心世界，那情况又会变成怎样？"真的是难以想象。我们的情绪状态和外在世界之间不断地出现错位。我们经受的集体性情感伤痛其实只是关乎一些极小的原因。常常是一些无关紧要的举动让我爸反感，被他解读为对他的挑衅或不尊重。让我们不痛快，成了他向我们展示控制力的一种方式。

　　我们知道，任何潜在的矛盾都会在晚饭时分暴露出来。奥比斯特总是能及时觉察到我们的家庭矛盾，巧妙地加以协调。他一看到有端倪，就立马扮小丑逗我们。同时，他也很懂分寸，很有危机感。我躺床上看《现代奇迹百科全书》，他走进我的房间，用茶巾轻轻地弹了我一下。"吃饭了。"

　　"好。"我说道，没在意他那个弹我的小动作。

他决意要引起我更多的注意,一把将我抱起来,我没怎么挣扎,因为我知道爸爸已经在那儿了,奥比斯特也不敢在他面前太放肆。我被扛出卧室,顺着走廊向前,好像他要把我丢在餐桌边一样。但我知道他马上就会没胆了。果不其然,到了厨房门口,他就没了勇气,把我放了下来。他停下他的小丑行径,又变成一个做事一丝不苟的仆人。我慢悠悠地走到桌边,忍着笑。我们俩在这种谁更胜一筹的愚蠢游戏里玩得很开心。

尽管我也不知道这种秘密心情能在这顿晚餐中持续多久。

鲁珀特对爸爸的举止态度常常显得漫不经心。有时埃迪似乎都要亮出他的"红旗"了。不过,这一次他碰都没碰过一下。

"天哪!总有一天我会宰了那个小子。"埃迪对萝丝说。

鲁珀特没理他,坐那儿,一只手搭在椅背上。

"你看看他那副德行。在这个家,我就是一粒灰尘,无足轻重。上帝作证,我再也受不了了。"

"鲁珀特,你为什么就不能坐直一点,照你爸爸说的做呢?拜托!消停一点,让我们安生地吃顿饭。"母亲恳求道。

鲁珀特慢慢地将手臂从椅背上放下,没有开口回应我的父母。好像他只是漫不经心地调整了一下姿势,好让自己坐得更舒适一点,仅此而已。

这一举动暂时缓和了气氛,奥比斯特找回了勇气,经过我身边时偷偷地捏了我一下。我也暗地里向他挥了挥拳头。

我们习惯在用餐时喝茶。鲁珀特往杯里放了三勺糖,搅拌后把勺子竖着立在杯子里。他认为这样勺子能吸走一部分热量,加快冷却。

"天哪,他又这样!"

爸爸又开始向我们抱怨鲁珀特了。因为他发现要应付他这个儿子的忽视还真不是什么简单的事，所以把我们当作沟通渠道。

"看看他！"

我和马文看了看鲁珀特，但我们坚持各不得罪的中立外交立场。

"我一天到晚拼死拼活地干，就为了能让你们体体面面地成长，没想到这就是我得到的回报。"

"鲁珀特，把叉子从杯子里拿出来，我再给你倒些牛奶。"我母亲边说边伸手去拿牛奶壶。

"倒？倒什么倒？不准再给他牛奶。他以为他是谁啊？"

可是太迟了。牛奶已经倒进他的杯子里。

鲁珀特拿掉勺子时，越过爸爸看向不远处。

"你需要到军队里去锻炼锻炼，孩子。他们给你一整天的牛奶量也就你杯子里的这点，而你一个早餐就要了这么多。"

萝丝竭力维护家庭和睦。当她变成爸爸发泄和指责的对象，获胜的通常是爸爸的固执。但这通常被母亲的傻里傻气抵消。在我看来，她是小丑界的领袖。只有看她的结婚照，我才意识到她曾经是那么一个优雅迷人的女人——他们有过一段为时不短的订婚期。但是，在她适应婚姻的日子里，她似乎变得越来越笨，越来越不敏感，越来越有忍耐力，打扮也越来越朴素，符合她的身份。

她很擅长说些陈芝麻烂谷子的事，还使用一些有时听上去几近胡言乱语的道德标准。她说那些陈词滥调，她做出那些可笑的行为，其实是在掩饰她的极度紧张。否则，又怎么能保持五十年代电影已然定下的生活基调：情绪稳定。她装出一副无知的样子，老是说一些似乎没什么意义的话。

她在伍德兰蔬菜店站柜台。下班后，她匆匆忙忙地走进厨房。

205

"茶，奥比斯特！水壶放哪里了？波莉把水壶放上去，波莉把水壶放上去，我们都要喝茶。"她把装着蔬菜和生活用品的购物袋放到桌子上，我们的猎肠犬特克斯突然走进厨房，叫个不停。特克斯在厨房的地板上追着自己的尾巴转圈圈，刚好埃迪拿着车钥匙和报纸进来，差点被他绊倒。他的叫声也变得狂暴起来，叫个不停。

"滚开，笨狗。"他一脚踢过去，却没踢中，于是气急败坏地喊了起来。他回卧室，把西装换了下来。

"没事，没事，安静下来。"她坐在餐椅上平静地说，轻轻地摸了摸特克斯。他后腿直立，两条前腿搭在萝丝的膝盖上，脸也依偎在她身上。"是啊！他是我的小乖乖。是的！谁是我的小乖乖呢？哦！他爱妈妈。是的！谁爱他妈妈呢？他才是唯一一个真心爱妈妈的。从来不会冲她顶嘴，也不会冷脸相对。奥比斯特，当所有人都离去，离我而去，这个小东西不会，他会留下来。因为他会一直爱他的妈妈。是的！他是我的宝贝。是的！"

奥比斯特已经放好了水壶，会意地轻轻点了点头。

六岁的乔纳森用塑料剑顶着我，"我是罗伯特·亨廷顿伯爵。你是谁？"他故意用一种粗哑的声音发问，装出一副凶神恶煞的样子。

"呃……我是斯卡拉穆什。"

"斯卡拉穆什？！他是谁？罗宾汉认识他吗？"

"大概不认识，'小鼠鼠'，因为他是意大利人。"他的哥哥罗伯特插了一句。

我们不再纠结于那些历史细节，拿着塑料剑到外面较量，我尽量让这位年幼的"鼠鼠"在游戏中活得更久一些。但是，在激烈的剑战中不让对手近身还是有点困难的，于是我逃了，跑向任何一个可藏身的东西：灌木丛、房前草坪上的树、缠绕在后院栅栏上的百香果藤，以及约瑟夫的宿舍旁的香蕉树。

"你们两个想喝点什么?"罗伯特越过菜圃,以标准的莎士比亚口吻问我俩。

"好吧,我认输。你赢了!"

但乔纳森还想继续和我较量。他不想让我这么轻易认输。他要用塑料剑剜出斯卡拉穆什的心脏。对我来说,这简直是奇耻大辱,于是我往里跑,"小鼠鼠"紧追不舍。

"雷蒙德,看来你需要有人施以援手哦。"罗伯特说。

"我想你可能是对的。"我回答道,双臂圈着乔纳森,既是热情的拥抱,也是为了捆住他的双手。

贾尔斯开上车道时,约瑟夫将装着茶具的托盘放到休息室的桌上。

"今天回来晚了,贾尔斯。"当他走过大门,简开口说道。

"我在总督府喝过茶了。猜猜是谁请我的。"

"我不知道。总督? 难道他突然决定让你们公司中标了?"

"路易斯·利基!"

"真的吗,他来城里干什么?"

"他显然是要去参加在利文斯顿召开的某个会议。他只是在这儿暂作停留,和政府人士聊一聊。他问候了你和孩子们。"

"你应该接我过去的。本来我可以在总督府喝杯茶,再和路易斯聊几句的。"

"没办法,时间不够。他已经赶去机场了。"

"他还好吗?"

"还好吧,没什么变化。这儿有什么事吗? 表演进行得怎么样?"

"你还是问问制片人本人吧。"简看着我说。

"哦,还不错,真的。"我说得含含糊糊,事实上的确也没什么测量仪器能衡量好坏。所谓好,无非就是一开始能够启动,大家好好准备,在预定的演出日发挥出最佳水平。本质上,这就是富有创意的决策的运作。排练,没有好坏之分。有排练,就是好事。

"我觉得是时候让孩子们为晚餐唱颂歌了,你觉得呢,贾尔斯?"简问道,"可不能让他们以为活着可以不劳而获,轻轻松松就有东西吃的,是吧?"

"我已经在努力避免这种状况的发生。"罗伯特一边匆匆回答,一边从书架上抽出《莎士比亚全集》。

"你也要努力避免这种状况的发生,雷蒙德。"简提醒我。

他们又说了些什么,但我没听清楚。好像他们是要我表演。通常,我必须主动把握每一个可能的表演机会。但在这儿,看样子,是有人主动要求我这么做了。我想知道这是否也意味着他们要请我共进晚餐。

"你们也一样。"她对珍妮和乔纳森说。

珍妮摆出一副很为难很纠结的表情,走回她自己的房间看儿童故事书了。其实这位小精灵内心里想待在这儿和男孩子们一起表演,但她被我们粗鲁莽撞而又自负过头的演出打击到了。

"我要和斯卡拉穆什击剑决斗。"乔纳森宣布。

"不行,'小鼠鼠'。你得看点书。"罗伯特强调。

伯罗斯家的孩子好像并非第一次得到这样的劝诫。他们的这个(阅读)习惯让我有点不安。我不习惯表演书上的东西。毕竟,我不是来自书香世家。我的表演本能并不是始于书上的文字。我根本不知道他们喜欢哪种类型的文学。结果,我一时不知如何是好。

贾尔斯是个瘦高个,全神贯注时通常站着,双手深深地插在卡其

208

色长裤的口袋里,掩饰他的拱背曲肩,显得有些做作。他俊朗文雅,气色红润,一头稀疏的金发。作为一位剑桥人,他毫不掩饰自己的英式作风,和人交流时特别注意元音发得是否完整饱满。

"我想我可以朗读一下亨利五世的演说。"他说完,停顿了一下,看看大家对他的想法有何反应。他缓步踱进休息室,面向窗户站着。他一边想着如何让发音饱满而富有力度,一边清了清嗓子,吸了口气,开始演说:

> 亲爱的,再接再厉,向缺口冲去吧!
> 再一次!
> 冲不进,就用我们英国人的尸体堵住这座城墙。

他转向我。"接下来就到了一个让人印象深刻的渐强音。"在这部分,他的声音很洪亮,情感表达淋漓尽致:

> 向前冲吧,一边冲,一边喊,
> 上帝保佑亨利、英格兰和圣——乔——治……

"最后一句你一定要掌握声音的抑扬变化。"他再次使力,从肺部提气发声:

> 一边冲,一边喊,
> 上帝保佑亨利、英格兰和圣——乔——治……

"贾尔斯,小心点!别让邻居们以为你在发动革命。"简小心提醒。

"去他的!"他回答,一副不在意的姿态。

"你呢,简?你还没告诉我们你要做什么呢。"我淘气地问。

"我就是个煮饭婆,"她这样说,"总得有人做吧。你打算做什么?"

"我不知道我是应该学些新东西,还是背诵《拦路强盗》。"

"我觉得你该学点新东西了。"简提议。

"嘿,看,佩里一家到了!"车子停在车道上,罗伯特大叫了起来。伯罗斯一家围着约翰·佩里、琼安·佩里和他们的儿子理查德叽叽喳喳地说着。愉快而又亲切的气氛!我感觉自己就是个局外人。约翰是伍德兰小学的校长,琼安在琼·伦尼女子学校的行政部门工作,从伯罗斯家拐个弯就是她的学校。

天色渐晚。我知道我不能再次很迟回家吃晚饭。但我还是不清楚伯罗斯家是否真的要和我边聊表演边共进晚餐,或者只是随口说说而已。再则,佩里一家的拜访来意不明,我越发不好妄下定论。而关于是否要准备表演,我需要他们给我明确的指示,于是我回家了。

第二十七章

救世主的爱啊，

广，广似海洋，

高，高似天空，

深，深似大海。

比蒂夫人用力地弹着钢琴，上臂随之摇摆。她的丈夫兴致昂扬地加入到歌曲合唱中。"屋顶还在那呢，"他高声呼喊着，"下一首，我倒要看看，我们能否将屋顶唱到高过椽子。谁来告诉我下一首是几号？"

我们翻阅着主日学校合唱团发的小红本，为了让自己选择的曲目被采纳，一个个都急切地挥着手。比蒂夫妇是美国传教士，曾在北罗得西亚待过一段日子。如今，他们在这儿，在森林小学的一间教室里，全身心投入工作，如果能达到他们对我们的要求，我们将为之欣喜不已。

"好多了！好多了！我觉得那一刻我看到屋顶稍稍上升了一点点,你们觉得呢?"

"是的!"我们叫道。

森林小学总是充满欢乐。我们除了全然无拘无束地合唱,很少做其他事。比蒂夫妇喜欢激励我们,我们也都一直响应他们的教导。

一小时后,我们稍作休息,高年级学生起身前往附近的教室研读《圣经》。比蒂夫人笑容满面地向我走来。"雷蒙德,你的生日是在这一周吧。"

"嗯,是的。"我说。

"是这样的,我们想请你加入高年级专属的《圣经》研读小组。不如你随你哥哥鲁珀特一起来,好不好?"

"呃,好的。"我有些不知所措地答道。

我追上了我的哥哥,他选择坐在最后一排。比蒂先生站在教室前开始了讲话。"对我们青年人来说,这是一个美好的早晨。而这也是一个特殊的早晨,因为我们迎来了雷蒙德·斯宾塞,他满十三岁了。站起来,雷蒙德,让我们好好看看你。"

于是,我有些犹犹豫豫地站了起来,觉得自己正在完成一项壮举。我觉得自己像个吹牛大王。如果这就是成长,那我宁可不要。

比蒂先生回顾了上节课的内容,鲁珀特解开衬衫纽扣,偷偷掏出一本藏起来的关于枪的杂志。

"好的,是时候开始轮流朗读我们的《圣经》了。我要你们拿起你们自己的《圣经》,翻到有关'约翰福音'的部分,章节……"比蒂先生教导我们说。

鲁珀特单手拿着《圣经》,大部分时间都在看膝盖上的那本关于枪支的杂志。"嗨,雷蒙德,"他低声说,"你看着《圣经》读到哪儿了,如果他们让我读，记得告诉我，好吗？但你必须一直看着。不许看别处。"

"好吧。"我咕哝一声。

我的眼睛随着《约翰福音》一章中的这篇文字盲目地移动着，这是詹姆斯国王的《圣经》译本。作为一个初来乍到的男孩，我还没喜欢上站在所有人面前大声朗读。我更愿意将鲁珀特的注意力从枪文化不露痕迹地转移到《圣经》上来，就好像他一直在跟读一样。与此同时，随着比蒂夫人敲打琴键，那群小毛孩开始在教室后边合唱，吵吵闹闹的。

读完《圣经》，听完布道，我们清唱了一首赞歌，但比起对面，我们唱得更随性。

伯罗斯家的前门是通往舞台的其中一个入口。当德斯蒙德的母亲敲门时，《迪克·惠廷顿》的排练只能暂停。我披着一张又大又旧的床单，酷似某个太平洋岛国的国王。我打开门，"噢，卡特夫人，早上好。"

"你好，雷蒙德。德斯蒙德在这儿吗？"她询问道。

"是的，他在这儿，"我回答道，心里纳闷：仲冬时节，学校放假，她为什么要干扰我们的彩排？

德斯蒙德和他的母亲在门边窃窃私语。他的弟弟和妹妹站在外头，一看就知道有事。他转向我，难过地说："你得和我们一起去医院。斯珀特（他的宝贝猎狐犬）得了狂犬病。"

"啊，不是的，不是的。事情并不完全是这样的。"他的母亲插嘴说，这是一个迷人的、一本正经的女人，"有人怀疑斯珀特得了狂犬病，所有曾和它接触过的人都要去医院打疫苗。你和马文是不是前段时间碰过它？如果你们不确定是否被感染，最好也一起去。"

"我一直和斯珀特一起玩。"马文很主动地说。

我们俩和卡特一家坐上黑色路虎车的真皮座椅，其他剧组成员在一旁看着，好像他们试镜失败了似的。我们驱车沿着一大片被火焰树包围的林荫大道一路向下，来到卢萨卡医院的正门。医院由许多单层楼房构成，三角梅爬满整个墙面，其间夹着一些用来封阳台的柱子。屋子里有眼镜蛇牌地板打过上光蜡的味道，盖过了阵阵的消毒水味。

那时爸爸恰好也在医院。他患有严重的胃溃疡，被转入急症室。再过几天，医疗队就要给他做手术。卡特夫人决定不冒险去探望他，以免他对狂犬病感到恐慌，让他心烦意乱。

"好了，把裤子拉低，放轻松，"医生告诉我们，"不会很疼的，你们看，这针头挺粗，因为我们要让你们的胃尽可能多地吸收这种药。"

"您打算将疫苗送到我们的胃里？"我难以置信地问道。

"是的，就在你们的胃里。你们越放松，就越不会感到痛。你们必须每天打一针，坚持十四天。接下来的几天，也许会感到有点痛。如果出现这个症状，就拿一盘子冰块搁肚子上，时间尽可能长一些。这样有助于减轻你们的痛苦。"

医生拿起针头靠近我，我忍不住担心我的胃是否承受得了。没有足够的支撑性肌肉，真到了刺穿胃壁那一刻，感觉还是挺痛的。那感觉就像是"砰"的一声爆裂了开来。针头不断深入，直至传来药物涌入的感觉。

我们因为表现勇敢获得了许多表扬，但治疗持续了整整两个星期，所以更多的是煎熬。然而，我们仨也确实为我们的排练做足了广告。同时我们也完成了一件了不起的事，那就是通过耐力比赛的形式，在肚皮上搁冰盘。几周后，检查结果也送到了，并不理想，狗狗被处死了。

埃迪动手术的前一个晚上,母亲将三个儿子叫在一起,希望我们能共同祈祷爸爸平安度过明天四个小时的有风险的手术。我们闭上眼睛,齐声诵读主祷文,接着萝丝用更低沉、饱含深情的嗓音随口唱了一首。我们伫坐在幽暗的灯光下,无法踊跃地参与到这个集体掏心窝子的活动中。第二天晚上,我们等到很晚,一直等到手术结束后母亲从医院回来。"他会好起来的。"

《迪克·惠廷顿》等小品的演出原定于周六下午。在医院探望爸爸时,我问他是否希望演出延期,这样他也能看到。但爸爸坚持让我在原定日期演出:"别管我。照常进行,尽情玩吧。"

我们确实也是这么做的。伯罗斯家的客厅里坐满了来看演出的客人,一个个都夸这是目前为止最棒的演出。马文的脱衣舞表演赢得满堂喝彩。这就像是仅用一块小毛巾便完成了七重面纱舞,母亲哈哈大笑,让演员们有些茫然不知所措。

"不要弄丢这些服装和道具。既然你们已拥有这么大的成就,我想你们应该为你们的爸爸再表演一次。我敢肯定,如果你们专门为他演上一场,他会很骄傲很欣慰的。"我们在后台清理垃圾时,简说。

"是啊,我怎么从来没想到这一点!"我大叫了一声,假装对这样一个建议充满感激。

"我建议两周后再演一场。得给他点时间恢复身体。"

两个星期后,第二场演出开始了。对我而言,这一场必然有些平淡。我实在不忍心告诉简,我怀疑爸爸对我的小品并没有多大兴趣。对于一个并不希望你出现的人来说,重复演出只会让人沮丧。

"我想,你的下一部作品,可以考虑在户外演出,"贾尔斯说,"你当然可以再次使用客厅或其他房间,但也不妨考虑在前院草坪的树荫下试试。如果有需要,我会让园丁为你苫一块屏幕,作为后台。"

我曾想过这一点。这会不会是想把我们赶到室外的阴谋?啧,我觉得应该不是。

"好的,我们愿意在户外举办下一场演出。"

"当然,这得等到明年,因为我们很快就要去英国,过一个加长版圣诞节假期。"贾尔斯补充。

"你们要去多久呢?"

"三个月,十月下旬至明年一月下旬。我们不想让罗伯特离校太久。别担心,新的一年我们会回来的。当然,除非英国政府让我在英国工作,那我可拒绝不了。"

我离开了伯罗斯家。不久,我沿着伍德巷骑着我的自行车,停在了他们家的房前。黑影静静地投在前院的草坪上。窗已关,帘已拉。我不知道是否还能见到他们:罗伯特表演飞桶特技,珍妮与乔纳森在树木间穿来穿去,简耐心地坐着,一边从花坛中拔出杂草,一边督促孩子们思考如何"为晚餐唱颂歌"的事情。

我怕有人注意到我,就没在那儿站太久。我感到心里一阵空落落的,强忍着不哭。他们要前往自己的国家和家人共度圣诞节了,我被他们抛下了。他们曾与我共享的所有事物都已离我远去。也许三个月,也许永远。

在盖伊·福克斯之夜[①],我和家人一起坐在后院,我坐的是从厨房里拿出来的椅子。我们身后是一堆篝火,上面架着烧水壶,下面是

---

① 盖伊·福克斯之夜,又叫"篝火之夜"。十一月五日,英国庆祝一六〇五年火药阴谋事件主谋 Guyfawkes 被捕的纪念日,是夜燃篝火、放烟花。(译者注)

柴火在燃烧，我们身前有序地堆放着报纸、小树枝、树叶及大一点的枝丫，这些都将在篝火中燃烧，为我们的"烤肉野餐会"供热。埃迪拿了一盘腊肠和排骨，起身走到后方。

"对了，这是给你的。我差点忘了。"他递给我一张从开普敦寄来的明信片。一面是一艘联合城堡航运的客轮"温莎城堡号"的照片；另一面是简·伯罗斯写给我的几行字，开头是"大风……大风……大风……"。

明信片是在船上写的，告诉我他们即将起航。

我反复读着那几行字。看来他们真的在乎我。这张明信片至少证明他们依旧存在，过去的六个月并不是什么奇怪的梦。我站起身，将一枚焰火弹爆竹靠在一个奶瓶上，点燃弹芯。它迅速冲向天空，降落时从树顶落入别人家的后院，我一路跟着跑过去。

第二十八章

几个月来,在骑车去镇上的卡尔顿电影院看电影或前往公共游泳池游泳的路上,我都会关注一个特别的建筑工地的进度。一切不言而喻,卢萨卡剧院俱乐部将从临时的驻军剧院搬入从关奇路岔出的普赖豪斯剧院,离英国王太后当年为圣公会教会铺垫基石的地方不远。这座配置专业的大剧院将成为艺术的王国。

这座文化神殿开始呈现出一种令人费解的形态。我搞不明白为什么这座楼的屋顶由一个陡直的阶梯从地面径直而上。

"爸爸,这个新剧院的造型怎么这么吊诡?像一个平躺的'L'。"

"我不清楚,孩子。或许还没完工吧。不过我相信他们知道自己在做什么。"埃迪回答道。

我的英文老师告诉我,这个大楼呈阶梯状向上安排的那一部分其实是舞台的尽头。这个说法还是不能让我释然。于是,对这个引人注意但外观并不是很有魅力的建筑物的完工情况,我一直有所关注。《中非邮报》的头版宣称,"乔伊丝·格伦菲尔将为普赖豪斯剧院举行揭幕典礼"。文中附有一张这位英国喜剧演员兼"乌龙女校"系列电影影星的剧照。

这座大楼建在卢萨卡这片相对优裕的地段，显得很具吸引力，无懈可击。正式的大楼落成典礼，只有持邀请函者才可进入，随后是乔伊丝·格伦菲尔的影片专场放映活动，为时不长。虽然这些都是公开场合的表演，但我可没敢要求父母带我去。

"你有没有去参加《请相信》的试镜？"奈杰尔问。

"没……《请相信》是什么？"

"是部话剧啊。他们希望由儿童来演。"

"话剧？'话剧'是什么意思？"

"这部话剧的编剧可是艾伦·亚历山大·米恩。"奈杰尔断言。

"卢萨卡戏剧俱乐部将于圣诞节后在普赖豪斯剧院推演这部话剧。他们曾有过试镜，但我想他们还是需要更多演员。"

"在普赖豪斯剧院?! 只为儿童准备？"

"是的，下一轮试镜时间是本周六下午两点，你可以从制片人——就是冉景学校的马丁夫人那儿拿一份剧本。"

"你打算去参加？"我问。

"不，我们圣诞节要去南非。否则我肯定会去的。"

"看看詹姆斯的部分，就是那个管家，"第二天我拜访时马丁夫人对我说，"虽然戏份不多，但我希望找个演技好的演员来演。你以前有表演经验吗？"

"当然有！"

"演过什么？"

"嗯……我经常表演。"

"演过什么角色？"

"各种角色。我演自己的戏。我们还在舞台上表演呢。有许多人来看呢。"

一想到我可能在普赖豪斯剧院演出,我有些不知所措。之前我从来没参加过试镜,不知道应该如何用一份手写的剧本让制片人相信我有这个能力。

我敲响了约翰·佩里家的前门。他是我们社区表演的一名观众。"早上好,佩里先生。"

"噢,早上好,雷蒙德,有什么可以帮忙的吗?"

"嗯,您能否帮我看看我的表演,我为试镜做准备的。只有一小部分。"

"什么角色?"

"艾伦·亚历山大·米恩的《请相信》中的管家。"

"哦,好的,我想我知道了。进来吧。"

佩里先生与我一起在他的休息室里待了大约一个半小时。"嗯,演得不错。很有管家的范儿,不过在阅读时,你不应该做出一脸痛苦的表情。"

我顺利地通过试镜。一次次的排练,简直像置身于天堂一样美妙。制片人菲利斯·马丁给我机会完善人物,通过对整体语言和肢体特征的掌握塑造一位慈祥、年长但并不衰老的管家。这最能体现艾伦·亚历山大·米恩的奇思妙想。虽然管家这个角色只在这部剧的开场时的一个小场景中出现,但每一句台词和每一个短暂停顿,我都尽可能生动地表演,我真是太享受这种感觉了。

全体演员、编剧及制片人都是英国人,说着一口英式英语。相对于南非英语来说,口音更为纯正。这一点,与那年圣诞节的盛况完美相融。尽管当时中非正值盛夏,但《冬青树与常春藤》和《北半球的雪》等颂歌所表现的内涵还是显得十分融洽。

圣诞节过后,我们的戏剧表演从大厅转入真正的剧场。舒适而又更为私密的排练,像传说一般,布景、服装与演员,都是一流的。

　　我一踏过通往舞台的大门,便闻到工作室里传来的木屑味及化妆间传来的雪花膏味。这地方是我的美好感觉的藏身之所。我生理和心理上的极限统统都消失了。

　　在我头顶上,屋顶呈阶梯状向上伸展,以便布景淡出观众的视线,而在演出闭幕时却又不经意地映入观众的眼帘。这个地方充满神秘,能将这个倾斜式大厅里的观众送到一个比现实生活更远更大的世界。所有大灯都指向舞台。你从另一侧看,根本看不出一点名堂来。隐藏的绳索与秤砣把梦的碎片联系了起来。也许这就是我想要的。那就是,能够闭上双眼,睁开眼发现我所在的地方——剧院。

　　化妆师用雪花膏,以及五号和九号打底液在我脸上轻轻触碰,用深色化妆笔仔细勾出皱纹,用一些粉末晕出白发,管家这个小配角的外部形象便栩栩如生了,我就是那个管家。

　　第一次带妆彩排就要开始了。我在一个星期六的下午回家,车上满载着詹姆斯管家所需要的黑色燕尾服、裤子、衬衫和栗色工装外套、绸缎裤子,以及最后一幕中的一个男仆要用的假发。我从车上卸下这些东西时,被奥比斯特看到了。他向我走过来。

　　"这是什么?"他问。

　　"演出用的道具。"

　　"哈啊……是一出大戏!"

　　"是的,剧名是'假装'。"

　　"小心!"他一边说,一边抓住从我手中滑落的工装大衣和假发。"这真是一出好特别的戏,这一出剧真是太特别了。"他坚持要帮我扛这些东西。我们把服装挂在衣柜里。"明天我要把这些都熨一下,"

他说——他指的是所有服装，"这件很特别。"

"现在，雷蒙德，让我帮你化上詹姆斯的妆。"菲莉丝·马丁边说边走入男更衣室，"你继续打底，用五号和九号，然后我们会用一点深颜色让你看起来年长一点，两颊要凹下去一点，使颧骨看起来高高凸起，这样才会有让你看起来老了六十多岁的效果。"

与此同时，化妆助理帮我抹上雪花膏，然后用五号和九号勾出皱纹。"唔，你给自己化的妆还不错。那些高高凸起的颧骨效果很好。"

"真的吗？"

"雷蒙德，准备好收尾工作了没？打底要打到发际线和左耳后面。不然的话……好吧，这也挺好的。一两分钟后，我再过来一趟。你打好底后，去女更衣室拿我的颜料过来。就放在一个手提袋里，角落那面镜子对面的梳妆台上，最边上。"

也许是因为我看上去有点疑惑，她接着说：

"别担心。敲门就好了。他们习惯有人进进出出。"

女更衣室的门半开着，我站在门前，敲了一下。"进来，如果你很帅的话。"有人大声应道。

"你好，雷蒙德！"莎莉朝我打招呼。她穿着蓝色公主装，站在镜子前试戴头饰。

"你好。"我回应了她，视线越过她的肩膀，看着镜子里的她。

"你看起来像……一个公主。"

她转过身来，看着我笑了笑，说"你觉得我的头饰怎样？"

我一直怀疑莎莉不食人间烟火。现在我懂了。

这是一个恋爱的时机。从那时起，这就成为表演中的习惯：一旦我们穿上戏服，化上妆，就会去找某个我爱的人，就会开始最笨拙的打情骂俏，在等待一场戏切换到下一场戏的时间里，在男女更衣室，在后台，在礼堂里。

管家的戏份结束了，我换了个造型，为仆人这个跑龙套的角色做准备。我简单地打了底，用一点颜料突出眼睛和嘴唇。一项白色假发，一件栗色工装外套和一双带扣皮鞋。离我下一次出场还有很长一段时间，足够我去和那位金发公主调调情。

身穿戏服，调情也就变得容易多了。

这个迷人的女孩正在弹奏肖邦的《军队波兰舞曲》。悠扬的钢琴曲表示休息即将结束，大幕即将升起。不仅如此，这也预示着在接下来有很长一段时间生活将变得幸福满满的——可以趁机调调情啦。

我们的演出持续了两个星期，从周三一直到第二个周六晚，外加周六下午一场。"雷蒙德·斯宾塞饰演的詹姆斯管家一角引人注目。"这一行夸我的文字出现在《中非邮报》上，虽然只有短短一行字，但我十分珍惜。

前一刻我还在表演，下一刻已在剧院外边。演出结束后，很长一段时间里，每当我骑自行车到卢萨卡的那些林荫大道，我总是会幻想来来往往的车流中是否会有人看过我的表演呢。卢萨卡有七千多人——七千多个白人。殖民当局颁布的人口数据从来不包括黑人。而且，不管怎么说，黑人是不可以进入剧场的。因此，每当人们坐在车里经过我身边时——那时的黑人还买不起车——我就会猜想他们看过我出演《请相信》的几率大概是百分之二十，说不定他们经过时会认出我。我很想大声对他们说："嘿，我是詹姆斯管家！"

但是，这出戏稍稍改变了我的生活。行程结束前几天，制片人走过来，对我说："雷蒙德，等这场表演结束后，我们家人想请你抽空吃顿晚餐，你觉得如何？"

"嗯，我……呃……"我说不出话来。

"行吗？如果你爸爸能开车送你到穆纳里高中，结束后我们会送你回家。我们住在校园里。"

"嗯，我非常乐意……好的，谢谢。我想应该没问题。"

"然后，我想晚饭后我们可以直接去卢萨卡戏剧俱乐部参加每月一次的例会。珀尔·席琳会做报告。这会是一个将你介绍给俱乐部的好机会。"

爸爸送我到穆纳里高中的停车场。这是一所黑人公立学校。这地方的建筑有点斯巴达式，给人一种教会般的严肃感。这与白人男孩上学的吉尔伯特·伦尼学校形成鲜明对比。它有着赤土色的屋顶、历史悠久的廊柱和许许多多的运动场。当时黑人学校和白人学校之间老死不相往来。我们本可以待在各自的圈子里相安无事的。

晚饭的时候，因为有大人在，我不必装傻，这让我觉得轻松不少。他们谈论他们感兴趣的那些事，自由地与我和他们的孩子分享对戏剧的看法。一部分是出于对我的考虑，饭桌上的话题一直围绕着戏剧展开。我也十分享受这种大人小孩其乐融融的氛围。

晚饭后，他们带我去在珀尔·席琳家举行的戏剧俱乐部例会。大家都聚在她的休息室，听她谈论目前"伦敦西区"戏剧表演文化中心的现状。显然，自始至终，这部分是今晚让我最不舒服的部分。对我来说，戏剧就是人们实现自我价值的地方，而不是像我看到的某些当地明星那样，把它当作显示自己高人一等的垫脚石。我似乎并没有比自己坐着的这把椅子高贵多少。我只不过是个"黄毛小子"。更糟的是，我脸上的青春痘还那么明显。是否要挤掉青春痘？我纠结了好长一段时间，最终还是听了我爸爸的建议，"随它们去了"。

当地有权有势的人走起路来这么神气活现、趾高气扬，摆出一副高人一等的架势，让我觉得他们对我不屑一顾。对此，我没有什么社交手段加以处理。这就像我体内的一个机制被关闭了。当我感到被身边那些人的某些行为排斥了,我感到疏远带给人的可怕感受,好像我的精神并没有和他们在一起。我的身体不过是具行尸走肉。

在家里,爸爸接受手术后已经好了。但一半的胃被切割了,他的精神并不是很好。有个晚上,我坐在摇摇椅上仔细听着由罗得西亚广播公司播送的节目《血婚》,改编自加西亚·洛尔卡的原作,很受听众的期待。节目才刚刚开始,爸爸就闯进房间,气冲冲地关掉广播。"吵吵嚷嚷的女人!"他说。他拿起报纸坐下,完全无视我的存在。我看着他翻到周末时报的背面看南非英式橄榄球系列赛事的报道。有一段时间,我就那样坐着,感受着爸爸对我的疏离。

这一次我没有慌乱,那种慌乱似乎已经离我而去。当我感到一种盲目的不认同,而且这种不认同来自与我十分亲近的人时,我的周围只留下可怕的平静。如今看来,和爸爸抗争简直就像是和自己对抗。我真是坐那儿坐得太久了。

我看他十分陶醉地读报。他的牙齿由于牙龈化脓开始变坏,因此他养成了通过舌头顶弄上门牙来缓解疼痛的习惯。他这样做,完全不顾周围人的感受。我能听到那些坏掉的牙齿在牙槽里移来移去。曾经可能还算英俊的面庞因为愤怒与痛苦而走了样。

这次我并没有本能地跑到一个安全地带。我真的有权干涉这种压抑的氛围和自我心灵健康之间的斗争吗?也许是命运帮我表达了我的厌恶之情,让这种情绪自由地表露了出来。否则的话,为什么这种情绪会来得如此强烈?或许,命运始终会垂青于我,帮我除掉人生道路中的悲伤源头。他不知道也不在乎那时我的处境有多么困难。无论是哪种情况,我都觉得自己完全不受保护。

这种情况对我的情绪产生了不小的冲击,从更深的层次上改变了我对自己在世界上相对于其他人的定位。这个变化突然就这么发生了。我一直自发地认为我有一种莫名的自信，相信自己能走出属于自己的道路。而如今，我似乎正在对抗一些十分强大并近得几乎伸手可及的事物，而我的宿命就是打一场失败的仗。

一方面，我将继续运用自由意志来实现自我。但在非认知层面上，我也开始接受我所有的努力终将落空这一认知。

第二十九章

放学后的第一天,戴维·特罗洛普来到前门,气喘吁吁地宣布:
"伯罗斯一家回来了!"

我极力掩饰内心的兴奋,佯装镇定地看了看他,问:"你确定?"

"是啊,我已经和他们说过话了。他们想知道我们什么时候开始
下一场演出。你应该去看看,现在人就在那儿。"

"嗯,我待会儿去,现在得做作业。"

我将这事搁了下来,直到第二天才过去拜访伯罗斯一家。他们
在国外度假三个月,可能对我已经没什么感情了,我怕他们对我冷
淡。我记得爸爸说过:"过几天再去吧。让他们先安顿下来,他们现
在肯定还不想被人打扰。"

"雷蒙德,我们有东西给你。"我刚骑上他家的车道,罗伯特看见
我,就隔着休息室的窗户冲我喊。

"真的? 是什么?"

"等下才能看。"

"雷蒙德,看,"乔纳森在门口喊,手上挥舞着一只毛茸茸的手套

木偶,"我的圣诞礼物。"

"哇,我想我们可以加一些木偶戏了。"我重新加入了对话。

"你好,雷蒙德,圣诞快乐！圣诞节一定过得很开心吧?"简问。

"嗯,很棒。"

"妈妈,我说过他会有一段难忘的经历的。"罗伯特说。

简疑惑地看了看她的儿子。

"你知道的！劳伦斯·奥利弗！"罗伯特不耐烦地喊。

"你长大了。"我对罗伯特说。

"是吗？那太好了。现在你可以告诉我长大后是怎么样的了。"

"你猜猜。"

"什么?"罗伯特问道。

"我最近一直在排一部剧。"

"一部剧？你是说从我们走之后,你一直在排剧吗?"

"是的。是艾伦·亚历山大·米恩的《请相信》,会在剧院演出。"

"天哪!"他难以置信地大叫了一声,"妈妈,我早就和你说我不该走的。我就知道会错过什么!"

"过来看看。"贾尔斯说。他走进房间,递给我一个薄薄的红色盒子。"来,打开看看!"

里面是一套劳伦斯·奥利弗的《理查三世》电影唱片集。我有些忐忑,不知道这是不是要送我的礼物。

"你得花时间熟悉一下,"贾尔斯说,"都在这儿了。这里汇聚了英国戏剧中的所有骑士:带有浑厚金嗓的金杰古德,还有拉尔夫·理查德森。奥利弗扮演理查,克莱尔·布鲁扮演安夫人。其中有一幕场景是理查密谋杀害了安夫人的丈夫,然后在葬礼上勾引她。"

那天下午离开时,我暗自庆幸,还好没有一厢情愿地认为唱片是送我的圣诞礼物。伯罗斯一家只是迫不及待地想让我也感受一下他们对世界戏剧最新发展的兴奋之情。离开时，我仍然沉浸在喜悦之中。我激动不已，三个月的分离反而拉近了彼此的距离。

再次拜访伯罗斯一家时，他们还是拿出唱片，开始一本正经地对我灌输文化知识。"看这个。"贾尔斯说，将打印好的电影序言和文本递给我。

> 世界的历史，
>
> 如同不成诗歌的字母，
>
> 失去芳香的花朵，
>
> 缺乏想象的思考，
>
> 若没有属于它的传说，
>
> 那么它也会干枯……

"停，乔纳森！"贾尔斯命令道，因为他的儿子表现出很烦躁的样子。

"乔纳森，为什么不带'狗狗'出去玩？要知道，她已经三个月没见到你了。去吧。"简催着他。"狗狗"是一条巨型黑色拉布拉多，正惬意地躺在贾尔斯的脚上。

"我也想听《理查三世》。"乔纳森坚持。他爬上简的大腿，紧紧地抱住她的脖子。

"也行，不过要安静点，'小鼠鼠'。"贾尔斯严肃地说。

排除了所有可能的干扰后，他在唱机上放了一张碟。

在非洲热带地区的一座标准规格的政府大楼里，威廉·沃尔顿吹响喇叭，宣布国王爱德华四世的加冕仪式开始。夏季高温炙烤着北罗得西亚高原,我们在屋里躲开似火骄阳,听着唱片。气势澎湃的英国宫廷音乐拉开了玫瑰战争时悲剧的序幕,听得我们几乎屏住了呼吸。

　　现在我们严冬般的宿怨已给这颗约克的红日照耀成融融的夏日。

奥利弗内敛而又醉人的音调令人血液凝固。他咬住结尾处的辅音,保持上扬的语调。然后,当他诵读高音部"详述他的畸形陋相"时,他运足力量,营造了一个令人生惧的高潮:

　　我不知道出路在哪,但我会不顾一切地挣扎,折磨自己,去摘取英国的王冠。这种折磨也许能让我自由,或者让我用沾满鲜血的斧头来开道。

我们坐在那儿惊叹他之前是怎么保持沉默的。

　　为什么我还能微笑? 杀人时也能微笑。

在贾尔斯的带领下,一家人为我描述这场历史剧,包括电影中来来往往的角色。他们告诉我哪些是白玫瑰约克王朝的人,哪些是红玫瑰兰开斯特王朝的人。虽然我从来没有真正弄清楚英国玫瑰战争里谁是谁,但一直听着。

虽然我深爱戏剧中英国贵族传奇式的功勋,但还是决定下一期节目采用来自大西洋彼岸的一部庸俗喜剧。我莫名地想起那天下午在约翰内斯堡放映的《凯特爸妈》，打算采用这部早期电影中的乡下人和他们的家庭作为下一部剧作的原型。

又有四个女孩加入表演小组。戴维·特罗洛普男扮女装，饰演妈妈，德斯蒙德扮演天真的爸爸，我演一个电视节目主持人，其余人演孩子。

"你打算怎么写?"埃迪问。

"我打算像往常一样，边排练边创作。"

"什——什么? 你是说先不写下来?"

"是的，我们从不那么做。"我说，心里纳闷他怎么突然对作品的创作过程感兴趣了。

"孩子，这可不行。你要想把事情做得漂亮，"他坚持说，"就必须先写下来。"

我无法为自己的工作方式辩解。问题在于做什么有用，而不在于为什么这么做。我们要做的很简单，我觉得没必要先写下来。演员们完全能够自己想出对白的内容。在我看来，戏剧是由人物和动作组成的，对话自然而然就会出来了。

之后，埃迪没再纠缠这个问题，所以下一部作品也顺利结稿。

一天下午，我从卡布隆加的学校骑车回来，惊讶地发现家门口弯弯曲曲的土路已经全部铺上了柏油。什鲁斯伯里路总是违背现代城镇规划的规则，好心地绕过灌木丛，不忍加以破坏。但是，最近周边有些长官在规划道路，因此，突然间，这条路变宽变直了，路况清晰可测。现在，既然这些道路被铺上柏油，就休想暗中反抗殖民者的规划，偷偷地重新改为曲线了。

大约一周后，埃迪对萝丝说:"还记得以前在前院外面的那棵树上筑巢的青鸟吗?"

"你是说来我们这之后就一直在那地方的那些鸟吗?"

"是啊。可惜了,自从道路铺上柏油,鸟儿都飞走了。树还在,但上周开始,鸟巢都空了。那是我们最后一次看到它们。"

"真遗憾。我会想它们的。"

听着关于青鸟的对话,我也有一种难以言表的失落感。我已经很久没听到那首我最喜欢的《幸福的青鸟》了。好想让奶奶再为我唱一次,这样至少可以记住怎么唱这句歌词:

　　每一个乌云密布的早晨……天上都有一弯午夜的月亮……

不过,几天后,我反而庆幸能在柏油路上骑车了。当时已经五点四十五分了,而晚上通常五点十五分开饭。我知道爸爸不耐烦等人,但那天是妈妈的生日,之后会有喝茶时间。我跳下自行车,随手把它靠在厨房外墙边。

我进去时,奥比斯特正在拌肉,他瞥了我一眼,偷偷地朝我使眼色。"你去哪里了?"萝丝生气地低声问我。

埃迪从餐厅进来,为了今天这个特殊的日子,餐桌都已经特意布置过了。"听到妈妈的问话没,刚刚去哪儿了?"

"对不起,我回来晚了。我和伯罗斯一家在聊天。"

"天哪! 你知道现在几点了吗?"

"五点四十分刚过。"

"你知道家里几点吃晚饭吗?"

"通常是五点十五分左右。"

"你在伯罗斯家做什么?"

"一直聊戏剧。"

"聊戏剧?"

我们隔着厨房对视了一会儿,我顿时觉得好像要被一股巨浪吞没。

"孩子,知道我早晚会对你做什么吗?终有一天我会打死你。记着,如果你胆敢继续这样藐视我的话,我非活剥了你不可,走着瞧。你们聊戏剧是吧?好,让我告诉你,从现在起这个家里不准再提戏剧。用你愚蠢的脑袋记住,从今天起这个家禁止聊戏剧。我不想在这儿见到你们这些娘娘腔的人。是时候长大了,给我拿出点骨气。"

我感到自己快要被淹死了。

"我要杀了你,我非杀了你不可。"爸爸说。

我抬起头,直直地看着他的眼睛,然后缓缓地穿过厨房,低声地咕哝了一句:"来啊,杀吧。"

"什么?!"埃迪难以置信地脱口而出。

"你不是说要杀了我吗,那就来啊,杀了我啊。"

"雷蒙德,别说了!"妈妈劝解道。

我转向妈妈:"他说他要杀了我,怎么不动手呢?"

"行了,雷蒙德。今天是我的生日。"妈妈抽泣着说。

最后,我已经精神崩溃,但我不想妈妈因为我们又陷入痛苦,便离开了厨房。我趴在床上,把头埋进枕头里。

我听到爸爸还在厨房里说:"他以为我开玩笑呢。跟你讲,我早晚有一天非办了他不可,真是不知道天高地厚。"

"好了,埃迪,拜托,先别说了!"

过了一会儿我被叫去餐厅,一家人默默地吃着萝丝的生日晚餐。

第二天我像往常一样去排练,但确保这次早点回来了。我听到唱机上放着沃利策管风琴演奏的哀鸣声，里侧通往厨房和起居室的门都关着。我小心翼翼地打开厨房门，走向餐厅的工作台，通过上方紧挨的窗户可以看到院子。我走过时，鲁珀特斜过来一记愤怒的目光。我想这是在示意他是不会降低音量的，甚至还会随心所欲地单曲循环播放他喜欢的歌曲片段。显然他只顾他自己，不能容忍任何打扰他的行为。他坐在沙发上听着他最爱的肯·格里芬的密纹唱片，其间的唯一动作就是站起来重置唱针，把喜欢的片段重复来重复去，五六遍了还不歇息。他似乎没有注意到我拿出厚厚的《韦伯辞典》，背对着他坐了下来。

当时，马文和他的朋友加文在前面的走廊吵吵闹闹，无意中吵到了鲁珀特。我转身看到鲁珀特镇静地走过去，打开窗户，拉开纱窗，伸出手臂，在加文的头上比了个拳头，稍稍用力打在他的脑袋上，接着把纱窗关上，又一言不发地坐了下来。

加文难以置信地坐了一会，泪流满面。马文和我交换了下眼神，朝对方做了个鬼脸。我们差点因为眼前的荒唐一幕放声大笑，尽管觉得有些对不起加文。

第三十章

我把这本厚厚的《韦伯辞典》拖到餐桌上已经有些时候了。我翻开曾经用来记日记的大硬皮笔记本。为了增加词汇量,我每周记五个新词。本子前面是日记,一般是做过的事情,比如游泳,用卡尔顿放映机看电影,又或是正在看的书。日记背面是新学的单词。

我照着词典背单词,仍停在 AB 开头的单词。我记下了单词"Aberration""Abhor",还有"Abject"。"Abject":卑劣的,悲惨的。例如:an abject coward(一个自卑的懦夫)。"ab"是前缀,表示"源于"或"离开"。作为动词,有"扔掉,抛弃"的意思。

Abject 一词引起了我的共鸣。我挺喜欢这个单词的,它已渗入我的潜意识中,形成新的含义。"这个单词,"我宣布,"表达了我的内心。"不知为何,我开始在心里铭记这个词。看了"伊妮德·布莱顿五子"系列,我想到用编码的方式写两行日记,破译出来就是"现在我知道我是怎样的人了,我是一个悲惨的人"。我想记录下与这个词之间的密切联系。不用说,像我一样时常抑郁的人一定是悲惨的。

我们家人用词都比较简单比较朴实,很接地气。简练的言辞能够切实地传达信息或指令,也不会妨碍日常生活交流。

这有点像肥皂。浴室里总有一块绿色的阳光牌肥皂。这种肥皂通常是当作洗衣皂来卖的,但我们都把它当作香皂。这种肥皂便宜,没香味,可以用来消除身体的污垢。肥皂不需要花里胡哨的颜色、稀奇古怪的形状或乱七八糟的香味,只要实用就行。

日记背面用编码的方式记录着我的话语。这些私密的话,我不能与任何人说,除了我自己。

Better butter

Better batter

Better butter

Better batter

爆破音 b 要发得很有力,e 和元音要发得很饱满,这样就消除了殖民地人特有的省略元音的口音。

Feesh and cheps

Feesh and cheps

马拉维农民的乡村口音是以一种明显的甚至夸张的方式流露出来的。

我和奥比斯特每周都会照例练习几次。为了努力练习发元音,我躺在地板上,练习腹式呼吸,做演讲老师布置的任务。当我一说"Better butter",奥比斯特就忍不住有反应。毕竟,作为一个训练有素的仆人,对东家或东家的儿子要做到随叫随到。因此,在这种情况下,"Feesh and cheps"比"Better butter"更有意义。为了让他停下来,也让我清静一会儿,我不得不去练习不同的元音:

Silly Billy lost a shilling.

Isn't Billy silly?

这样的练习没什么用,因为奥比斯特认为比利是个彻头彻尾的白痴,甚至还能听到他在厨房熨烫时还在喃喃自语。毕竟一先令是一笔大数目,尤其对于一个家住北罗得西亚、每个月赚三镑十先令的马拉维移民来说,这还没算上基本的伙食开销。

菲利斯·马丁为我和珀尔·赛琳安排了发声训练课。"你们只要有一丝在剧院工作的可能,就必须努力消除南非口音,"她对我说,"这不是朗诵课。这些课程的目的是提升你的音域和音质。"

出乎意料的是,爸爸居然同意我上这些课。这当然不是因为他动了让我在剧院工作的念头。他琢磨着如果儿子在某个领域很出色,那么为此上点课,接受点教育听起来也不坏。从此,我讲话也少了很多明显带有殖民地特色的口音。

上语音课的同时,我还上一门强化课程,这门课包含一套与众不同的口语训练。我也打算成为一名腹语表演者。我先前在埃利斯丹的目录上看到娃娃的广告,然后用圣诞节积攒的零花钱买了下来。娃娃已经从英国运到了,还附有一份详细的说明书。我给他起名叫金杰。金杰一身红棉裤白衬衫,穿着过时又可笑。但这些都是暂时的,琼姑姑为娃娃提供了外出服,我还找了个手提箱让他睡里面。

因为嘴唇动作不能被看见,只能转到口腔后部发声,必须要重新练习辅音发声,所以我的标准语音训练更难了。比如念"bottle of beer"("一瓶啤酒"),要做到发音清晰又不能被看出来,依靠口腔后部发声,辅音发音需借助弯曲舌后跟抵住软腭发音,非常困难。要想做到的话,就需要在镜子前勤加练习,还要放出声音,借助腹部肌肉支撑强有力的呼吸。当然,这一切还要看起来自然,不费力,否则难以造成观众的错觉。

虽然我感觉到了口语老师的担心,但是,因为学校放假三个星期,我依然坚持每天练习几个小时,所以假期结束时我已经可以把金杰放在膝盖上,坐在前门的走廊,自如地表演了。为了发挥金杰的作用,我掀起他的衬衫,把手放在他中空的背部。我小心地把挂绳绕在我的拳头上,一拉一扯绳子,让娃娃的嘴巴随着我伪装的声音同步地一张一闭。我必须全程都装出一副茫然的样子,有时还要因为娃娃在我膝盖上的粗鲁行为摆出很生气的样子。

让人相信你腿上这件没生命的物体是一个具备自我意志和性格的人是非常艰难的。如果失败了,别人会觉得你愚蠢。这个腹语用的娃娃构造简单,眼球完全不能动,唯一能动的就是下颚。

"干啥玩意啊?"金杰吼道,口音宛如赞比亚当地黑人。

这句话带有挑衅意味,大概意思是"你想做什么?"一些路人想无视这种粗鲁的言语,继续往前走。但是,当金杰再次挑衅,他们就停下脚步,从走廊对面看过来,不约而同地走近车道,来仔细观察这个小家伙。当金杰继续开幼稚的玩笑,他们就会放下与白人惯有的距离。等到对话结束,我会马上用方言向他们的祖先神明请求原谅,脸上带着诚挚的歉意。

我们之间的对话往往很简短,因为现阶段我掌握的技巧还十分有限,不想表演得太过。路人起初以为我拥有神力,但很快意识到这场相遇该结束了,于是会礼貌地向我和金杰道别,一边摇头大笑一边继续沿着什鲁斯伯里路走远了。

奥比斯特已被我任命为非正式的经纪人。我常常会被叫到前门的走廊,因为有几位黑人在那儿等着见金杰。

"生命苦短,朋友。"萝丝对此肯定很有感触,因为她常常把这句话挂在嘴边,并且似乎能运用到各种场合。如果时间充裕的话,或许我早已看到厚厚的《韦伯辞典》中 p 开头的单词 passion(激情),找到

238

了能如何形容自己内心感受的词。或者，也许我可以记起《幸福的青鸟》的最后几行歌词：

> 每一个黑夜总会迎来光明，
> 每一场仇恨总会迎来爱，
> 每一个乌云密布的早晨，
> 上面总有一弯午夜的月亮。

虽然没人为了这些小心思窃窃私语，恶语相加，但我明白说出来便像个思想古怪的娘娘腔，因为基本上只有可怜的懦夫才会思考这些东西。我越来越难以隐藏自己的坏情绪和焦虑。

作为生于南非中产阶级白人家庭的孩子，我总觉得自己离突破面前的障碍只差一点点机会。这意味着要进入一个不由殖民者掌控、一个不是我爸爸所梦想的世界——也就是禁区。

吉尔伯特·伦尼学校的学生站在体育馆里唱圣歌，唱毕低头祷告："上帝，请帮帮我。"也许我说得不够诚心诚意，因为祷告从来没带来任何变化。但是，接着我不知道怎么了，重重地摔倒在地上。或许我失去了承受地心引力的意志力。

伯罗斯一家和马丁一家为我提供了临时庇护所。和他们在一起，我总是处于一种表演的状态，他们似乎不会客观地看待我，对我抱有成见。我的不安，在他们眼里是演员切换角色时的过渡状态。

运动场是我总想避开的场所。因为运动场上的人只有赢家和输家之分，生命是用分数衡量的。一个萝卜一个坑，我就是个失败者，力量、速度和命中率就是评判标准，而我一项都不行。

我第一次意识到自己的身体不对劲是在网球场上。那时我和德斯蒙德、奈杰尔、德里克一起打球，他们打得都比我好很多。我和德斯蒙德配合，他上网，我助攻。我打给奈杰尔的球被他扣到了后场。为了接住这个球，我将球拍举到空中用力一挥，球拍在空中一个转了个圈，打到了德斯蒙德的后脑勺。球赛陷入僵局。突然，我爆笑起来，德斯蒙德傻里傻气的姿势顿时成为焦点。其他人也一起嘲笑站在那里发蒙的德斯蒙德。最后，他也自嘲地笑了。

球场上这场看似幽默的闹剧，其实是我在拼命地掩饰自己的体能突然跟不上了。当我跑去接奈杰尔的球时，我发现自己纯粹是靠意志力在横穿球场，体力差不多耗尽了。我跑得太慢，来不及正面接球，就下意识地扔了球拍，这样大家就会转移注意力，将焦点转到德斯蒙德身上。

我感到困惑无解，无法和任何人讲述这次体能突然耗尽的事情。无从解释，无法描述，最终只好搁置一旁。

那年二月下旬，我开始接触田径项目。学校运动会将近，要开始准备了。我们赤着上身站着，听老师讲解扔标枪的技巧。我感到队伍末端有一股引力吸引着我过去，这是逃避的表现，这样就不用让大家看到我扔标枪的能力了。我多么想抓住标枪，发力，在空中投掷出优美的弧度，但肩胛骨间孱弱的力量让我只能承认自己的懦弱。

到了下午，市里的游泳池依旧没能让我们逃出夏日的炎热。我和艾伦挨着躺在草坪上。我想起贾尔斯对克里斯托弗·马洛的描述，他喜欢男人。我凑近看了看艾伦，他只穿了一件绿色缎面质感的很短的泳裤，闭着眼躺在毛巾上，修长而健壮的四肢伸展着。不得不承认，他的确有一种超越性别的性感，或者至少我个人是这么认为的。艾伦睁开眼睛，一动不动地看着我的眼睛扫视他的身体，甚至漫不经心地回应我色眯眯的审视。我们的视线肆无忌惮地越过界限，我感到了危险。

　　但是，这种暧昧，我和莎莉却不曾有过。莎莉是《请相信》的演员，我的公主。她就是一个普通的少女，和一群穿着时尚、爱好摇滚的人闲逛。一天下午在开罗路逛街时，我看到他们站在附近的古德曼时尚百货商店外的人行道上。莎莉身穿淡蓝色塔夫绸裙，外搭一条很有垂感的衬裙。我站在那儿，发型是自己理的，卡其短裤是鲁珀特穿过的，还好穿了之前度假时在德班买的格子衬衫。她看到我似乎挺高兴，我们算是打情骂俏了一会儿。

　　摇滚是我的软肋。圣诞节我得到一张唱片，背面是弗兰克·莱恩的《昼夜摇滚》。我播放时，爸妈在起居室。音乐的力量如此震撼，我甚至跑到了外面，在厨房的窗户外都能感受得到那种力量。我爸妈表示无法忍受。

　　邻居家十几岁的女孩弗朗西斯·司博罗要开生日派对，邀请了莎莉和她的朋友。这是我第一次正式参加这种青少年派对。

　　我和几个在学校里要好的朋友才刚刚进入青春期，和派对上的其他客人不同，我们仍然很从容地过着青少年的时光，不怎么讲究着装和言行。可这回不一样，不能草率。可是，问题来了，我发现自己没有可以穿着出席派对的长裤。

　　我央求妈妈给我买一条，她没同意。于是，我威胁她我不去了，她的话使我羞愧难当，不得不改变主意："雷蒙德，没想到你居然那么糊涂。几天前我和特罗洛普夫人聊天时，她说她不满意你对这件事的态度。"

　　可怕的星期六夜晚来了，我穿着短裤出现在派对上。莎莉和她的朋友一来，我就把自己活活地"种"在了一张高背椅的后面，几乎整个晚上都在祈祷他们最终会忘了我光着的腿。大约一小时后，弗朗西斯的爸爸妈妈离开了,灯光暗了下来,客厅的毯子卷了起来。是的,要做这个年纪该做的事了。但是,我穿着儿童短裤,根本没法玩摇滚。弗朗西斯和别的女孩居然使劲劝我到中间那块地板跳舞,我很惊讶,但还是提早溜回家了。

我放弃了莎莉,从那以后她就再也没找过我。爱恋的时光只停留在后台穿着戏服化着妆的时候。我不明白现实生活中为什么就做不到,似乎在现实中我就无法像之前那么确定了。

其实反差早已存在,只不过我浑然不知,甚至为了扭转这种反差,努力去掌握各种聊天技巧,结果碰了一鼻子灰,无处述说。一想到这种强烈的伤害,加上最近新添的诸多烦恼,比如来自爸爸的情感冲击,连我背部和颈部的肌肉都不停地抽搐了起来。

"你怎么了?"

"我吗?我不知道……就是有点累。"

"我的孩子,医生在这儿。他会治好你的。"埃迪信心满满地说。

医生像往常一样,对我的身体进行拍打、查看、称重和测量,然后收起听诊器整齐地放到桌子上:"没什么大问题,多锻炼就会好了。你的喉咙会有轻微疼痛,但除了这个,你看上去很健康。平时运动多吗?"

"不多。"我漫不经心地回答。

"你有打网球,对吧,雷蒙德? 我们去年刚给他买过一副新球拍。"母亲说。

"嗯。"

"还有游泳。你还常去游泳,对吧?"她又加了一句。

"嗯。有时会。"

"像你这个年纪的男孩,应该多到外面呼吸新鲜空气,尽量多运动运动。我给你开一些抗生素治疗喉咙痛。另外保险起见，我建议你吃一些补药。"

当时南非的医学界还没发现由户外草丛中各种蜱虫引起的热带疾病，直到多年后医生才在我的血液中发现曾经引发病症的两类斑疹伤寒抗体。所以，我当时的感受就被这位权威专家给无视了。不过，事实上我也没法准确描述自己的症状，他也没能查出来。

我在学校的朋友、参与我作品的邻家小孩及伯罗斯一家仍然与我和睦相处，让我得以保持正常的表象。我们之间就像被胶水一样粘起来，给了我一种归属感。不过，也许只是我的一厢情愿。我觉得我与我的家人在情感和文化认知上日渐疏远，但内心明白自己属于那里。我想爸爸的说法还是有几分可信的："我已经尽力了。"

一九五七年底，我在班上的位置有点保不住了。我惊讶地发现，虽然其他科目的成绩仍是优秀，但地理成绩居然几乎是全班垫底了。但是，这仅仅只是一个预兆，随后几年我在和左脑有关的学科上就像在地理课上一样节节败退。

第三十一章

但是,我们的当务之急是解决草的问题。我们需要大量的草,要高得像大象,粗得像小拇指。我、德斯蒙德和戴维一起骑在豹丘路上,深入丛林找这种可以用来搭舞台的草。我们割了很多捆草装到自行车上,堆得高高的,然后在落日余晖中,骑车回到几英里外卡布隆加的伯罗斯家。

我们安静地站在河边草垛后面的大树的阴影下,等待便携式唱机播放传统序曲《得克萨斯黄玫瑰》。通过草垛之间的狭小缝隙,我们可以看到长满草的缓坡上,观众坐在各式各样的躺椅或带坐垫的椅子上。中场休息前,我们照常演唱了几首类似《我们该拿这个醉酒的水手怎么办》的歌曲,表演了模仿儿童节目末尾笑话部分的喜剧。中场休息后,和排练时一样,"凯特爸妈"和他们的孩子涌了进来。这时后台发生了惊险的一幕,"凯特爸爸"德斯蒙德因为换裤子时脚被秋裤缠住了,错过了出场提示。为了避免舞台出现空缺,我一把拎起德斯蒙德,把他扔向舞台中央。穿了一半"秋裤"的"爸爸"突然被推上舞台,让观众们倒抽了一口气。还好他随机应变,稳稳落地,引来阵阵喝彩。

户外的布置给人的感觉就像游园会一样。节目结束后,约瑟夫给大人端来茶水,给孩子端来冷饮。简·伯罗斯曾鼓励我们去募捐,现在已经筹到一笔可观的数目。她认为,我们演员应该给自己花点钱。"我认为你们每个人都应该去看一场表演,作为你们劳动的奖励。"她说。

"雷蒙德。"妈妈深沉、温柔、饱含骄傲的声音打断了我的梦。我老不情愿地睁开眼睛,看到了晃眼的灯光。时间还早,但家里人都已经起床。当时是冬天,我们准备去南方度假。我只顾得上匆匆忙忙吃完一碗维他麦片,就马上去帮爸爸装车了。这次是一辆灰色的莫里斯·奥克斯福特车,印度至今还将这种车作为出租车在用。

位于德班的莱德尔酒店比我们以往住的任何地方都高端大气。虽然说不上奢华,但总算中等。爸爸坚持让我写剧本,这次我妥协了。为此,我错过了好几次观光游览的机会,留在酒店写剧本。这部剧以英国哥伦比亚为背景,讲述一个生活在矿区的中国移民的故事。这个怪人说的英语带有中国腔,很是令人期待。

"你不跟我们一起吗?"妈妈在大家拿毛巾和泳裤时问我,"我们要去乌姆德洛蒂①。你还记得乌姆德洛蒂,对吧? 我们在那里时你最多才六七岁。"

"记得清清楚楚。不过我得写剧本,如果不留下,就完不成了。"

"你不觉得你对写作这件事太执着了吗,雷蒙德? 你应该享受假期,儿子。"

---

① 乌姆德洛蒂,又称乌姆德洛蒂海滩,是南非共和国夸祖鲁-纳塔尔省北海岸的一个度假村。(译者注)

"不行，我一定要先写完。"

"随你便。"爸爸不满地耸了耸肩。

在德班，我们见到了卡特一家，他们正在德班南部沿海的雪莱海滩度长假。埃迪会帮忙捎德斯蒙德跟我们一起回卢萨卡。回来后，德斯蒙德将会在吉尔伯特·伦尼旅馆住一星期，直到他爸妈回来。我们还要继续往南走，穿过特兰斯凯的绿色山林，去艾尔弗雷德港口拜访艾伯特舅舅和外婆。

他们曾经住在一个可以俯瞰整个村子的地方，如今却沦落到住在位于前往沃力渡口途中的峡谷底的一间棚屋里。他们似乎渐渐失去了神气，从山上迁到临近河流的、四周野草丛生的棚屋，那河流在拐弯处汇入海洋。

"对艾伯特来说，他已经很满足了。我得把房子转出去，住这里很自在。"住在艾尔弗雷德港口的外婆说。她告诉萝丝，艾伯特已经"开始失去理智"，但埃迪和萝丝不以为然。

埃迪对萝丝说："我不信……她很吝啬。她只是不想花钱维护房子。"

大约八个月后，外婆来信说艾伯特在格拉汉姆斯顿镇一家名叫英格兰堡的精神病院去世了。

我们长途旅行回来之后，幸好有德斯蒙德做伴，很开心。杰米斯顿的奶奶也和我们一起住了几天。当德斯蒙德脱袜子时，我召集了附近二十四号人家的所有亲戚一起欣赏他的纤纤玉趾。德斯蒙德虽然有点尴尬，却也不失幽默。

"我发现脚趾很有用，抓东西很方便，"他说，"看这个。"他把一根铅笔放到毯子上，用脚趾灵活地夹了起来。我们一边鼓掌，一边"哇""哇"地尖叫。那个下午，他成了我们的英雄。

我第一次完成一本完整的剧本，交给了我的私人老师贾尔斯。他和我讲了讲写作。"记住，最重要的是，要有个结构——导入、曲折过程和冲突。有了结构，就错不到哪里去。"

他抽空读了我的剧本。他还给我时，我满心期待地问："嗯，你觉得怎么样？"

"嗯……说实话，没什么特色。"

他就说了这么一句。我被他弄糊涂了。"里面的角色很多啊。"我自己想。伯罗斯一家又要离开去约克郡过圣诞节了，因此为了剧本创作，我得另外找个地方。在简的引荐下，我找到约翰·佩里，表演得以在辅仁小学进行。我们还需要找一个排练的地方。我们一位剧组成员的妈妈很想让自己的儿子参演，于是把她家的休息室拿来给我们排练。这间房本来是办公房，风格与伯罗斯家的相近。

排练了几周后，鲍尔夫人趁我们开会时找到我，说："这个地方恐怕不行。看看，这地方被弄得简直一团糟了！"

的确，她家门厅被我们用作舞台，墙面上有一些磨损的痕迹。她来势汹汹，吓我一跳。那天晚上排练结束之后，我和马文讨论了一下情况。

"哎呀，她气疯了吧？"

"哎，太尴尬了，都不知道怎么办才好。"我说。

埃迪偶然听到我们的对话。"鲍尔夫人这是干什么？她不想让你们在她家排练了？"

"她倒没那么说。但她很生气，因为我们把那里弄得有点乱。我想说，其实没那么糟糕。"

"是吗？可是，我觉得你不应该忍着。"

"可是，我们只有十天了，几乎都会背台词了，"我反驳他，"之后我们就去学校了。"

"没错。但做事要有原则,你不应该迁就。"

我很惊讶自己为了演出居然这么没底线了。

"如果我是你,我就不干了。"

"不干?"

"是的,不干了!向她表明,你没必要为那种事迁就她。"

我通常不会和父母讨论这些琐事,这是下意识的自我保护。但这次爸爸似乎站在我们这边。我听从他的建议,取消了演出。我们再也不会让任何人这样逼迫我们。做是这么做了,但我感到非常空虚。

这一年匆匆逝去。圣诞过后,什鲁斯伯里路上斑驳的灯光将会骤然消失。而在圣诞,汉斯·克里斯蒂安·安徒生的《冰雪女王》将会在普赖豪斯剧院上演。当一些能说得上话的面试官说他们希望我能在其中大放光彩时,我简直欣喜若狂。但我年纪太大,不适合出演男主角凯伊,于是试演乌鸦管家卡尔这一角色。制作人阿瓦·威尔金森中途问这个角色有没有其他竞争者,结果没人回应。

我看了剧本,发现乌鸦管家其实有大量很可爱的对话,有些心动。但大家都觉得我应该演主角。这两种声音充斥着我的大脑,让我很迷茫,仿佛悬浮于迷雾中。

试镜结束后,卡尔的部分还是没演员来试镜。于是,我找到制片人:"对了,我知道有人可以胜任卡尔的角色。"

"真的?是谁?"

"他叫罗伯特·伯罗斯。人还在英国,十天后回来。他很能干。"

"几岁?"

"十二岁。"

"正愁没有合适人选……我相信你。你最好确保他一回来就马上联系我。"她说。

"哧咔哧咔哧咔……"这是剧中的乌鸦信使卡尔和克拉拉的呼叫信号。他们披着黑色服装掠过雪地,平添了几分喜剧效果。

我又恋爱了。这次是和制片人的女儿,一个金发碧眼的女孩,从事幕后工作。

罗伯特果然一举拿下这个角色。那个周六下午,我们在等剧作者,突然门厅那儿传来一阵骚动。原来是一群妈妈围上了饰演凯伊妹妹吉尔达的萨曼莎·吉尔比,于是保安人员不得不拉起警戒线。我看到简·伯罗斯和另一位妈妈带着萨曼莎离开大楼,来到了简的车上。罗伯特过去问他妈妈怎么回事,他妈妈"嘘"了一声,把他支开了:"走开,回去排练。这儿没你的事,我要带萨曼莎回家。"

"出什么事了,罗伯特? 萨曼莎怎么了?"我问。

"不知道。她一定是受伤了。他们把她放在后座上,那儿全是血。"

我们都一头雾水。

圣诞节前几天,简塞给我一个信封,里面是两张《唐·乔瓦尼》的票,开普敦歌剧公司出品。收到后,我内心有些矛盾,觉得无以为报,徒增了不少烦恼。爸爸嘴上抱怨,但还是陪我去剧院看了一场日场演出。演出具有莫扎特式戏剧风格,情节波折复杂,甚合我意。我觉得爸爸也不由自主地沉浸其中了。

《冰雪女王》将在剧院演出六场,最后一场在一九五八年六月十八日举行。"雷蒙德,过段时间,你可能见不到威尔金森一家了。"贾尔斯神秘兮兮地说。

"可是,事实上,他们刚刚还请我下周六去他们家吃饭。"我回复。

"雷蒙德和帕梅拉在谈恋爱!"罗伯特坏心眼地大喊了起来。

"胡说!"我大声抗议,没有承认。

"那位年轻的小姐,我知道她有一种很特别的魅力,但她太早熟。现在,她每天晚上刷牙后都要吸食上好的海洛因。如果她能管住自己一两个星期不吸食海洛因的话,我相信总有一天她会成为一个好姑娘的。"贾尔斯出人意料地说。

我有些震惊地看着他,但什么也没说。贾尔斯对阿瓦·威尔金森给罗伯特在剧里的指导很有意见。威尔金森夫人向我透露贾尔斯会在家里重新指导罗伯特。

私底下,贾尔斯对我的演出给出了匪夷所思的评价:"当然,你做得很好了。但是,你有没有想过一个戏剧专业的优等生会怎么处理这个角色?"

"戏剧专业的优等生,"我想,"那是什么?"

"你需要一位在舞蹈方面受过很好训练的人给你一些指导。那样,你就能学会所有鸟的动作:整理羽毛,拨乱羽毛,疾飞时的腿部动作,等等。"

我倒是真的从没考虑过这方面的东西,但有人提议我接触一下这个领域,倒是给了我不少启发。不过,在当时的南非,单纯的表演似乎过于不合传统,很难让人接受。若想进一步尝试灵光闪现的艺术想法,并将它定性为一种风格,就需要想象力,但在当时这是闻所未闻的。

我和威尔金森一家围坐在餐桌旁吃晚饭,一起的还有他们的女儿,一个朝气蓬勃的青春少女。"我们猜晚饭后你会想去看看电影,都给大家订好座位了。"威尔金森夫人说。

"我们去看詹姆斯·迪恩演的《巨人传》。"帕梅拉最后补充。

"我想我们女儿有点迷恋上这位绅士了。"她妈妈揭发道。

"不是迷恋,而是深沉的真爱,"帕梅拉反驳道,"他在《无因的反叛》中帅呆了! 你看过他的表演吗,雷蒙德?"

"呃,没有。今晚的电影一定很有趣,我很期待。"我撒了个谎。

接着,她开始和妈妈讨论她遇见过的男孩,还有拒绝他们的原因。她用迷人而纯净的蓝眼睛看了看我,我敢肯定如果她仔细观察的话,她不会喜欢她所看到的。于是,我明智地退出了争论。

到了电影院,威尔金森夫人递给我两张票:"很遗憾,我们不能坐在一起,你和帕梅拉坐的座位在我们后面,隔了两排。"

我惊恐交加。惊讶的是,我坚持到了那么晚,还没被帕梅拉拒绝;恐慌的是,我在想我现在不得不扮演一个和潜在女友在一起的青少年,而且女孩的家人就在一步之遥的地方。我觉得电影很单调很乏味,詹姆斯·迪恩的演技没什么说服力。然而,荒漠的灼热感,以及伊丽莎白·泰勒和洛克·哈德森之间的疏远使我感同身受。

那是我最后一次见到帕梅拉·威尔金森。

有机会主动找上你,真的是一种很特别的幸福。"我想让你试演一部广播剧中的年轻士兵这个角色,剧名叫《马西奥斯将军的戒指》。"珀尔·席琳对我说。这部剧是在本地写的,以莫桑比克早期的殖民统治时期为背景,之后要录成广播剧。

我要与一群不同种族背景的演员一起坐在卢萨卡演播室,通过声音演一部剧,这种感觉真的很诡异。工作严苛,但振奋人心,我拿到了两个几尼的报酬。

"今天接到了关于你的电话。"爸爸开玩笑似的吓唬我。

"哦,是吗?"我尽量不去相信他恶作剧式的恐吓。

"是的。我接到卢萨卡戏剧俱乐部的电话。是一位制片人打来的。"他念"制"的时候卷了下舌头，还十分夸张地念"制片人"一词中的另两个音。"你最好联系一下他。我想他们是想让你出演某出戏吧。"

在排练滑稽剧《迷失的伊丽莎白女王》期间，我和家人坐在家里听广播剧《马西奥斯将军的戒指》。我听到自己的声音和其他人的声音通过声道融合在一起，内心很是震撼。是这个使我觉得自己很重要吗？我想原因没那么复杂：我感觉到了真实，感到自己并不是日复一日地碌碌无为。

记得一个周六的早上，我从珀尔·席琳家的戏剧工作室出来，走了很久才回到家。这是最后一次了。我的自行车和大家的行李都已经在火车上。爸爸找到了一份市政府的工作，地点在南罗得西亚的乌姆塔利。

那一晚也是《迷失的伊丽莎白女王》在普赖豪斯剧院的最后一场演出。"我想你注意到了，今晚为你准备了颁奖仪式。"爸爸对我说。

"什么意思？"我完全摸不着头脑。

"演员和剧组工作人员凑份子给你买了一份礼物。"

"为什么？"

"呃，因为你要离开了，难道不是吗？"

为了给制片人送礼，有人曾要求我和其他演员交五先令，确实合情合理。但是，接着我想起好像听到其他人交钱时有一句"五和一"。"一"肯定是给我的了。

"你怎么知道的？"我问。

"有个一起工作的同事认识你们的制作人……所以你最好准备一段简短的演讲，但也不要显得太刻意。"

比起在之后的派对上佯装惊喜并发表的两分钟演讲，这最后一场演出完全不算什么。我试着写下了我所想说的话，然后努力记住。言语实在难以表达内心的情感，我甚至都不知道我感受到了什么。于是我随便编了一些陈词滥调来掩饰我的迷惘和悲伤。

第三十二章

我们经由一座曾贯穿泰晤士河的桥①渡过了卢萨卡南部的卡富埃河,驱车穿越树木繁茂的北罗得西亚高原。我们小心翼翼地驶过陡峭的赞比西河谷的绝壁,来到了东非大裂谷,一路上尖锐的蝉叫声不绝于耳。道路连续急转弯,路旁标志提醒人们"小心大象"。好像我们随时都有可能从地表消失,坠入那永恒的深渊。

这的确是我人生中的一个新篇章。离开卢萨卡是痛苦的,是没完没了、伤心欲绝的痛苦。我后来才意识到,和我分隔两地的那些朋友原来对我是那么的重要。当然,我也离开了我亲爱的伯罗斯一家。那段时间,我都没法和他们通电话。

我们回到南罗得西亚的非洲高原,经过卡罗伊("女巫之地"),在多丘陵的农村安顿了下来。但这里并没有女巫的踪影。想必随着农耕的出现,她们都已经离开了。我们先穿过棉花田,又穿过玉米地。如今我们已经远离了采采蝇出没的赞比西河谷,牛群在山间游荡,周

---

① 这座桥曾经跨越泰晤士河,后来被转移到卡富埃河上。(译者注)

边草原上长满非洲本土的树木。

我们在来的路上几乎没时间看看索尔兹伯里。这是一个生机盎然的城镇,高楼耸立,街道两旁绿树成荫,一派欣欣向荣、和谐友好的景象,堪称比勒陀利亚和内罗毕之间的最大城镇。我们手上的小册子说它拥有七万人口,当然不包括黑人。

炎热的傍晚,我们慢慢靠近乌姆塔利,埃迪减速驾驶,缓慢而稳步地爬上新家园前面的山坡。我们身后是花岗岩岛山、巨石和带有一点橙色和黄色地衣的灰色圆石。路两旁的树上缀满紫色和锈红色的三角梅。我们摇下车窗,感受习习微风,腊肠狗特克斯甚至爬上座位,用鼻子蹭了蹭风。

我们站在可瑞丝莫思山口的顶端,所有感官都叫嚣着,想要融入这热带和亚热带的风光。爸爸靠边停车,我们和特克斯争相呼吸新鲜的空气,活动活动腿脚。

"哦,你们看。这里有个小纪念碑。"萝丝大声欢呼。

这是一座花岗岩微雕,是一块纪念金斯利·菲尔布里奇的牌匾。

我们沿山路下坡,感受到了盆地底部传来的热气。我们的新家园就在这个盆地上——乌姆塔利,素有"东部高地入口"之称。

我们在邻近火车站的地方搭建了一个临时小屋,住了几天后,爸爸开车载我和鲁珀特去拜访乌姆塔利男子高中的校长。临近复活节假期,这幢双层楼房沐浴在南部太阳柔和的晨光里。学校背靠山坡,远处是被假山隔开的梯田状草坪。那里有橄榄球场、板球馆、游泳池,还有为寄宿生提供的宿舍。城镇一直延伸到远方,与朦胧中的温巴山脉山脚相融。

校长办公室里静悄悄的。书架上全是书和奖杯。我们静静地坐着,感觉与那里格格不入。突然水泥走廊上传来一阵男生的混乱脚步声。透过半开的门，我瞥见一群身着卡其色军装的年轻男孩正迈步前往铺着瓷砖的前厅。他们在楼梯脚下分散，有的从一楼走廊走，有的沿着楼梯走向楼上的教室。

校长穿着学位袍走了进来，看上去像一位亲切和蔼、面色红润的贵族。我们三个人站起来迎接，爸爸向他做了一番自我介绍，然后和他握手问好。

"那么，是这两个孩子要来我们学校吗？"他边问边让我们坐下来。

"你落了很多功课呢，"他对我说，"你错过了整整一学期的'O'级水平考教学大纲指定的课程。我不清楚吉尔伯特·伦尼学校具体教了一些什么。但据我猜测，他们的教学大纲和我们不同。我们让你从'A'级开始，看你掌握得如何。如果你做得不好，就让你降级。孩子，看你表现了。"

"你呢，重新参加'O'级水平考试，"他仔细看了看鲁珀特的成绩，对鲁珀特说，"去年考试只过了两门，恐怕不够好。"

"这是校服着装细则和体育要求，"他递给爸爸几张表，"我建议你先把这两个孩子带回去，等他们着装符合要求了，就可以在复活节后回来，这件事就算定下来了。"

校长了解家长的心态。他这种严肃的风格给爸爸留下了深刻的印象。

但鲁珀特不以为然，坚持他自己的想法。在我和马文不知情的情况下，他设法坐车前往杰米斯顿——开往杰米斯顿的车一天只有四辆。对他来说，这趟途经索尔兹伯里、布拉瓦约和约翰内斯堡的旅程是一个分水岭。他改变了原来的生活模式，将和爷爷奶奶、姑姑、姑父还有表兄弟（姐妹）一起住在二十四号人家只有三个卧室的房子里。爷爷帮他找了一份实习工作,是丘伯保险柜的生产技术员。

鲁珀特离开了,于是爸爸索性把他的期望和担忧都寄托在我的身上。"我的孩子,这些天我们只有一件事要做,那就是接受良好的教育。我要确保你余生无忧,这是我的毕生追求。"

但是,爸爸从来没问过我想要成为什么样的人,或者我有什么特长,以及如果有特长的话,到底是哪方面的特长。想要"符合录取资格",需要在明年的"O"级水平考试中取得优异的成绩,并且在两年后的"A"级水平考试中也取得好成绩,接着修读三年制学位。为了获得学位,我还得考教书资格证,这样才有资格申请政府财政资助,而我必须在被录取后的几年内还清这些钱。

但是,他知道我向往什么。我对戏剧几近痴迷。"以后会有很多时间让你做这件事。"他挥挥手说,我的愿望也仿佛被搁置了起来,或者说被打入了冷宫。请不要低估那种被无视的感觉。它深深地影响了我,我要很努力很努力才能掩饰这种不被重视的失落感。

如今回首往事,我才意识到爸爸是有所改变的。他极端的坏情绪似乎消失了。搬到这个新家,是因为爸爸受够了他原来的上司,一个他所谓的"小矮子",按他的说法,他的上司可能都是大暴君。除此之外,那人还有一个"小下巴"。

第二学期开学的第一天,在户外集会上,我以一个崭新的身份站在罗得西亚的太阳下——穿着卡色其短裤和衬衫,系一条黄绿色条纹的领带,再搭配一双得体的袜子——与其他学生站在一起。早上七点四十五分,库萨德夫人弹着钢琴,我们唱着"圣哉,圣哉,圣哉!"

突然,库萨德夫人生气地停了下来,坐回她的位子,端着结实的手臂,对我们怒目而视。身材瘦小的弗莱明顿先生走上前去:"谢谢你,库萨德夫人。"他转向我们,太阳正好照在他的眼镜上。

"我们要一直待在这里，直到唱好为止。如果有需要，一整天都在这里练，"他气急败坏地说，"也许我们会重新考虑是否给你们午休时间。没了午休时间，你们的表现可能会好一点。"他很生气，脸涨得通红，身子也开始摇晃起来。"现在我们重新开始练习，库萨德夫人，好吗？"

经过几轮尝试，老师要求我们放弃前半部分的午休时间来练习。我们排着队从户外走进教学楼，学长们检查了我们是否按规定穿着袜子。袜子必须是特定类型的灰色袜，搭配适度的绿色条纹和装饰性的吊袜带。不合要求的人必须参加"体力劳动"，通常是放学后被留下来除草。

校长、全体教职工和学长们都占用我们白天的时间，几年如一日地保持这种行为。

我跟着我们班的同学来到位于一楼的 3A 年级。

我的书箱里只有一些果酱三明治和一个铅笔盒，我看着闹哄哄的男孩们：他们不停地掀课桌，看课桌底部的时间表，然后直到午饭时间，才将必须完成的练习和课本装进书包或书箱。

集会上的高谈阔论和教室的极度拥挤都让我觉得有几分新鲜，同时隐隐地感到一丝不安。

"在这等什么呢？上拉丁语课了。"一个男孩从我身边挤过去，对我说。

"是新来的吧。我们听说过你。你叫斯宾塞，是不是？"另一个男孩挑衅我。

"更像'屎便塞'。"教室另一头一个叫萨金特的男孩嘲笑着说。我花了很长时间才搞清楚这个教室里的"食物链"。萨金特位于食物链底端。但每当来了新同学，这些底端的人总是表现得最为凶猛。

我迷茫地跟着他们学习拉丁文。

学科学……历史……地理都和学拉丁文的过程一样。我已经落下一学期的功课，必须得赶上。3A 年级的男生们对年初实施的英国两年制"O"级水平教学大纲表示不满。而我的困难在于，对于这些特定的学科，我年初在吉尔伯特·伦尼学校学的是不同的教学大纲。

"斯宾塞，你长得这么壮，加入我们吧。今天下午三点，亭子前面的球场见。你有靴子吗？"

"呃……没有。"

"没事。我们先借你。我们的先锋团需要招人。我们还不到十六人，你可以加入我们。"我在走廊上偶遇橄榄球教练，他大声对我说。

我回头看了看这个身材结实、心地善良的橄榄球教练，他正赶着去上下一节课，他的身影渐渐地消失在混乱的人群中。

练完圣歌后，还剩下一半的午休时间，我有点无所事事。我到处逛，一边吃我的"全金牌"梅子果酱三明治，一边观察一群群男孩在课间自由活动时间玩游戏。

到目前为止，橄榄球教练是唯一对我表示欢迎的人。他不傲慢，说话也不拐弯抹角。他看到了我的潜力，他需要壮大自己的前锋实力，于是他说："加入我们吧。"

但我不打算参加。这种非输即赢的比赛靠的是肌肉和速度的较量，我不适合这种比赛。这项运动似乎是这个地方的文化根基。身材魁梧的前锋，浑身散发着雄性激素，是班主任的宠儿。甚至连瘦弱的弗莱明顿先生都参与这项运动。他们是受人崇拜的。每日集会，我们都必须听学校汇报各支队伍的各项体育成绩，简直是没完没了，接着还要听无趣而又空洞的圣公会圣歌。

在这里，我兴趣索然，什么都不想做。这里的人似乎没一个和我一样有自己的渴望。在卢萨卡，我和不少人拥有共同的向往。而且我们已经开始盲目地表达了这个向往。在这里，没有我想做的任何事。我必须改变，凭自己的意志力在这个群体里混下去。过去常常促使我进步的内在能量如今已经消失殆尽，眼泪也不足以表达我的悲伤。

与吉尔伯特·伦尼学校不同的是，这所学校的管理似乎基于英国的管理模式。这里的校长禁止教师体罚学生，这让爸爸很不解，但事实并非如此。木工课老师曾用棍子抽打的方式体罚全班，仅仅为了好玩。令我失望的是，体育老师有一次跟着我，还在我洗澡时盯着我看。之后我听说他有恋童癖。但相比之下，这里的纪律更严。

第三十三章

期末，弗莱明顿在一次长篇演讲中第一次提到了戏剧。"你们中有些人现在可能对文化有点感兴趣，但我希望你们的兴趣不要局限于体育运动。"他生气地说，"现在你们有一个机会，尤其是在准备'O'级水平文学考试的同学。这是你们参演莎士比亚作品《麦克白》的好机会。乌姆塔利演员俱乐部已经开始准备作品，即将在罗得西亚戏剧节上给镇民们表演。感兴趣的同学集会后到我办公室了解具体细节。角色没台词，但这是一个难得的机会，可以代表学校亮相重大的文艺晚会。"

这是与乌姆塔利演员俱乐部接触的好机会，我报名了。报名后，我收到了一封推荐信，是我在卢萨卡的珀尔·席琳老师帮我写给《麦克白》制片人和演员俱乐部主席科利·希尔的，我把推荐信交了上去。后来我们五个男生利用假期排练。晚宴上，别人在舞台上表演时，我们举着长矛，像一群傻瓜。

来到乌姆塔利之前，我在宣传册上看到过考陶尔德大剧院的图片。乌姆塔利人引以为豪：这是斯蒂芬·考陶尔德爵士赠送的礼物，他是英国的纺织大亨，住在可瑞丝莫思山口另一边的庄园里。从某个程度上讲，它肯定是当时西方世界伟大的小剧场之一，是建筑界的一个梦。

我几乎查看了每一个角落，也衡量了演出的可能性。整个剧院都围着后台；这样的设计是为了给剧院创造一个良好的交流环境。观众席前面是一条长长的玻璃通道，以方便那些从休息厅出来的观众，一边手里拿着饮品漫步，一边看看以往作品的宣传照。

演员们化完妆，就可以坐在漂亮的演员休息室里打打牌、聊聊天，或等待出场。

《麦克白》的首场演出很成功，仿佛是一场盛会。演出前，不断有人给主演送花，表示祝贺。演出结束后，所有演员都聚在幕布后面。灯光打在观众席上。这时，一个身材矮小、动作利落、头发锃亮、身穿燕尾服的男子被请上台。他是本次评审克里夫特·威廉姆斯，"伦敦西区"戏剧表演文化中心的制片人。我们在幕后紧张地竖着耳朵听，因为这是今年最后一场演出。他对麦克白夫人这一角色赞誉有加，饰演者也因此被评为戏剧节"最佳女演员"；"最佳男配角"颁给了醉酒的侍卫。主演们激动得不能自已，互相拥抱，拍拍后背。他还专门表扬了为现场精心挑选的音乐。之后他对悲剧英雄麦克白这一角色的表演做了评价。"我只能说，在这场表演中，"他表现得很冷静，"麦克白大多数时候就像一匹不知所措的马一样，在舞台上奔跑。很明显，这是由于角色分配不当造成的。我希望之后接手的导演在这方面多加注意。这是一个重大失误。"

最后几条评论如同雪崩，来势迅猛，整个气氛顿时冷了下来。后来，一位演员回应说："其实，对一个身穿燕尾服、脚蹬拉绒麂皮鞋的评委，我们还能期待他做出什么像样的评价呢？"

《伊里亚特》……法国大革命……雪河计划……圣劳伦斯航道……我对这些都不感兴趣。主要是因为我讨厌星期一早上第一节课的体育活动，还是一项户外运动。星期一的早晨，太阳还是照常升起，我忍不住咒骂了一通。

八月份的某一天，爸爸给我带来消息，说《恋爱中的天使》或《纯洁的危险》剧组请我去试镜。这是科利·希尔在乌姆塔利演员俱乐部的最后一部作品。我想试一试主演之一的年轻人方特罗伊勋爵这一角色：他没能好好享受与"鸟和蜜蜂"一起玩耍的时光，就要面临家庭强加给他的越来越多的压力，要求他以结婚为目的向女性大献殷勤。

我不知道应该如何表现才能试镜成功。面试那天，我在演员休息室遇到了竞争同一角色的那个人。比我大几岁，很优秀，东走西走，极其巧妙地跟所有试镜者打招呼。我想八九不离十就是他了，便随意翻了翻剧本，发现自己根本不知道应该从哪里进入角色。这样的人群和社交环境都让我觉得很陌生。其他所有试镜者看起来都是一副志在必得的样子。

导演在调整其他角色时，叫我继续读台词，这让我很惊讶。试镜结束后，他还问我何时有空参加排练。"塞德里克"这一角色的另一个主要角逐者匆匆道别，提前离开了。简直不敢相信我就这样得到了这个角色。

科利·希尔的妻子斯特拉·科林伍德饰演我的"母亲大人"。她在罗得西亚戏剧界被誉为"老戏骨"。我开始发现导演对我那部分的指导很简洁，甚至简洁得令人不安，似乎对其他演员的指导比对我的指导具体多了，但我只能这么继续下去。

参与这部作品，总让我有一种不真实感：感觉时光都是借来的。

从某种意义上讲,这又是幸福的,和学校里的痛苦相反。

　　一间贵族式单套起居室正在精心装扮中,镶嵌式双开门也是精心设计的。唯一不和谐的是挂在演员休息室的一幅肖像画,上面画着一位年代有些久远、正在做运动的绅士。对一些观众来说,这张照片显得太没有新奇感了。

　　"和我们一起喝茶吧,"一次彩排期间,一位资深化妆师向我发出邀请,"我们住得很近。明天下午三点如何?"

　　第二天,我拜访了化妆师克莱尔和她二十岁的女儿,与她们一起喝茶聊天。

　　"对了,你对今晚的最后排练有什么感觉? 紧张吗?"

　　"唔……有点紧张。"

　　"其实,你演得很好。"她一边用她的中国茶具给我沏茶,一边肯定了我的表现,"吃些烤饼,专门从苏格兰带来的。"

　　"你一定知道谁会出席首演之夜吧?"

　　"不知道,都有谁呀?"

　　"啊,你还没有见过他们吗? 当然是考陶尔德一家呀。演出结束后可能会把你介绍给他们认识。你一定要参加。"

　　"其实我也不确定。我想我会去的吧。"

　　"来,我告诉你,考陶尔德夫人很有个性,是个典型的意大利人。如果你仔细观察她的穿着,你会发现她的腿上都是文身,"她大笑着说,"纹了一条蛇! 你相信吗? 缠绕着整条腿。下次你可以留意一下。考陶尔德家人都非常有趣。我猜我们演出的剧院就是他们捐赠的。"

　　回家后,奥比斯特服侍我早早地吃了晚饭。然后爸爸开车带我去剧院,戏六点三十分开场。他没来由的心情不好了,我想主要是因为必须在晚饭前送我到剧院吧。他指责我为什么非要参演不可。"我的孩子,你应该把精力放在学业上,明白吗?我是不会让你以后做这一行的。你可以向剧院辞职了,这回我是认真的。"

我在剧院下了车,心情跟手里捧着的演出服一样沉重。只不过,之前奥比斯特把演出服都熨得很挺括了,恐怕当时它们的状态要比我好多了。

化妆师们围着我的头发瞎弄了一通,把头发喷成了金色。我穿上天鹅绒长裤、外套,用黄色丝绸领结绑了一个松松的大蝴蝶结,等待上场。我抬头看,看到舞台上方的布景控制处挂着一条绳子,其剪影看起来像一条绞索,可以想象,如果用它来自杀,该是多么悲惨。而我即将踏入那个对我而言神圣无比的舞台,在那里我完全可以做我自己。

彩排很顺利。用他们的话说就是,有点"缺乏热情",但还过得去。

第二天早上,我醒来发现我和"母亲大人"的照片登上了《乌姆塔利邮报》的头条。当我翻开中间页,看到上面有《恋爱中的天使》的广告和《隆重推出雷蒙德·斯宾赛》这一文章,我担心得脸色煞白。

我担心我不得不为自己的名人身份在家里、在学校里付出代价。但是,即使我顶着一头金发出现在学校里,也没有引来任何过分的嘲笑。

爸爸下班回家时递给我一份电报。我之前从来没有收到过电报。上面写着:"祝首演之夜一切顺利。爱你的杰米斯顿居民。"

"谁发的电报?"我问。

"肯定是杰米斯顿的奶奶。"他耸了耸肩。

简直难以相信她居然给我发了这份电报,他们居然知道那是我的首演之夜。

那天晚上，在剧院的首演很顺利，仿佛被上帝眷顾了一样。这对演员们来说意义非凡。演出前，化妆间有几个人将预祝演出成功的电报粘在长镜上。我想我是不是也应该带上我收到的电报。我觉得其他人的电报都是当地名人发的，而奶奶发给我的电报纯属私人信件，不应该和他人分享。

"还有半小时就要开始表演了。"舞台总监助理打电话来提醒我。那一刻，我的心跳得更快了。三十分钟后，我就要亮相了。到时候如果犯错误，那基本上就无法挽回了。但总有一股力量让我冷静下来。舞台好像有魔法一样：它能给我无限的自由。那个舞台就像一个老旧的旋转木马，或许有点生锈了，但很快又会旋转起来。

"还有十分钟。第一批演员各就各位，祝大家演出顺利。"

我沿着过道向前走，上楼梯时遇到了舞台总监。"等一等。演出延后。你先回化妆间，待会儿再做解释。"

女演员们也都走进男化妆间。大家都有点困惑，有点担心。科利·希尔进来了，一脸严肃。"等剧院前台问题解决了，就可以登台演出，我想，大概要推迟十五分钟左右。"

"出什么问题了？"其中一个演员问道。

"嗯，有个委员会成员反对斯蒂芬·考陶尔德爵士的一位特邀嘉宾出席。我们正在和他们解决这件事。"

"为什么反对？"

"主要是斯蒂芬·考陶尔德爵士的特邀嘉宾是个黑人，这个委员会成员认为允许黑人进剧院是违反宪法的……我相信这件事马上就能解决。问题一解决，马上通知你们。"

大约二十分钟后，我们接到舞台总监助理打来电话，提醒我们十分钟后登台,"都解决了。考陶尔德爵士一行人已经离开。他们会在周末过来,不带黑人嘉宾。"

演出继续。一次英国文化的胜利,一次对英国殖民政治的控诉。

第二天,报纸上有评论家评价说:"雷蒙德·斯宾塞的加入,将有助于乌姆塔利的表演事业长期保持一个高水准状态……"

他真是大错特错。

当时我不得不将重心放在考试上。两年制"O"级水平考试大纲课程才上了一半。如今,身为一名教育者,我想问,为什么当时他们要没完没了地让青少年学一些毫无意义的化学公式和实验?甚至所有的欧几里德几何学都与自然界没什么联系,所有的词汇和语法的起源莫非都可以追溯到濒危的拉丁语?

每年一到年底,就会出现这种侮辱性行为。校长总是手拿一本大大的硬皮本子到各个班级视察,上面记着每个学生的各科成绩。他主要看两项成绩:一项是个人年终考试的总平均分;另一项是个人的班级排名。当他的目光从纸上移向全班时,每个学生都要起立。他和每个学生都会有交流,总是从班级第一名一直往下读,直到班级最后一名。即使那些名列前茅的学生也会受批评,因为他们没有考出最好的成绩。对于那些考得还不错的学生,他用略带诙谐的语言鼓励他们:"……但总体来说考得不错,希望再接再厉,你可以的。"

那一年,我是倒数第二个被叫去谈话的学生。"斯宾塞!"他摘下无框眼镜,抬头看了看我,找不到任何公正的话语来形容我。他的口中爆出一大串数字,像弹片一样砸到我身上。"你这样下去会有麻烦的,孩子,"他气势汹汹地说,"你有什么要说的吗?"

"没有,校长。"

"嗯,光说'没有'是不够的。"他似乎有点反常。通常他都是用侮辱性言语体现公正,而这一次他表现得不冷不热的。然后叫来下一位男生,也就是成绩是班级最后一名的学生。

"不够勤奋。"这似乎是大家对我的一致评价。

通常情况下,成绩单发下来后,我总是毫无顾忌地把它拿给爸爸妈妈看。但是,这一次,我小心翼翼地将它放在壁炉台上,等待暴风雨的来临。爸妈终于爆发了。"别再想戏剧了,你每天只能做做运动,然后回家做作业,还有就是做课外作业。"

第二年年初,乌姆塔利演员俱乐部将要上演一部新的澳大利亚戏剧《漂泊的心》,讲的是澳大利亚墨尔本的印度移民。母亲的饰演者是露丝·道森,她是我一直都想合作的演员。谣传我将受邀出演其年幼的儿子基诺。如果能参演,对我而言将是多好的一次经历呀,我真是想都不敢想。这将有助于巩固我在参演《恋爱中的天使》后在戏剧界的地位。然而,我没有收到邀请。我想他们已经试图通过爸爸来联系我,而爸爸将我所有的参演机会都拒之门外了。

以后会有很多时间来做那件事。

不,不会有了。

一九五九年,在罗得西亚的乌姆塔利,你有各种方式实现自我:你可以穿一双长靴,走上橄榄球场,凭借肌肉、速度和踢球技巧赢得胜利;你可以参加公共考试,就有机会成为罗得西亚公民,这个国家当时由少数白人执政,占重要位置的是庄园主;你也可以做这个政体下的一个好子民,按照事物的次序找一个安逸的位置;或者,你也可以活得与众不同。

我仿佛与这个世界格格不入。但这似乎并不是有意而为的。对我而言,我的现实存在于戏剧的理想世界里,并没意识到所有的其他现实和我的梦想一样重要。这可以归结为权力的力量——英国殖民者使各方面的实利主义合法化的力量。北罗得西亚在这方面有所不同，这里的人似乎更加循规蹈矩。这一点如同谁写了莎士比亚剧本一样是毫无疑问的。

当然，更大的现实是，我被剥夺了这项权利。这也是大多数人经历过的现实。对一些人而言，这一切仍然历历在目。十九世纪九十年代，拓荒队开始探索未知世界，确保我们的整个成长过程都能远离土著人所面临的困境。普遍预设是"他们和我们不一样，他们对事情的感受也与我们不一样"。通常，我们认为黑人和我们不属于同一物种。"他们的要求没我们那么高。给他们合适的定量口粮、一个能遮挡风雨的屋顶，他们就会心满意足。"

"请给我两磅肉，够小伙子吃的分量。"这么便宜的肉，一半给仆人，另一半喂狗。"小伙子"和狗的定量口粮往往没什么区别。

他们仍需奋斗二十年才能获得平等。

同时，我加入了刚成立的击剑俱乐部学击剑，作为校外活动。过去，我常和戴维·约翰逊一起骑车前往排演厅。戴维·约翰逊比我小一岁，长得很秀气。他学习芭蕾舞非常投入，附近的多数男孩都知道。

他的好朋友理查比较柔弱，我们遇见他时，他头上戴着一颗自制子弹，正站在花园里的一个蚁丘上。这种政治制度自然有它自己的方式来处理不服从管理的人。实际上，没人会谈这件事。

学校办公室的信息通常由一些男孩子以传纸条的方式传到各个班级，最后由老师念出纸条上的内容。有一天，上英语课时，有人敲门，戴维拿着这样一张纸条走进来。当他进来时，大家兴趣满满，爆发出阵阵讥笑声。令我懊恼的是，老师叫戴维念纸条上写的内容，而不是老师自己念。戴维一开始很紧张，说起话来断断续续的。大多数同学忍不住爆发出嘲笑声,吓得戴维冲出了教室。

"真的要这样做吗?"英语老师无力地反驳道。

然而,几个月后,戴维凭借皇家芭蕾舞团的奖学金去了考文特花园,以首席舞者的身份继续他的伟大事业。

在这个世界上,艺术能让人愉悦,但不完全是必要消遣:是精英们欣赏的事物。如果一个人觉得艺术不仅仅是爱好,那么他是不切实际的,需要回归现实。

此时此地对我已没有吸引力。至少在九年前,我还可以自由地追求表演艺术,不只是接触一些皮毛。我的内心深处并不快乐,但我仍然努力去做。

现在,我基本上已经与现实脱轨。我努力伪装自己,甚至机械地伪装自我。在我看来,这些移民的现实生活对他们而言也很空洞。我缺乏洞察力,没能发现现实是相对的。这些时光终究会过去。很多殖民者的服装最后变得破破烂烂。音乐、舞蹈、非洲鼓将再次彰显人类极富创造性的生命力。现实生活能如此简单就好了,它将会冲破重重阻碍。这些人会怎么应对这种自由呢? 以后我们就会发现……

"你最好做好准备,"萝丝说,"我们下午去爬豹岩。如果你表现好,就请你喝茶。你想去的吧?"

"行,好的。"我回答。

"好吧,千万别说是看在我们的面子上才去的,好吗? 你也不想那样做。我是说,没必要做得太过。振作起来,伙计,人生苦短。你脸拉得这么长,一个不小心,会绊倒的。道格和梅西也会和我们一起去。你会喜欢的。"

我知道萝丝想让我开心一点,但我没做出回应。我知道她需要我陪陪她。星期天下午,我还没完成第二天要交的几何、拉丁和地理作业,要想静下心来坐在桌子旁完成作业几乎是不太可能的事。我要等到晚上自己完全绝望时,再做一些徒劳的努力。

我们爬上陡峭的温巴山,眺望越过边界进入莫桑比克的那片一望无际的原野。尽管地处偏远,我仍被传说中的敌方阵地深深吸引了。对我来说,那里有一种说不清的、令人伤感的慰藉。

我们沿路来到温巴的绿色亚热带雨林。豹岩酒店被设计成童话城堡的模样。我很想知道上一次在这里看到豹子是什么时候。身穿白色制服的服务员给我们端上茶和烤饼。我有心事,没能很好地融入这个淳朴的乡村。

那年是第一个重要年头。我要参加十一月的"O"级水平考试。一个星期一的早上,太阳从天空中照射下来,散发出耀眼的光芒。十一月似乎还很遥远,能够暂时将考试抛诸脑后。我穿上卡其色短裤和衬衫,吃了早饭。爸爸穿上在市政办公室工作时穿的工作服,母亲穿上得体的高跟鞋,把"主管"徽章别在上衣上,准备去格瑞特曼百货商店服装部上班。

"孩子,你最好打领带。我们三分钟后出发!"爸爸大声喊,有点气喘吁吁。

"不想去。"我斩钉截铁地回答。

"什……么?!"

我抬头看了看我的爸爸。

"我没听错吧……"

他越想越觉得不可思议。"你刚才是说你不去上学?"他边问边走向我。

"是的,我是这么说的。"

"萝丝,你听见了吗?他说他今天不去上学。"

"哦,雷蒙德!"我母亲为了上班化了妆的脸,看上去几乎崩溃。她试着解决问题,而我坐在一边冷眼旁观,脑子里什么对策也没有。

爸爸快速走近我。"你现在必须上车,"他用食指指着我说,"我们先去见校长,然后再决定你上不上学。"

母亲屏住呼吸,好像这样她就不害怕了似的。

在那一段超现实的车程中,我背靠车座,思考着我的未来。我能做的只有逃避这种不愉快的无力感。我没想过他们会认同我。甚至当我照镜子时,看到的已不再是自己,只是一个为了他人的意愿而努力活着的人。令人难以置信的是,我解决了我不得不照镜子的问题。从今以后,我可以对着镜子梳头。我掌握了只露出头部就能梳头的技能,这样既能梳好头,又照不到脸。

我们来到校长办公室。他看出我们有家庭矛盾,但他回复说放学后再说。因为他要准备集会。因此,我那天系上了备用领带。只要我一系上领带,当然就意味着我已经认输了。

那天下午,我们四个人又重新出现在弗莱明顿先生的办公室里。

"好了,斯宾塞,这里有什么地方让你不满意吗?"

"我知道为什么。他想把所有时间都花在表演上,花在戏剧上。他希望他能成为制片人。但是,将来某一天,他不得不面对这个现实的世界。我不能让他这么做。"爸爸主动替我回答了。

"既然你对戏剧这么感兴趣,为什么不去参演《潘赞斯的海盗》?库萨德夫人和克拉克先生上学期创作了一个很出色的作品。但你对它并不感兴趣。这让我很好奇。"弗莱明顿先生接着说。

"嗯,其实库萨德夫人有叫我去试镜。我也确实试演了少将这个角色。但我不会唱歌。"我不想直接说我不喜欢吉尔伯特和沙利文用古板的击剑方式表演。

"我知道你不久前参加了乌姆塔利演员俱乐部的表演……也许，你其实是只想和成人待一起……"

这个说法听上去很有趣，我差点要笑死了。我记得在卢萨卡，我会在假期时和不同年龄层次的孩子，和老同学一起表演……我非常想念他们，但在这里我找不到这种感觉。

"他必须清楚，学习才是最重要的。如果有必要的话，他不得不放弃表演……"

弗莱明顿先生抬了抬手，示意我爸爸不要继续讲下去。"让我们听听你儿子的想法。这里究竟有什么地方让你不喜欢？"

"我想念卢萨卡的朋友，我很喜欢在剧院里工作。"我能说的只有这么多。我怎么能说我在家里也很不高兴呢？家丑不可外扬，我没法把家人之间的感情隔阂说出口。

"你的'O'级水平考试成绩有进步。明年马上要开拍一部大型作品。我想让你去试镜。你明白我的意思吗？"

我笑了笑，耸了耸肩："好的。我会去的。"校长叮嘱我参演时带着点反讽语气，但我喜欢。至少在当时那种情形下，还是让人觉得放松的。但我太沉浸于黑暗的悲伤之中了，没能觉察出这句细微的反话。

"我总说他在学校里做任何事都没问题。他可以在学校里做他喜欢的戏剧，但不是别的东西。"爸爸说。

第三十四章

"O"级水平考试后，马上就到圣诞节了。下了飞机，我就可以迎来离开这片土地后的第一个真正意义上的长假。上了火车，我就要作为伯罗斯一家的客人，在卢萨卡度过为期三周的快乐假期。我将再次呼吸到自由的空气，我对那里将要发生的一切充满期待。

两天半的火车之旅终于在一个早上将我带到了卢萨卡站。火车站依旧不是真正的车站，甚至没站台。贾尔斯站在其他人的前面，从车厢里拖出我的行李。罗伯特跑得最快，紧紧地跟在他爸爸的后面。"雷蒙德，长高了！我都快认不出你了。"罗伯特大叫了一声。

"其他的先搁一搁，先帮他拿行李。除了这个手提箱，还有别的东西吗？你现在要说啊，否则我们还以为你已经拿了。"贾尔斯断然地说。

"雷蒙德，快看看我收到的圣诞节礼物。"

"等一下再看，'小鼠鼠'。等雷蒙德回家，你再给他看吧。你好，雷蒙德。欢迎回卢萨卡，"简说，"雷蒙德，想看看这里发生了什么变化吗？开罗路现在是双车道了。"我的思绪已经随他们回到了现在的卢萨卡。我要在这里生活三个星期,在这里吃饭,在这里睡觉。

我们沿着让我备感亲切的道路开往伍德巷,一路上都在叽叽喳喳地聊天。

新年前夕,简对我说:"雷蒙德,有一个古老的英国传统,留黑发的长子迎接新年的时候,必须在午夜前用一块煤敲前门。门打开,意味着他带来了新的一年。我们所有人都会在里面。"

我以各种理由表示拒绝。比如我的头发仅仅是中等棕色。还有,严格地说,我不是这个家的人。但最后我还是答应了,条件是罗伯特要陪我一起做。实际上,能被这个家庭选中和他们一起迎接一九六〇年,我十分感动。

大约一周以后,我们动身前往豪华的里奇韦酒店。来访的英国首相哈罗德·麦克米伦来镇上演讲。"我们不是保守党派,"简说,"但至少他不是王室成员。我是不会过马路去看女王的。"

我不习惯这种自由的激进思想。

"嗯,他能有今天的成就全凭他自己的努力,而不是通过所谓的君权神授。他在开普敦做过题为'改变之风'的演讲,我们想看看他这次演讲到底有没有新的补充内容。"

我们六个人坐在麦克米伦的演讲席里。他以一个友善而老练的海象的形象来访,成功地激怒了一些白人移民。在他结束演讲之后,一些担心英国政府在"出卖他们的利益"的人提出了犀利的问题,火药味十足。

提问环节结束后,全场起立,欢送哈罗德先生和多萝希女士离开大厅。贾尔斯把我们带到过道的边缘,开始调试相机。当首相走近我们时,他脱口而出:"你好,哈罗德首相。"然后拍了几张他要的照片。多萝希女士停了下来,问珍妮为什么不在学校。

珍妮似乎回答不上来,简替她解围:"多萝希女士,是这样的,这里的学年假期比英国的圣诞假期长。学校到月底才开学。"

"你当时要是也在那里,"简说,"你可以看出她是多么的机警。她注意到了这时候孩子们通常已经开学了,但她没意识到我们每学期的开学时间是不同的。"

"我拍了一张哈罗德首相的照片,拍得不错。这是我惯用的伎俩了,我第一次使用这个办法时还只是个海滩摄影师。当他们正好在你附近时,你可以假装打电话。如果你知道他们的名字,就更好了,因为这样他们会措手不及。"

虽然那是一个星期三的晚上,但我们还是坐下来享用约瑟夫带来的现成的烤肉大餐。贾尔斯坐在桌子一头,准备开动。

"嗯,"我大声说,"这是'最后的晚餐'。"

罗伯特和他父母好奇地看着我。我可以看到他们已经体会到了我的心情。"雷蒙德,有时候我觉得你真会说话。"贾尔斯低垂着眉毛,对我说。

"嗯,你一定要再去逛逛。不要再等两年了。"简说。

"雷蒙德要走了吗?"八岁的乔纳森问,"我不想他走。"

"雷蒙德必须回家了。如果他离他父母很远,他父母会怎么想呢?"简搂着"小鼠鼠",对他说,"而且他下星期也要开学了。"

第二天早晨,贾尔斯安排我搭车到索尔兹伯里。在那里,我可以乘通宵火车到乌姆塔利。吃过早饭后,我坐在手提箱旁边,害怕火车的到来。但它还是来了,把我带走了。从此以后,星期四就变成了"哀悼日"。如果星期四发生了什么不好的事,那么理所当然地,我还是会记起那是一个纪念日。

在新的十年中,我确实感觉到了一些变化。这并非完全是幻觉,而是二十世纪六十年代初让人稍稍有所释放的感觉。那时我们进入六年级,将卡其色衬衫换成白衬衫。有一次,我竟然冒冒失失地戴了个领带夹上学,还是一个挂着一条小链子的银色领带夹。从那之后,我就一直这么做。后来,其他几个男孩也效仿我,这种戴法甚至在小范围内悄然流行起来。

一天早上,弗莱明顿先生在集会上宣布学校要举办自己的戏剧节。将以典型的室内剧形式进行,届时会竞争很激烈。不过,这是一个重大的变化。很久以后,我才意识到这可能和我去年因为学校里没有施展戏剧才华的平台而表现出来的失望有关。也许校长比我想象中还要更愿意接受我的投诉。

当舍监纳尔逊先生走向我,叫我去利文斯通大厦演独幕剧时,我感到不可思议。但是,一些男生对这个项目真的很有热情,我也就毫不犹豫地加入了。我选择了《猴子的手掌》,领衔主演父亲这一角色。

复活节后的星期一(复活节是周日),我们聚集在赫伯特·斯坦利旅店餐厅进行一次完整的彩排。正值假期,店内没什么客人。我们觉得比赛前在比赛场地彩排很有必要,但总有人要忙其他各种活动。

很幸运,我们以彩排为由暂时不用顾忌高中的作息安排,在这个地方享受难得的无拘无束的时光。一位男士从厨房里拿出一个大大的木托盘,上面装满新鲜出炉的热腾腾的甜面包,还为我们备了一壶茶。"厨师做的,"他说,"复活节快乐!"

"哇哦!"我们觉得自己运气真好,一个个哈哈大笑了起来,同时也祝厨房里的员工们"复活节快乐"。

四台独幕剧演了两个晚上。对我们来说,首演之夜出现了一个小故障。滚滚浓烟开始从片场上处于"使用中"的壁炉里冒了出来。

我们不得不在十五分钟内疏散剧院大厅里的人,同时有一部分人要负责灭火,确保电路不被烧断。然而,这个小故障并没有影响我们成为乌姆塔利男子高中第一届戏剧节的赢家。

我甚至加入了田径队放学后在煤渣跑道上的训练。我穿上钉鞋,为一百码跑做准备活动后,准备起跑。我调整了一下手臂动作,下肢保持在同一直线上,双脚一前一后开立,这样可以有更大的冲劲。

一天,我在图书馆里漫无目的地找书。突然,眼前出现一本破破烂烂的蓝色封皮旧书——《我的艺术生涯》。

"嗯……或许读关于艺术家生平的书会比较有趣。"于是我借了这本书。但我发现很难读懂。过了一段时间后,我才发现自己对他所写的内容有一种说不清的亲切感,这也成功地引起了我的共鸣。"他不是艺术家!他是制片人,在剧院工作。"作者是俄国演员、导演和理论家安东·斯坦尼斯拉夫斯基。

然而,大部分内容与我当前从戏剧实践中所学的知识没有任何关系,这让我觉得很陌生,完全不同于华丽丽的英式戏剧表演风格,后者强调卓越的声乐和表演能力。而他写的是"内在真谛"和感受力。

这真的把我弄糊涂了,因为我找不到它与其他任何事物的共性,在其他书上或是周围我演出过的戏剧里都找不到。我也从来没听到过有关这个令人震惊的事物的任何信息。好莱坞的马龙·白兰度、朱莉·伦敦和詹姆斯·迪恩组成的伊利亚·卡赞团队的表演并没有真正打动我,但这本书,我还是读了一遍又一遍。

放学后,我和马文一起在巨大的游泳池边躺在毛巾上晒太阳,后面是绵延的山脉。"是的,的确有一个叫斯坦尼斯拉夫斯基的人。他认为演戏时我们需要有真挚的感情。还有很多方式可以帮你进入角色……是不是很有趣呀?"我没告诉过其他人,除了马文,他也很耐心地听我讲了。

　　表演时的情感很重要,对我来说也意义非凡。我很喜欢这种说法。然而,还有一个更根本的问题。那就是情感在日常生活中的重要性。怎么回事呢? 当时没人问这个问题。我甚至也没有意识到。我们总是认为情绪是碍事的。如果你的情感是积极的、外向的,你最好要小心谨慎。因为它们很有可能会给你带来麻烦,或令你失望。这些比较柔和的情感往往是不可靠的。这可能就是爸爸那些日子总是生气的原因,因为生气——尤其是男人生气——是可以理解的。

第三十五章

中学六年级是学业更轻松的一年。那个圣诞假期，为了避开下一学年——七年级"A"级期末考带来的不便，我率先行动起来，开始筹划新剧。

是时候全力以赴出一部新作品了。几周前，我听到从隔壁传来令人震撼的歌剧声，那声音真的很响。我之前从未听见他们家传来任何声音。虽然他们很少和人交流，但我偶尔会看到一个小女孩透过大篱笆的缝隙盯着我看。通常是在放学后我做园艺的时候。而且，最近我也有做园艺。那是一个十一岁的小学女生，通常穿一件黄色衣领的棕色校服。

那天，我转过身说："哈喽。"

"哈喽。"她满脸通红地回答道。

就在那时，从她家传来一阵声响，和我之前听到的一样。"哇，那是什么声音？你们家有人喜欢歌剧吗？"

"有啊，我妈妈。她在放歌剧《纳布科》中的《奴隶大合唱》。"

"她应该很喜欢那张唱片。"我补充道。

"哦,那不是唱片。"

"你的意思是收音机？白天这时候不太会有人放那首歌的。"

"不,是我妈妈在唱。她是歌手。"

"是你妈妈在唱?!"

"对啊,她以前是个歌剧演员。她是波兰人。"

几天后,我又在花园里碰到了那个女孩。"哈喽,雷蒙德。最近怎么样?"

"很好。你呢?"

"有点累。放学后我们还得去越野跑……我妈妈叫我请你明天来我家喝茶。你会来吗?"

"呃,好……嗯……当然会。什么时候?"

"我妈妈想知道你四点有空吗。"

"可以,一定准时到。"

那天,我到家时已是黄昏。爸爸坐在扶手椅上,一动不动。昏暗中依稀可见他忧郁的身影,他的思绪似乎已经伴着纳京高唱的《星尘》飘向别处。我上楼回自己房间读了几篇短剧,万一第二天见面时要表演,也可以派上用场。

"那么……你就是隔壁的那个男孩?"

"嗯……您就是那位唱《奴隶大合唱》的歌剧演员啊。"

小女孩的妈妈大笑了起来。"我希望安娜没打扰到你。我发现她最近会在篱笆那儿待很久。"

"妈!"安娜这次真的是满脸通红了。我原以为她可能会害羞地跑出去,但她没有。

"我女儿觉得你很有魅力,所以我就想着要见见你。"

我瞬间喜欢上了这位波兰女人的直率。

"安娜说您是一位歌剧演员。"

"以前是。以前在欧洲学过。不过，在罗得西亚，没人需要歌剧演员。现在我只能偶尔开开小型独唱会。"

"嗯，这个假期我在创作一部戏剧，我想请您在里面演唱。"

"什么戏剧?!"

"我在做一个合集，里面有两部独幕剧，将从莎士比亚戏剧中选取一幕……还有一些腹语表演。"

"你没跟我说过雷蒙德是位导演啊!"她责怪女儿。

"噢，我也不知道! 他没告诉过我啊。"

"一月中旬我们会在普莱斯比大厅演出，只演两个晚上。"

"嗯……那个歌剧厅不错。以前我在那儿演唱过……让我再考虑考虑。"

"你手头还有剧本吗?"

"有，有两个。"

"可以让我演一个吗? 我喜欢表演。我在学校里表演过。"安娜恳求道。

"真的。她喜欢表演，演得不错的。"

"好，你也来演其中一部。是喜剧，菲利普·金的《骗子与公寓》。"

"有适合夏洛特演的角色吗?"安娜试探地问道。

"唔，夏洛特非常害羞，但这也是她的优势所在。"她妈妈补充道。

"噢，那部剧里有两个小女孩的角色。可以让她试试。"

"来，喝点东西吧。你要奶昔吗? 喝吗?"

"哦……好。太棒了，谢谢。"

"我经常做这个，战争期间吃了很多苦，现在要补补钙。"

"真的吗?"我问道。

"我不介意谈战争的。大多数罗得西亚人都不愿意听,你也许和他们不同。"

"是的,我一点都不介意,我很感兴趣。"

"嗯,战争期间,别人都误以为我死了,我才逃过一劫,但我的家人都遇难了。后来有一个德国医生正好碰见我,他以此为实验,抱着试试看的心态救了我,庆幸的是,他成功了。后来,我嫁了一个苏格兰人,就是我现在被称为坎贝尔夫人的由来。现在,我和我丈夫生活在罗得西亚,他是一名会计。所以,你可以看到这里没有多余的空间演歌剧……不过我愿意为你唱那首《纳布科》中的《奴隶大合唱》和另外一首咏叹调。就这些了。"

两部剧的演员一起登台演出,其中包括在第二部以寺院为背景的剧中饰演僧人的我。观众的反响很好。在没有音乐伴奏的情况下,坎贝尔夫人的表演引人入胜。她的女中音像一阵小旋风似的在普莱斯比大厅里回响。我担任主持人,还负责《麦克白》的独白和腹语表演。《乌姆塔利邮报》评论员受邀前来,在星期一的报纸上给我们写了好评,"年轻人向名剧致敬,演出圆满成功"。但他说我穿着黑色天鹅绒长袍看起来更像哈姆雷特,而不是麦克白。

那年的第一学期,有一件事转移了我的精力:第二届年度室内戏剧节。为了在学校新大厅演出,在一个真正的舞台上演出,我选择演《主教的烛台》。这是一部耐人寻味、令人激动的优秀的法译短歌剧,由本人饰演逃犯。

在那之前我使用了斯坦尼斯拉夫斯基的一些表演方法表演。我决定认真对待,好好挖掘自己的真情实感。可是,在比赛中,我没能和其他演员配合得非常好。虽然演出很顺利,但只拿了第二名。对此,我并不是很在意,因为我从来不会过于相信这些比赛。

接下来一周我遇见了戴维的妈妈——约翰逊夫人,当时是在英国皇家芭蕾舞团。"雷蒙德,我喜欢你的《主教的烛台》,但你有没有意识到因为你个人的表演问题导致比赛输了? 不知道怎么回事,你说话吐字没有平常那么利落。"

她的评价,丝毫没有影响到我。她没说听不到我的声音。显然,她更喜欢那些虚假的戏剧风格。相反,班上一位男生的评价倒是引起了我的兴趣,虽然他真的很讨人厌。他是一个早熟的橄榄球运动员,人很聪明,学习成绩很好,但经常和我作对。"雷蒙德,我看了你星期五晚上的表演。你知道吗?"

"什么?"

"你演逃犯演得太好了,是我见过的最好的。"

我静静地看了看他,挑了挑眉毛。

"真的,我没开玩笑。真的演得很好。"然后他离开了。

"哇! 斯坦尼斯拉夫斯基的表演方法奏效了。"我对自己说。

与此同时,爸爸换了工作单位。他现在是洛本古拉执政时期的"杀戮之地"——布拉瓦约——的委员会书记员。我被安排进了宿舍。

第三十六章

"A"级考试结果将于二月如期公布。圣诞假期间,我一直在布拉瓦约闲逛。事实上,安德鲁·坎贝尔早就劝我去申请索尔兹伯里的罗得西亚大学的经济学学士学位。

星期五下午,爸爸下班回家,手里拿着一个棕色小信封,皱巴巴的。"你最好进来一下。"他对我说。我跟着他进了房间。"坐吧。"

我坐在他床边,满怀期待地看着他。

"恐怕这次你没通过。"他一边说,一边把那份来自乌姆塔利男子高中的信递给我,里面装着我的成绩单。

我几乎可以听到自己沉闷的心跳声。"那就复读吧。"我对自己说。

爸爸特别同情我,但我最不想要的就是这种同情。

"当然,我们会直接把你送到密尔顿大学。那里有一所大学比较适合你,可以马上去。第一学期已经过半。你妈妈明天带你去城里拿你的新校服。"

"或许唯一值得欣慰的是,乌姆塔利男子高中的副校长提到你离及格只差一两分而已,而且你已经通过了英语,只要再通过一门就可以上南非的大学了,所以你离上大学大概就差两分。"

我并没有因此觉得宽慰了不少。

密尔顿大学是一个非常民主的学府。然而,不知怎么的,我被哄骗参加了皇家英联邦学会的校际公共演讲比赛。

我四仰八叉地躺在休息室的地毯上,四周散乱着笔记,还有卡片和印刷纸张。我躺在那儿,左肘撑在地板上,头支在拢起的手里,腿蜷在后面。我一点一点看演讲材料,发现自己对这些博大精深的材料有了情感上的共鸣。有了这些共鸣,我才开始不那么排斥晚上的演讲。

屋外,一大朵一大朵深灰色积雨云聚在一起,挡住了太阳,笼罩着非洲。岛山状花岗岩地表上覆盖着砧状聚集物,与岩石和浑圆花岗岩丘上散落的石块浑然一体。宽阔的街道两旁是开满鲜红花朵的凤凰树,红得像被鞭打过似的,将布拉瓦约市内的圆顶和有着柱廊的新古典主义建筑区别了开来。明天,路边排水沟里的水流会携着这些红色的花朵,像落雨似的形成旋涡,向外喷涌。

空气凝固了,随着温度明显下降,一颗颗硕大的雨珠哗啦哗啦地溅落在屋顶上、窗户上、马路上和人行道上。远处的村庄淹没在密密麻麻往下落的雨中。那是一九六二年九月末的一个午后,马塔贝莱兰的雨季开始了。罗得西亚的农村,广袤的上空,雷声隆隆作响。农民们坐在他们的茅草屋里,一动不动地,等待闪电划过天空,划破世界。

在北库马洛我那又窄又小的家里,奥比斯特正在摆碗筷,准备吃晚饭。我清理了干净的休息室地板上的痕迹,看不出我曾经是否在那里做了什么思想准备。这是一个自我保护措施,确保埃迪在最后一分钟给出的建议尽可能不会影响我的情绪。

"快,快进来。"埃迪打开厨房门时脱口而出,没怎么客套,就把萝丝从风雨中迎了进来。"下来,你这只蠢狗,快让开。"腊肠狗特克斯不合时宜地选了个忙碌的时候来问候。

"上茶,奥比斯特! 上茶! 上茶! 上茶!"萝丝假装惊慌失措地要求道。

"没时间喝了,萝丝。一小时内必须离开这儿。"

"我必须喝完茶。"她坚持道。他们两人走进浴室,脱下滴水的塑料雨衣,奥比斯特憨憨地笑了笑,放上水壶开始烧水。

萝丝身穿一件旧的绿色居家服,脚踩一双拖鞋,一屁股坐在厨房的椅子上,开始喝茶。我在看《布拉瓦约纪事报》,一副消磨时间的样子。这是我调整反叛心理的一个方法。

妈妈咕咚咕咚地喝了一大口茶。"啊,这茶一点也不好喝……我今天烫了头,你一定没看出来吧,"她哀叹道,"我这个样子看起来像是刚从灌木丛里回来。这风,这雨,真大啊。哦,雷蒙德! 你猜夫人见了会说什么呢? 她会说:'看看这猫带来了什么。你就给妈妈拿了这么个肮脏的旧包。'"

"我想她会说:'这位迷人的女士,是谁啊? 快跟我讲讲她有多少个美容师。'"

"你是这么想的吗? 你真的觉得我漂亮吗? 哦,你的嘴巴真甜。"

她放下杯子,走近儿子,摇摇晃晃地向我行了个低低的屈膝礼。"那又如何?"爸爸站了起来,一副大男子主义的样子,把报纸挪到一边,"完美! 不过千万别被她给打击了。"她把手放在嘴边,做出一副惊恐状,"这么说,根本就不怎么样。那待会儿葛黛瓦夫人会怎么说呢?"

我一把抓起萝丝，跳起了维也纳华尔兹，她还大声唱起了"啦啦啦"，看上去像喝醉了酒似的。

　　埃迪出现在门口。"来吧，老兄。没时间了。天啊！你们想把正经事给搞砸了吗？"

　　我们冷静了下来，感到很不好意思，一边散开，走回各自的房间，一边调皮地互扮鬼脸。

　　车停在密尔顿高中的大门口，雨水漫上来，几乎快到福特科迪纳车的底板。倾盆大雨打在挡风玻璃上，雨刮器动也动不了。耀眼的车灯从四面八方打过来，掠过横竖相交的雨帘，形成四散的水雾。贝特庄园酒店外的停车场已经被挤得水泄不通。

　　"我就知道会这样。早就跟你们讲了，要早点出发，"埃迪转过身对着我，说道，"你最好不要站在这里。给！拿上伞。我们去找其他停车场。"

　　我好不容易踩在了人行道上，艰难地走向后台的入口。

　　"你在这儿啊。我都开始担心你了。贵宾们都到了，观众却还没有到齐，要延迟五到十分钟才开始。别忘记结束时说致谢词。到时我示意你。"迟到的观众在拥挤的大厅里找座位，尤娜·埃瑟里奇开始担忧皇家英联邦学会本年度报告的其他细节。

　　前几排观众席特别闪亮。男士穿着整洁的黑礼服，女士穿着皮草，珠光宝气，正等待入场。大厅的四面墙壁上都是荣誉板。侧门和后门关上后，大厅内原本十分喧闹的氛围顿时被镇住了，文雅的低声抱怨窸窸窣窣，也归于寂静。

　　尤娜·埃瑟里奇翻开报告，介绍第一位发言人——我。我穿过舞台，走到台前的演讲台，小心地放下笔记，然后稍稍向演讲台前走了几步，开始说道："尊敬的阁下，达尔豪西伯爵，伯爵夫人，首席大法官,裁判阁下,市长,尊敬的各位来宾,女士们、先生们,自第二次世界大战以来,世界人民对于殖民主义的态度已经发生了改变。"

我的获奖演说持续了十五分钟,其间我很想知道为什么这次的马塔贝莱兰校际公共演讲赛年底报告竟然吸引了成百上千的人。在观众席中他看到了自己的家人,就在距大厅入口三分之一的位置。埃迪和马文仰着头,目不转睛地看着他,萝丝低着头,好像生怕她抬头看我的话,我就会遭遇什么意外。

在演讲过程中,我意识到自己还是缺乏一种全面的掌控能力,本以为三个月前在真正的评审结果出来时已经拥有了这种能力。现在这个演讲效果虽然还过得去,但还是弄得我心烦意乱。

作为高级别比赛的获胜者,我再次上台,向总督致谢,之后便是茶歇时间。贵宾、各位演讲者及其父母都走上舞台,友善地寒暄了起来。形式呆板的现场演讲过后,这一相对随意的氛围多少算是一种难得的调节。英国阶级制度通常对阶层间的礼仪规定非常严苛。为了弄清这些规定,并在人际交往中有所注意,着实需要费一番心思。

很快,舞台上变得热闹了起来,来自不同阶层的人摩肩接踵。权贵阶层的代表与积极进取的成功人士之间本应相谈甚欢,我却莫名地感到紧张。

很多人上前祝贺我。令我相当宽慰的是,有一位评委走上来,对他说:"你知道吗,我有点困惑,因为我认为你的这次演讲并没有比赛时那么好。当然,这也是情有可原的。尤娜真不应该让你致闭幕词,太受罪了,那可是全场演讲最最重要的部分。"

我耸耸肩。"我知道。我最后那会儿真的很低落。"

"简直难以相信,怎么会把这么重要的任务交给你?"

他们就早先的那次演讲和这次现场演讲的质量差异做了一番交

流,我希望自己能够欣然接受这位评委所给的意见。

我感到有人轻轻地推了我一下。"你讲得很好。"萝丝小心谨慎地低声说道,怕撞到了枪口上。

"刚才为什么不抬头看我?"

"我太紧张了。"她嘀咕道。

我的目光掠过她的肩膀,看到达尔豪西伯爵、伯爵夫人及其随从正朝自己走来。萝丝还没弄清楚自己身处何地,就已经被人围住了,我把她引见给了伯爵和伯爵夫人——伯爵夫人戴着的头饰很有皇室风范。萝丝努力让自己加入贵族们的谈话,始终保持着"绝望"的微笑,她的步伐有点乱,那儿跳的可不是什么维也纳华尔兹舞。

达尔豪西伯爵是本次活动邀请的贵宾,显得十分平易近人,很随和,很有魅力。这样一来,我用不着为没话找话伤脑筋了。"我想说,今晚的演讲规格很高。接下来几周,我要离开一段时间,等我回来,你一定要联系我。我有一些想法,我觉得你会感兴趣的。外交领域真的需要像你这样的人才。这么一个复杂的话题,居然被你讲得如此透彻,真是难得。"

我专心聆听,也礼貌地给出了一些回应。站在人群边缘的萝丝注意到:伯爵夫人的侍女无须提示,就能帮夫人点烟。过了一小会儿,副官也参与了进来。

埃迪已和学校的工作人员及一些官员谈过话了。虽然他是市委办公室的一位小职员,但他旁听委员会会议,熟悉很多民生问题,能滔滔不绝地表达自己的看法。同时,他觉得很有必要在这样的场合表现得豁达,但我还是担心他被人看穿。他努力炫耀自己所受的教育与教养,其实名不副实,即使他改变了口音。

我离开时,达尔豪西伯爵再次来到他的身边。"我刚刚讲的都是认真的。给我写信吧。"我微笑着点了点头。

虽然对未来的一些期许曾让我心动,比如换一份职业,但我最终没去做。我已经深陷其中。我将花上三十年的时间去认清这份执念的本质。有时我觉得自己已经做到了极致,但只要我往前看,就发现自己其实做得还不够完美。

表面上,那天晚上我是成功了。我年轻帅气,才智出众,风度翩翩,给人留下了深刻的印象。但我所有的想象力和意志力都无法阻止我慢慢地坠入一个可怕的深渊。

我能感觉到自己已经很堕落了。虽然在感知事物方面遇到了困难,但我仍然努力去发现现实的真谛。第二天早上,我站在前门的台阶上,沐浴在阳光里,低头看看街道,树上的叶子透过清澈的空气在阳光下一闪一闪,刹那间我感觉自己似乎穿梭在三维空间里。我试图抓住这种感觉,感觉却又后退到了二维以外。就像我的想法没有着眼于眼前的事物一样。

当你仍在构建现实感,又如何觉察得到你对那个现实的感知中存在的漏洞,尤其是你曾经历的那十年里世上还没有关于哲学问题的追问?

"今天早上过得怎么样?"埃迪单刀直入,态度很友善。

"挺好的。"我强忍痛苦和困惑,微微一笑,算是回应。没想到,这么肤浅的欺骗,埃迪居然没看穿。他根本就觉察不到他的儿子正在经历着什么。也是,埃迪只是选择他想看到的东西。他几乎从来都不承认任何形式的反省。他的生活之道就是做好外在的一切。

对我所坠入的这一深渊,弗洛伊德学说有过解释,似乎是建议来一次探险之旅;承受焦虑,然后理解焦虑。有一首歌是这样唱的:"那些遥远的地方……有着奇怪的名字。"这个学说在这儿有不同的运用。你学一点花哨的脚法，就可能避开深渊。但我却花了很长很长一段时间才做到了。

第三十七章

　　我和萝丝坐在一家小咖啡馆吃了巧克力泡芙,喝了茶。星期六早上是很多布拉瓦约居民还账和采购的时间。我透过窗户看到当时还高高瘦瘦的弟弟马文,他正穿过马路朝我们冲过来,动作古怪,一脸严肃认真。他手上抓着一份被弄得乱七八糟的《星期六报》,一路跑进咖啡馆,在我们桌边停了下来。埃迪随后也到了,气喘吁吁的,不是他一贯的高贵模样。他是快步走过来的,但还是没能追上马文,是第二个进来的。

　　我们刚刚吃了一半的巧克力泡芙,抬起头。

　　"你过了!"马文脱口而出,其他人认真地听着。

　　我一时没反应过来。

　　"你过了。"他又说了一遍。

　　"不仅过了,"埃迪补充道,"还得了'A'。你被录取了。我就说嘛,你可以做到的。"

　　马文翻开报纸,手指顺着按字母排序的"A"级考海外考生名单往下滑,直至在理解与写作、英国文学和地理学三门科目的通过名单中找到雷蒙德·斯宾塞的名字。

"全过。这样的话，你可以上世界上的任何一所大学了。"埃迪激动地说。

萝丝掏出手帕擦了擦眼睛，从座椅上下来，走到柜台，又点了一个巧克力泡芙。

"历史呢?"我问道。

"险过。"埃迪回答道。

"不过没关系，你可以上大学了。"

早茶时间，斯宾塞一家围坐在一张小桌子旁，听到这个消息，大家都松了一口气。

"你将和其他罗得西亚的学生乘坐下一班火车前往罗得斯大学。"

第二天，爸爸坐在后院，深情地给一个金属行李箱上漆，那是他为我的大学之旅特意购置的。"喜欢这个颜色吗?"

"喜欢。"当他在灰色箱子上方画蓝色的天空时，我回答道。他又在箱子上写下亮黄色的"雷蒙德·斯宾塞"这几个字，动作有些僵硬。

"这个箱子会一直陪着你，没人偷得走。如果我是你的话，我会把这个箱子放在警卫车里，那里安全，有一个挂锁锁着。"

我百感交集，看着爸爸忙这忙那，为的是确保斯宾塞家的第一个大学生以后一路平安。

那个星期四清晨，对父母和孩子而言，布拉瓦约月台是希望与梦想的起点。唔，起码对他们中的大多数人而言是这样的。火车车厢被搜查了，行李中满满装载的是某种特殊的意义。

"你的行李箱放在警卫车里。照看好这个，"埃迪边说边给我一张收据，"把这个和钱一起放到钱包里。"

这些罗得西亚的新罗得人挤进过道，就是为了从窗户探出身来最后说声"再见"。火车启动了。埃迪向我伸出手来。"儿子，照顾好自己。"

火车驶出站台，萝丝挥了挥手。"瞧，我好着呢。"

"什么意思？"我连忙问。

"我告诉过你，我不会哭哭啼啼的。"她边说边哽咽。

"你可以哭啊。"我喃喃地对自己说。

车厢里有六个人。在埃迪的坚持下，我抢占了车厢里两个上铺中的其中一个，把行李放那里。

"餐车什么时候开？我准备喝杯啤酒。你们呢？"约翰问，他曾是几内亚福尔学校的学生。

有人从手提箱里拿出一个晶体管收音机，用临时天线试了试，很快我们就收听到了洛伦佐·马克斯无线电台的《二十强》和由 DJ 之王戴维·戴维斯推荐、鲍比·温顿动情演唱的《红玫瑰》。

"有人要玩纸牌游戏吗？"伊恩边问边从上衣口袋里掏出牌，洗了起来。

置身于这一切，我开始静心思考自己的存在方式：被根深蒂固的麻木给禁锢了。我坐下来，看了看窗外，确信自己的铁行李箱在警卫车里是安全的。行李箱里有一件新西装，裁剪得体，适合穿着去参加父母想要我参加的那些正式场合；一件配有罗得斯大学徽章的毛呢夹克；一件萝丝特意挑的、在三十年代很时髦的白色无尾礼服；其他是一些朴素的休闲装，妈妈知道我喜欢色彩鲜艳的衬衫，特意备了两件花衬衫。

另外还有一个金属行李箱，但没被放在警卫车里。里面装有六条彩色真丝手帕，一副大纸牌，一个分成两格的蓝盒子（其中一格内有一个大骰子），一小段绕成圈的漆得乌黑发亮的暗榫，一个折叠整齐的红色衬里高领黑斗篷，一个叫西德尼的口技木偶（腿折着，面无表情地盯着前方），一份戏剧年度报告（里面夹有照片，一张是约翰·内威尔扮演罗密欧、克莱尔·布鲁姆扮演朱丽叶的大合照，其中的克莱尔·布鲁姆在狄兰·托马斯的作品《牛奶树下》中演过一位具有多重性格的角色，另一张是劳伦斯·奥利弗在参演《俄狄浦斯王》时摇摇晃晃走下巨大楼梯的照片），里面还有一些我们在不同地方、不同街区演出过的我的剧作。行李箱上写着我的名字，但已经褪色褪得快认不出来了。我既没有这个行李箱的票据，也没有开箱子挂锁的钥匙。事实上，当时就已经无法找到那个箱子了。

　　我没胃口吃火车上提供的任何东西。火车蜿蜒前行，穿过黑人密集区。在那里，黑人的日子很艰难，勉强糊口。尽管他们流离失所，生活穷苦，却似乎一直都在努力地生活。他们到底是怀着怎样强大的信念，在这种受剥夺受侮辱的情形下生活着？对我而言，这是一个谜。火车颠簸着穿过黑人区，很快就把他们留在身后，驶进了干燥的阔叶林。

　　第二天，我们在金伯利换乘，前往格雷厄姆斯敦，另外一些学生则继续前行，途经喀拉哈里，前往开普敦。金伯利给人边境小镇的感觉。我们在金伯利火车站附近逛了几个小时。我走上天桥，穿过铁路，看到两张并排的告示：一张用南非荷兰语写着"只限白人"；另一张用英语写着"禁止骑自行车"。既不骑自行车也不是黑人的我悠闲地走了过去。

　　星期六下午，我们终于到达格雷厄姆斯敦。我们好像至少逛了一次小镇。天空很高很蓝，大学校园的红色陶瓦屋顶起起伏伏，与平缓的山坡相对。半个小镇的人仿佛都穿着白衬衫和法兰绒裤，在山顶的绿草地上打板球。

> 即使是出众的男孩女孩，
>
> 也终将和扫烟囱的人一样，
>
> 化为灰烬……

英语教授慢条斯理地讲课，很随意，声音洪亮，但讲来讲去就是那几句，给人仪表盘在走动的感觉，他将之比喻为心跳。这就是盖伊·巴特勒，身材略显梨形，一头灰白头发。

他把玩句子的发声、节奏、意象，像大师般亲切和蔼地讲述象征主义。他以诗讲诗，向我们介绍莎士比亚。仅这几行，他就饶有兴致地讲了大半个小时。

我磕磕绊绊地在注册日完成了注册，却在四门课中的其中两门——地理学和地质学上遇到了困难。导师坚持认为既然地理学在我"A"级考的所有科目中的成绩是最好的，我就应该选它。当然，地质学显然是地理学的伴生性课目。即使地质学主任芒廷教授讲课很用心很认真，也激不起我对这门课的任何兴趣。结晶学似乎只是各种冗长的数学公式。但我看着水晶，感受着它们的一些不可理解的特性，却怎么也不想通过数学计算来予以表达。

当然，如果有办法，我会到开普敦主修戏剧，但我父母是不会支持我这么做的。

有一天傍晚，我吃了晚饭，脱下学士服，走下山，离开满是橡树的街道，离开坐落于一八二〇年英殖民者后代的石头房之间的校园，行走在居住在传统祖屋、过着舒适生活的郊区居民和住在时尚的砖房、陶土房里工作的学者之间。哪里有我的容身之处？

我想用我的所有精力去说服周围的世界：我确实适合这个地方——距我五十公里之处的、我最爱的艾尔弗雷德港，我曾在沿岸的岩石区湖水潭度过田园生活般的美好日子。现居艾尔弗雷德港的外婆和两位老妪——布莱克·伯恩斯姐妹——当时仍住在老磨坊对面。外婆随时欢迎我下山拜访她。

客观地说，我可以看到校园已经准备接受对真与美的探索了。在这里，我是一个顽固的学生，对学术没什么兴趣。

我发现有些英语讲座很吸引人。然而，我仍然认为单词是供知识分子消遣的玩物，我对它们没什么内在的兴趣。我需要的是发自内心的兴趣，我只有在表演中才能找到它。

就在学年进入中期之前，"大学剧团"——这家由师生联合参演的剧团宣布要为《世人》[①]试镜，将由盖伊·巴特勒和维也纳童声合唱团前总监兼音乐教授格奥尔格·格鲁勃共同制作。在之后的试镜中，我在众多大学生演员中脱颖而出。然而，一开始我并没想过要参与这次试演。

两点，我离开综合阶梯教室。我准备放弃。四点半，我违背初衷，又溜达了过去，在综合阶梯教室附近逗留。很显然，试镜情况不理想。后来，我坐在教室后面，看到几个来试镜的大四学生都表现一般般。我内心很复杂，悲愤交集。巴特勒说："唉，真是一个漫长的下午，还有好多有才华的人要面试呢。要不到此结束吧，除非有其他更好的试镜人选。"

---

① 《世人》(Everyman) 是英国中世纪的一部宗教剧。因以宣传教义、道德劝诫为主要目的，故被称为道德剧。把各种道德品质拟人化，通过寓意手段来表达，这是道德剧的一个特色。此剧的作者已经不可考证了，但当时相类似的道德剧有很多，《世人》是最著名的一部，也是至今在欧美舞台上经常上演的为数不多的中世纪宗教剧。

不知从哪儿燃起一股强烈的欲望之火，我举起手，看到他正请我走下坡度很大的阶梯表演点什么。我表演了一段《麦克白》独白——"明天，明天，再一个明天"。我照着我的演讲老师珀尔·席琳教我做的那样做，甚至表演得更到位，把人物的忧郁和绝望表现得淋漓尽致。

第二天综合阶梯教室外面张贴了告示，宣布了演员候选名单。我榜上有名，和一个英语讲师角逐死神一角。但很快，我发现自己是角逐死神这一角色的唯一竞争者。

我以为要在假期后一决高下，但新学期回到格雷厄姆斯敦后，我发现我仍演死神这一角色。

作品出现了大幅缩减。身穿学士服的罗得斯大学合唱团以一首中世纪歌曲选集开始演出。格奥尔格·格鲁勃面对他们，坐在凳子上。他身材瘦弱，一头长而直的黑发，像一个受神灵启示的魔鬼似的掌控着演出，就在合唱团放声歌唱前一瞬间，他身上的每一个细胞似乎都在感受音乐。中心舞台是一个大脚手架，两边有台阶通往天神的世界。从这里，他用可怕的声音掌控一切。死神，一个身披黑色斗篷、来自幽冥界的骷髅人，在宇宙底层四处游荡，使亡灵的数目陡然增加。

在九月的短假期间，我们坐公共汽车去东开普省巡演。在整个巡演过程中，由于住宿问题，我们分成几个小组。在所有人中，我的伙伴是一个神学院学生，一头金色卷发，演"上帝"——没错，那个可怕的声音就是他发出来的。当我们来到风景如画的海滨小镇乔治镇，我被安排住在一个美丽的农舍里，周围是雾蒙蒙的草地和巨大的阔叶林。我和他共用一个卧室，很明显那卧室是一个十几岁小姑娘的房间。当我们打开行李时，"上帝"有意翻了翻小姑娘的梳妆台的各个抽屉。"啊,找到了,"他炫耀道,"他们骗不了我的,"他拿起一个装有卫生棉的小盒子,"该死的……这个打开了……我们可能来晚了……唉,好吧,时机不佳。"

离开乔治镇后,公共汽车爬上一个大坡,把我们带到了克尼斯纳森林。我们的作品以一个大型的传教教会为背景,这次表演是这次旅行中唯一的一次多种族表演。种族隔离制还没完全渗透到这个偏远荒凉的地方。黑人伐木工和白人伐木工挤满这个巨大的高顶天花板建筑。然而,当我从暗处进入,扔掉风帽和斗篷,露出苍白的面目时,许多黑人伐木工吓得大叫,从座位上跳了起来,冲进周围森林中的安全之地。他们四散逃跑,我就当这个反应是对我的恭维和夸奖。

一天早上,我和戴维趁地理课和英语课之间的课间休息时间,离开学校去卡芙喝早茶。我们经过塔式学生会大楼,来到一个很开阔的自助餐厅,从餐厅看出去,可以看见远处有许多运动场,再远处就是地平线。我们点了一壶茶和一份贵但口感发黏的切尔西螺旋形果子面包,占了"情色"区咖啡馆后面的桌子。我们遵照英式礼仪喝早茶,双眼却直勾勾地看着身穿超短裙的丰腴女子。

"我来倒茶。"戴维一边倒茶一边说。他是那种对学习不用怎么上心的人,外貌英俊,有极强的吸引力。他偶尔替吉尔伯特和沙利文创作的角色配歌,是一个优秀的板球运动员,也是一个很有能力的学生。他似乎没有变成焦点的必要——他本人就是焦点。

"我希望你开始用功学习,好好对付考试。"

"考试?压根没想过。你呢?"我问道。

"你不知道?紫薇花开时我们就应该开始用功学习了。他们一个多星期前就已经开始用功了。你开始用功了吗?"

"真的吗?我还没呢。什么都没开始。"

我漫不经心地回答,掩饰紫薇花开带给我的恐惧。当它们开始凋零,我的恐惧与日俱增。事实上,我一直很用功地学习,绞尽脑汁,已经做了一部分听课笔记。好吧,其实那是今年早些时候的事了。

几周后的某个傍晚,吃了晚饭后,我神学院的朋友乔安参观了我在扬·史末资楼的房间。"嘿,雷蒙德,这是什么,老兄?听说你病了。看起来脸色苍白。你一直在做你不应该做的事情。我告诉你。我一直都知道上帝会在某个时候惩罚你的。现在我给你倒杯茶吧。"

"谢谢,乔安。我只是需要朋友的一点鼓励。我没病,只是得了流感什么的,有一点点累。马上会好起来的。"

"我不想这样说的,但我认为这是上帝对你过去行为的报复。"

"别胡说,乔安。"

"胡说!你怎么能跟牧师这样讲话呢!"他笑了,"上帝是公正的,你要为你的罪过付出代价。你要走正路。"

"唯一能让人走正路的,你知道的,老兄,是沿着直线前进。我才不相信你呢。"

"喝吧。我能帮你什么忙吗?必须是合情合理的事哈,我可不能让你占便宜。"

"好,还真有事要拜托你。"

"什么事?"

"你能帮我把地理笔记拿来吗?"

"在哪?"

"床下面。"

他不可置信地看着我。

"哦,我的天,雷蒙德!这些到底是什么呀?"

"我的地理笔记呀。"

乔安从床下拖出一大堆记在大页纸上的笔记和图表。

"你的意思是你一直把地理笔记扔床底下？"

"嗯，那是我文件归档的地方。我上课回来之后，就把它们扔床底下，所以它们一直在那儿。"

"那'茜茜'来打扫你房间时怎么办？你给她上地理课吗？"

"别傻了。她只是把它们拉出来，打扫干净，然后再把它们推进去。"

"不好意思，雷蒙德，但这样是没用的。这样的话，你怎么通过考试？"

"哦，小子……地理……地图投影。我想知道地图投影到底是干什么的？你知道老师昨天跟我们讲了什么吗？他对高原的定义。高原是空中的一片平原！高原是空中的一片平原！他真的是这样说的。也许他想说得有诗意一点吧……唉……我知道他的英语不是很好。"

"星期六你要去奥利弗·施赖纳舞会吗？"乔安换了个话题，问道。

"可能吧。"

"什么叫'可能吧'？你要么被邀请了，要么没有。我相信舞会上的装饰会很棒。这些女士在开舞会时会遇到很多问题。"

"是的，我被邀请了。但我还没回复。"

"什么叫你'还没回复'？这些女孩都已经梳妆打扮好了。你怎么可以这么做呢，老兄？"

"好的，好的。我会回复的。"

"准备说什么？"

"不知道……"

"我要走了。我会给你时间整理地理笔记和过爱情生活的。"

"嘿,参加舞会不是因为爱情。起码这次不是。"

乔安离开时,我感到考试即将来临,就像巨大的无声蒸汽机迎面而来,而我却不知道如何避让。当时还只是晚上八点三十分,但我已经不想再读任何东西了。脑子压根儿就不想处理那一沓厚厚的学术资料打印稿。最终,我没能说服自己处理它们,也没能找到人倾诉这件事。

换个角度看,我还有事要做。为避免更多失败,我抱着这种漫不经心的态度:一个有趣的人要担心很多俗事,比如考试。为了写英语论文,我保证我已经看过那些落满灰尘的书了,我还用了一些课堂笔记和恰当的引语来补充人物研究方面的内容。但我可能会在要求数据研究的课程上遇到大麻烦。因此我假装什么都不知道。

渐渐地,我越来越难以控制自己。我的脸变成了一个假面具,连细微的肌肉收缩都做不了。完全由意志力驱使自己,一种没有希望的意志力,但我似乎仍能假装自己还有一丝自控力,虽然做这样的调整很难。我经常会做得过头了。

第三十八章

回到布拉瓦约，我开始憧憬为期三个月的学年假期。我需要一个实现自我的舞台。一个周五下午，我抱着一袋硬币站在公用电话亭里，大气不敢喘。再投二十枚面值十分的硬币，我就能成立一个新剧团了。我明白，一旦把这些硬币投进这个盒子，我就必须用整个假期来指导和管理这个大学校际剧团。

我投入第一枚硬币。通讯录上的这些人差不多都是大学生，一小部分人与我有私交，大多数人只是略有耳闻。

"喂，你好，我是雷蒙德·斯宾塞，正在筹建一个剧团。想问问你是否有兴趣加入。我们打算在假期演出艾伦·亚历山大·米恩的喜剧《多佛路》，我是导演。我认为你有相当丰富的表演经验，所以可以来试镜吗……噢，演出地点仍在商榷中，一旦确定下来，立马告知你相关细节。"

投入最后一枚硬币前，我已经找到了这一出剧所需的大部分演员、一名舞台监督和一名颇具潜力的灯光师。第二天，我带上更多硬币，骑车来到那个电话亭。第一个电话打给"知己剧团"的主席——

布瑞恩·霍尔顿。在中部非洲贸易博览会的展示区,这个剧团有一家经营不善的小剧院。"您好……我是一个名为'大学剧团'的新剧团的团长。这个假期,我们打算演出一个新作品,想问一下您是否愿意以'知己剧组'的名义提供赞助?"

"嗯……我想你最好过来面谈,你觉得呢?我在阿文纽斯区,过来方便吗?"

"当然,我现在就过去好吗?"

"现在正好,我下午休息。"

我即刻骑车前往。

"嗯……我们剧团对这个项目可能有点兴趣。稍等一下,我给老板打个电话,她应该刚好在家。"

他放下电话,对我说:"她在家呢,还请我们去喝一杯。我开车带你过去吧。"

我们开车来到佐伊·希勒位于山坡区的房子。她是一位知名女企业家,也是妇女志愿服务社的名誉主席与中部非洲贸易博览会的常务董事。"对了,你别被佐伊吓到了。她人很好……如果她喜欢你的话。"布瑞恩·霍尔顿提醒我。

"嗯,听说她有时会大发雷霆。"

"除非你和她作对……你知道的,大多数人并没意识到她已经七十多岁了。"

佐伊·希勒戴着一副大框太阳镜,靠在一张软椅上休息。一头长长的漂染金发整齐地盘了起来。她正和客人——当地电视台的一位名人——坐在阳台上喝酒。从那里,他们能俯瞰整个花园,花园很大,就像一个绿树成荫的高尔夫球场。互相寒暄过后,她请我自便,我还是有些敬畏。面对满桌的烈酒,我决定不选我经常喝的啤酒,伴装我对这些叫不出名字的酒很熟悉。

我拿着装满威士忌的高脚杯,正想抿一口,希勒女士看出我根本无法咽下这种烈酒。"我说,你为什么不试一下别的酒呢? 啤酒或是别的什么。把那杯酒放回去吧,过会儿西蒙会来清理。"她有点不耐烦地说道。

"嗯,对,我的确该喝一杯。"

我终于设法让自己冷静了下来,并向她说出了我的提议。

"你给自己的时间不多啊。你们都准备好了吗?"

"哦,是的。万事俱备,就差剧院了。"

"说得轻巧。但我很喜欢雷蒙德的点子,"她向布瑞恩·霍尔顿说,"这正是布拉瓦约戏剧俱乐部需要的东西——竞争。我们会向俱乐部成员介绍你的想法的。你们可以使用这个剧院,但必须在你们的名字——'大学生剧团'上加上我们剧团的标志。"

"大学生剧团?"我问道。

"你们都是学生,不是吗?"

"是啊。"

"好,那就叫这个名字。让大家知道你们的确切身份……你需要做个方案。我们会提供一些企业家的地址,他们很可能会来投资演出的广告位。这样一来,首演之前你就能搞定资金问题了。

"同时,还得有一张名人嘉宾名单。你们会举办一个盛大的开幕仪式,对吧? 不如我们把总督请来吧?"她看见比尔正耸着肩微笑,"如果能请他来,其他人都会跟着来。只是我估计他们到时候可能在海外视察领地。我们会看着办。当然,你可以请市长和很多其他名人。

"对了,你赚了钱,到底想用来做什么?"

"我想我们可能会自己用,我是说,在付完所有费用之后。"

我看到他们听到这句话后脸上露出了难以置信的表情,便补充道:"我认为公众可能会欣赏大学生自主创业的行为。我们保证赚来的钱都用来买书之类的东西。"

希勒女士笑着说:"我认为考虑自力更生还早了点……现在还不是时候,我们会成立一个助学基金,那就是我们要做的。管理正规的。我刚好认识一个信托委员会主管。这事我来负责,也需要请一些法律界人士来处理。好了,今天就到这儿吧。周一办公室见,到时会给你剧院的钥匙,我们会安排好这件事。"

离开阳台时,我还是有点晕头转向。

"你只要保证这是个好作品。"她补充道。

就这样,我拥有了一个属于自己的舞台。这个舞台就像一个临时小岛,沙子依旧在脚下不停地移动,仿佛随时都会消失。

带妆彩排进行得如火如荼。一次彩排后,我回到家,收到了大学寄来的一个棕色信封。我没能通过第一学年的考试。唯一合格的只有英语。

《多佛路》的演出引起强烈的反响,公演日的确星光璀璨。埃迪、萝丝和其他演员的父母一起坐在前几排的贵宾席。这个新剧团就这样正式成立了。

我回到了罗得斯大学,计划参加地理补考,再修两门其他课。但报道日当天,学校回绝了我的申请。我不得不重修所有课程,包括英语。在回宿舍的路上,我遇到了在卢萨卡的儿时伙伴奈杰尔和在乌姆塔利上学时的同学格雷厄姆。现在,他俩比我高两级。我忍不住向他们哭诉考试失利的事。那应该是他们最后一次与我交谈。

总之,考试结束后,我开始考虑"大学生剧团"的下一部作品。一九六四年,为了应付即将在一月份进行的补考,我不得不叫其他人来负责这个作品的创作。那段日子,我与艾尔弗雷德港的外婆住一起,我在那儿的市图书馆翻阅了许多戏剧类书籍。乔治·萧伯纳的作品深深地吸引了我。几年前我曾看过电影《魔鬼门徒》:劳伦斯·奥利弗饰演带领英国军队打击美国独立战争反军的伯戈因上将,柯克·道格拉斯饰演迪克·杜德吉恩。开场夸张诡异,两位演员演技高超。看了十分钟,我就大呼过瘾。

回到布拉瓦约,"大学生剧团"委员会举行了那个季度的第一次会议。理查·斯特劳担任副团长,他是一位高调的学生领袖,之前就读于米尔顿高中,之后成为罗得斯大学法律系的学生。再后来,他又当上了南非全国学生联盟的主席,但上任不久就被南非政府罢免了。之后,他申请了奖学金,去牛津大学留学。

理查大笑着说:"我记得这部电影。是不是一开头就有许多滑稽的人满屏幕跑?"

"就是那个。"

"我保证,这个场景肯定也逗乐过萧伯纳。"

"没错。对了,我升你为上将了。"在《多佛路》里,他一开始饰演男仆。"那是奥利弗的角色——伯戈因上将。"

"嗯,他是一位深陷困境的英国兵。好,我愿意演这个角色……我打算代表委员会拟一封关于这个作品的信给《布拉瓦约纪事报》,千万不能错失这个好机会。"

"信?什么信?"

"噢,不是有很多相似之处吗?英国殖民地反抗英国统治……而我们这儿有可敬的总理反抗同样的势力。在信里,我会抨击'大学生剧团'竟然敢在罗得西亚国难当头时上演一场涉及这么多敏感政治话题的戏剧。这是一起学生行为失当的范例。我甚至会要求禁演。接着，我们就可以把这场演出标榜为'公益事业'了。唯一的问题是，我们必须有一个能用的真实姓名，以防编辑核实身份。我敢保证，这封信一定会掀起轩然大波。什么样的宣传都比不上制造点舆论。"

第二周的星期一，我翻开《布拉瓦约纪事报》，这封信就刊登在社论版，像一个等待被咬的饵钩。到了周三，鱼儿上钩了，人们纷纷卷入这场辩论。一些读者坚决捍卫学生的言论自由权，并高度赞扬我们在戏剧发展艰难时期所做的努力。

几个星期后，罗得西亚电视台联系了我。他们想举办一个关于乔治·萧伯纳的专题讨论会，时长一小时，采取直播的形式。这个讨论会将由一位来自布拉瓦约师范学院的萧伯纳研究专家主持。我和剧团的其他成员们需要为出席这档节目做准备吗？

我们会不会只是……

同时，佐伊·希勒没意识到我们的伎俩，继续支持了这部作品。对于我们在媒体上自导自演的辩论，她的表现相当平静。讨好这些机构都是由她出面的。她做事八面玲珑，不易被人察觉。

我不确定她站在"单方面宣布独立"事件的哪一边，但作为中非贸易博览会的总经理，她应该坚决反对联合国制裁罗得西亚。"雷蒙德，如果你想知道伊恩·史密斯对演出的看法，我可以向你转达。但你要尽快告知我。"

我没有接受这个提议。因为我们这个剧团的委员会中没人想听伊恩·史密斯的那些陈词滥调，我们也乐得耳根清净。

这部作品得到了许多部门的支持。尽管爸爸有诸多担忧，但电视直播专题讨论会进展顺利。当我径直从演播室走到前门时，他走近我："过来一下。"他为我整了整领子，"嗯，这样好多了。你没发现整档节目中你的领子都是歪的吗?! 我恨不得打电话给电视台了。"这就是他对这场演出的唯一评论。

那是一个炎热的夏天。我们一家人决定十二月底前往马托博国家公园度假。那是我一直都很喜欢的地方。每次去,我们总会去参观塞西尔·约翰·罗得斯为自己选的墓地,以表敬意。走进这片由巨大的花岗岩与平衡石组成的奇异景观,我发现一条像是被遗弃了很久很久的铁轨,与旁边的道路平行排列,被野草盖住了。"这条铁轨到底通向哪里? 可能是罗得斯建造了这条铁轨,从布拉瓦约通向一个他最爱的野餐地点。"我沉思着。

登上陡峭的大花岗岩,就能看到一些纪念碑,用来纪念罗得斯和像詹姆森那样受人爱戴的开拓者的。这位伟大的帝国缔造者明明可以选威斯敏斯特的圣石建造他的陵墓,却偏偏选择偏僻的非洲荒野,真是怪了。他把此处称为"世界之窗"。瞭望远方,壮阔的巨石景观渐渐消失在西天不断向上堆积的云朵中。

当游人散去,青苔色蜥蜴披上橙红色的晚霞,从裂缝中爬了出来,时刻提防着短尾雕的出现。

罗得斯从来没有去过开罗,我们当中也没人去过那里。他们为什么要如此费心地去尝试呢? 非洲依然试图禁止人民前往开罗。罗得斯已经拥有一个暂时以他的名字命名的国家了。如今,伊恩·史密斯正在唤醒丘吉尔和像罗得斯那样的早期拓荒者的精神。同时,他告诉我们:"江山易改,本性难移。"这是暗指那些黑人民族主义者应该被镇压,应该被流放到一个叫"冈那盖曾瓦"的西部荒地。罗伯特·穆加贝和乔舒亚·恩科莫都曾在那里受罚,并图谋推翻那个地区的帝国统治。

在经历了一段殖民统治的动乱历史之后,罗得斯长眠在他的"世界之窗"——马托博山。

几十年前，另一位伟大的苏格兰先驱戴维·利文斯通也做出了和罗得斯相似的选择。起初，他十分支持非洲殖民扩张，计划先让当地人皈依基督教，以此为商业扩张做好铺垫。但他终究还是在中非迷路了，也并不期待斯坦利的救援。殖民主义只会破坏他在这片大陆上的发现。利文斯通死后，他的黑人朋友们切下他的心脏，埋在赞比亚的班韦乌卢湖边。接着，他们强行将遗体运到桑给巴尔，搭上一艘开往伦敦的英国军舰。他的遗体最终长眠于威斯敏斯特教堂。

非洲永远是一块放纵不羁的大陆。想要在此生存，你必须走不寻常路，聆听大地的声音。你需要拥有比伊恩·史密斯更敏锐的听力。他不仅是在战争中被炸毁了半张脸的战士，也无疑是一个很会说套话的高手。

萧伯纳的《门徒》是一部高难度的作品。我本来决定在蓝色的弧形天幕前摆上一套骷髅的布景，以此凸显萧伯纳的戏剧风格。好吧，这是我后来才想到的主意。当时，我一味追求"大"。的确，我们遇到了一个大问题——服装，这永远是演出会碰到的最大挑战。一位年轻的裁缝负责制作清教徒与大约八位英国士兵的服装。每周，我都会收到她的进度报告。周六是第一次带妆彩排，需要所有人员和道具都到位。十天后我们就要登台演出了。

我焦急地等待着帕特里夏，她需要有人帮她把服装拿进来。嗯，事实上并不是，因为她只带了一件清教徒服装和一件英国士兵服装。真是糟透了。我难以置信地指导着这次没穿戏服的彩排，努力让自己不发火。那晚，我开车带几个成员去了酒吧。回来的路上，理查劝我说："别着急，雷蒙德。我们的戏就要上演了。就算服装不到位，我们仍愿意出演。"说完，他放声大笑了起来。

"放轻松，理查。喝醉了以后，我的开车技术特别好。这是一个我一直努力锻炼的技能。"

"我们相信你，雷蒙德。你并不需要去证明。"

"比如，看看这个。"我来了个急转弯，加速驶进一条相当长的车道。

"哇啊，嘿！你知道谁住在这儿吗？那个'绞刑手法官'戴维斯。"

"哦，是吗，我们干脆一不做二不休。"我大叫一声，把手放在喇叭上，在前门口绕起圈子来。

"嘿，雷蒙德，快离开这儿！"其他人大叫了起来。

"再来一次！"我大叫着，手仍放在喇叭上，又转了一圈。这时，阳台上的灯亮了起来，我立马从车道上倒车出去了。

"不好意思，伙计们，我必须这么做。"

"没事，雷蒙德。我们只希望，这样的事，一辈子经历一次就够了。"理查说，"你证明了自己。喝醉的时候，你的开车技术特别棒。"

"唯一的问题是，我并没有真的喝醉。"我反驳道。

两天后，剧团里的一个演员打电话给我。"我妈想知道你的地址。她刚从一场约翰内斯堡的演出中得到一大堆英国士兵服，想寄给我们。"

"真的吗?！太好了，寄到演出场地的办公室吧。嘿，斯蒂芬，替我谢谢她，好吗？"这真是一份天上掉下来的礼物，满足了一半的服装需求。

"我只想告诉你，"埃迪靠近我说，"这一次你别给我寄演出邀请函。保证我不会收到就好。"

他就说了这么多。这话有多伤人，我想都不敢想。我也不敢跟佐伊·希勒说我的爸爸不想看这场演出。所以，他还是收到了邀请函,也像往常一样来了。我们似乎取得了成功,还加演了一场。对我来说,这意味着成功。我很想在报纸上看到这样的评论:"应观众要求加演。"

演出结束了。几天后,我们举行了年会。大多数人都回到了委员会,我做了一份振奋人心、激情澎湃的团长报告。"在最近一次演出中,我们完成了别的剧团认为不可能完成的任务:演萧伯纳的戏剧,并取得成功。我们还为助学基金募得一大笔钱。"

我刚做完报告,委员会里的另一名罗得斯大学法律系学生特雷弗就急急忙忙地站起来说:"不好意思,我要先走了。下次见。"

"特雷弗,你去哪儿?"我有点吃惊地问道。

"去《布拉瓦约纪事报》报社。十五分钟前就该走了。我想在明天的版面上发表一篇报道。"

"报道? 你不会把这次会议写成报道吧?"特雷弗在《布拉瓦约纪事报》做暑期工。

"不,就提下委员会成员的名字而已。就一小段。"说完,他飞奔而去。就是这样。

"嘿,理查,你了解特雷弗,他这是做什么? 他不会把我的汇报登在报纸上吧?"

"我不知道他有什么居心……真是怪了。我是说,如果他真这么做,可要坏事了。"

好吧。第二天,我打开《布拉瓦约纪事报》,坚信特雷弗一定在上面写了什么。一个巨大的头版标题——"大学生剧团"团长宣称:"我们实现了一个不可触及的目标。"上面全文刊登了我的工作汇报。对主力团队的所有宣传计划一览无遗。

电话响了。"嘿,雷蒙德,我正赶过来呢。为了避免影响进一步扩大,该拿出点措施了。"

"好,我们得再写一封信。这一次,集体签名。"理查刚到,一喝完奥比斯特端给他的茶,就对我说了这么一句。我之前没和奥比斯特说起过这件事,但他已经觉察到了这次危机,似乎在精神上予以支持。

"我们到底该说些什么?有挽回的余地吗?哎,怎么看都像是小人作怪。"

"好吧,看上去的确有点像。先别管这份报道了。反正已经带来了影响。不如写封信感谢公众对《门徒》的慷慨支持。然后宣布新一期的奖学金将很快公布。我们能做的也就只有这些了。"

"好,就这么干。"

之后的一个早晨,我不得不去一趟演出场地的办公室。佐伊·希勒见到我,说:"我认为你最好直接来我的办公室。"

她说话时语气冰冷,满嘴怨气。《布拉瓦约纪事报》就放在她桌子上,翻开的那页就登着那份汇报。

"嗯,今天你在镇上掀起了一场不小的骚动,毁掉了我们一直努力建立的声誉。整个早上,电话一直响个不停。你讽刺别的剧团时,心里都是怎么想的?他们待你不薄,你却说出这种话!"

"希勒女士,整件事就是一个可怕的错误。我那些话,只是内部说说而已。谁曾想,居然在报纸上登出来了。特雷弗一定是疯了。今天早上,我说了他一顿,他却说,'公众就是需要这么煽动一下'。你能相信吗?"

"听着,年轻人,必须停止向公众发送任何信息。你做这种事有段时间了。我现在警告你,立刻停手。"

哇。真伤人。她一定是指一些文章中零散而含糊的言论,那可能是我们之前对民主和言论自由权发表的一些意见。

　　开幕式晚会之后,《布拉瓦约纪事报》的轰动效应令人相当满意。与佐伊·希勒谈话几天后,有个晚上,我看到一位当地小有名气的演员在电视上评论我们的演出。白天,他是一名牙医。夜晚,到了舞台上,他就表现得洋洋得意。好吧,他狠狠地批了我们一通,显然认为我们完蛋了。没人比他更自命不凡了。他批评的点还真不少,例如每一场戏刚开始就打开所有舞台灯,没有灯光师。可是,他不知道的是,那里连墙都没有,更别提开关了。的确是站着说话不腰疼啊。

第三十九章

一九六七年，是我拿到教育学大学文凭的一年。我学打字、练板书，偶尔学些教育哲学，借此更广泛地接触了校园生活。我当时是学生代表委员会成员。在南非学生全国联盟的支持下，准备导演乔治·萧伯纳的《圣女贞德》。同时，我也是南非学生全国联盟第四十二届年会的组织者。

其中有一位代表叫史蒂夫·比科，他是一个南非反种族隔离制度的活动家。后来，南非警卫队将其监禁，致其"意外死亡"。一九八六年，我见到了当时还默默无闻的好莱坞演员——丹泽尔·华盛顿，他在哈拉雷市拍电影《为自由呐喊》，演比科这个角色。我演一个不足一提的小角色——一名记者。凯文·克莱恩演《东伦敦报》的编辑唐纳德·伍兹，电影导演是理查德·阿滕伯勒。

一九六九年四月，那是我第一次设法逃离了英属非洲南部，前往我心中的世界文化中心。随着云卷云舒，我看到了比利牛斯闪闪发光的山顶，就像白色的婚礼蛋糕。不到一小时，就到伦敦了。在希思罗机场，我用公用电话联系了一家酒店预订服务处。我仔细考虑措辞:"能帮我预定一个价格优惠的宾馆吗？要求价格合理,地处市中心。"

"当然可以……为您订了柏宁酒店。到了那里,直接去前台,他们会为您安排住宿。"

我对此十分满意。显然,那里一定有许多柏宁酒店,不像大富翁游戏里只有一处。我认为,英国遍地都是草坪,从高速公路的两侧,到城市最肮脏的角落,也到处都是绿色。红色大巴会从伊妮德·布莱顿的玩具城笔直地开出来。

我下了出租车,抬头一看,喊道:"哇,我的妈呀!"一家很小的酒店,但很时尚。"绝对就是大富翁游戏里的那一家。"最糟糕的是,一个身穿淡紫色外套、佩戴着肩章、头戴尖顶帽的男人正站在主门外的楼梯顶。

我提起行李箱,慢慢走近人行道,想多争取一点时间来想一下该怎么进去。无论如何,我都不会让这个白人替我提箱子的。如果他帮我提,我会感到很不好意思。事实上,我可以多付点钱来补偿他,但我不能那么做。我仔细观察他的动向,决定趁其他客人分散他的注意力时快速溜进去。其他人进酒店时似乎一个个都是一副从容不迫的、见怪不怪的样子。

我朝柏宁酒店的大门慢慢走去。等那位门警一走进去,我就抓起重重的行李箱,半拖半拉地上楼。快速通过旋转门是不可能的了。因为我被其中一扇回旋门卡在了半路。两边慢慢排起了队伍,我一边踢箱子,一边推门,每推一次,门只打开几英尺。就快要重获自由了,那位门卫回来了。他站在那儿,看着我的滑稽动作,一副不屑的样子。

我终于摆脱了困境,他问:"先生,好了吗?"接着,他引导等待着的那队人三三两两走过那扇门,举手投足间魅力十足。

按尺寸计算,我的房价应该适中。可房间真的好小。安顿妥当,我感觉饿极了,便下楼去餐厅。午餐时间已近尾声,里面人不多。不一会儿,服务生推着一辆巨大的手推车过来了,上面是用转盘盛着的食物,令人眼花缭乱。我选了三盘不同的熟食,看上去是新式菜肴,真的很好吃。吃完后,我正打算走出餐厅,餐厅领班突然冲过来,对我说:"打扰一下,先生,发生什么事了吗?怎么不吃了呢?"

我茫然地看着他。"没有啊,挺好的。我已经吃好了。"

"哦,先生,那不是午餐。只是一些开胃菜。正餐还没上呢。"

"哦,好吧,我觉得不是很饿了……谢谢。"

他耸耸肩,走了。我觉得好生尴尬,拘谨地走出餐厅,心里一个劲地骂自己。

回到房间,我给伯罗斯一家打了电话,他们现在住在约克郡的贝尔登。是贾尔斯接的电话。"……你现在住哪儿?"

"柏宁酒店。"

"柏宁酒店!房价可不便宜,趁来得及走,赶快离开。来约克郡,我们会去接你。在卡瑞因克罗斯车站坐下一班火车过来。"

好吧,我觉得我最好还是听从贾尔斯的建议。本想北上之前,先在伦敦逛几天。现在只好改变行程。于是我直奔接待处。"打扰一下。劳驾,我想退房。出了些事,我必须离开。"

"没问题,斯宾塞先生。这就为您结账。"

"好的,谢谢。一共多少钱?"

"一百五十英镑。我们这儿通常最少入住三天。我只收您两天的钱。"

我付了钱,回房拿行李。在床上坐了一会儿,突然想明白了。

"那些可恶的开胃菜花了我整整一百五十英镑。"一次又一次地被愚弄,真是不爽。

我拖着行李箱穿过大厅,走出前门。一路上不去看那些穿制服的底层员工。这一次,我严肃地要求出租车司机带我去一个房价便宜的住处,他确实这样做了。于是,我坐在了一套又小又脏的公寓里,主人是巴基斯坦人。不过,住那里至少无须太讲究礼节。

第二天,我坐巴士去了皮卡迪利广场。这样看来,伦敦似乎就是个小地方。许多有名的地标性建筑一个挨一个。穿过摄政街时,我突然停了下来。那儿有一群白人正在马路中间施工。大部人都穿着汗衫。我站那儿,看了一会儿这个"奇观"。之前,我从没见到过白人干苦力活,这本是周围的黑人应该做的事。不过,那些劳工看上去一点也不觉得尴尬。有些人甚至看上去还十分高兴的样子呢。

和约克郡的伯罗斯一家一起待了几个星期,我都玩疯了。我们穿越荒野,翻山越谷,在那里,亨利八世当年大肆破坏教堂,留下了不少废墟。对我而言,沃兹尼亚奇修道院不过是《潘赞斯的海盗》中的一处布景。连郁金香也让人觉得有哈罗盖特人特有的自由和直率。我们在贵族的庄园里闲逛,一件件艺术品,一个个园林,让我惊叹不已,纳闷这所有的一切怎么就落到了极少数人的手里,而那些贵族假装没有看见似的。

那时,罗伯特·伯罗斯在萨里攻读罗斯布鲁弗学院的演讲与戏剧专业。我打地铺的那几天,第一次对戏剧学校有所了解。我努力不去想"如果我能进入戏剧学校会怎么样"这个问题。

回到非洲。冬季中旬有个罗得斯和先驱们的纪念日。我一个人和父母去布拉瓦约度假。

"看到报纸上的广告了吗?"埃迪问。

"广告？什么广告？"

"你是说你没看到！我觉得你应该会对创作之类的东西感兴趣的。"

"我真的不是很清楚你在讲什么。"

"好吧，你最好去看看昨天的报纸。我还以为你至少看过几眼了，就在招工简讯那个版块。"

"教育部视听服务栏目招聘制片人和编剧。"看着这则招聘制片人的广告，我觉得难以置信，以前从来没看见过这类广告。这个消息从报纸上走了下来，包围了我。有那么四天，我大多数时间里一直都在想着这份工作。我感觉自己迷失在另一个充满似乎不可能的可能性的世界里。最终，我付诸行动，写了一份简历，投了出去。

几星期后，我到索尔兹伯里参加一个面试。那是一个应聘的好机会，但视听服务栏目的苏格兰领导却把他的名片紧紧握在胸前。

我回到了学校。有一天，我上完通识类诗歌欣赏课，走到教师休息室喝茶，发现信箱里有一封棕色的政府信函。那张原色纸上写着："恭喜你成为索尔兹伯里市视听服务栏目的制片人和编剧。"

那么，你以为那是一个什么样的机构？实质上，就是一个为各个学校创作素材的广播制作棚。除了空中学校之外，你还需要决定如何使用预算。这是一个和面向偏远地区小学生的函授学校联合制作的栏目。每周一小时，在国家官网上播放。

如果非要说有什么问题需要我去面对，那就是我不得不去应对幸福。我发现每天早上都有一位金发碧眼的美女把她那辆蓝色的凯旋牌跑车停在我的窗外。我决定对此做些什么。于是，我在这辆车的挡风玻璃上给她留了一张纸条。大约一天后，她打电话给我："不好意思，我不能接受你的邀请。我的男朋友会不高兴的。不过，我有一个妹妹，正在读大学，很漂亮，还是今年的异装皇后呢。"

于是，之后的一段时间里，我常常开着福特牌安格利亚敞篷车，载着金发碧眼、穿着迷你裙的异装皇后到处兜风。我们玩得很开心。但我可能工作过于投入了，常常忙于找演员和编剧，疏于发展我们之间的关系。当布赖恩·布鲁克斯剧团过来巡演时，我请了他的几名演员参与了戏剧和诗歌朗诵的录影。其中一位是约翰·艾特尔，曾饰演约翰内斯堡出品的《牛奶树下》中的叙述者这一角色，在《贝奥武夫》中也有不俗的表现。这一录影用本杰明·布里顿优美的《四首大海间奏曲》作为背景乐。

在郊区的鸡蛋花和蓝花楹丛中，我白天制作广播节目，晚上演戏剧。因为罗得西亚单方面宣布独立后遭到了联合国制裁，许多作家禁止罗得西亚演他们的作品。这是一个很奇怪的制裁，因为喜爱那些作品的人其实并不多，通常是政府决策的反对者。总之，史密斯政府颁布了一条法令，解除著作权限制。

导演阿瑟·米勒的《炼狱》是我长久以来的梦想。这部作品似乎与现在的专制政权有许多共通之处。我决定在一个观众围着舞台就座的圆形剧场里演出这部作品，最终在丘吉尔高中找到了理想的演出场地。那里有一个舞台，专为圆形场地设计。我找了一个女黑人演提图芭。随后却发现，法律禁止黑人在白人专用的公共场所表演。

因此，米勒作品第一次在非洲南部的演出地点最后改成罗得西亚大学的拜特学生宿舍的大礼堂。中间有一个打英式橄榄球的方形场地，颇有点"炼狱"的味道。这样一来，巫术与暴乱的效果更贴近生活。我真希望能联系到阿瑟·米勒。如果他能到场，那真是太完美了。

接下来的一个作品由全体演员邀请观众同台表演。同样是在这个圆形剧场的幕布后面,我们表演了品特的《生日派对》,这一次与观众的互动更为亲密了。在早餐桌上,我们将梅格和珀泰的空虚表现得轻松自在,观众看了觉得好凄凉。

接着,制作一个完全本土的戏剧成了我的夙愿。我想走出这座城市,与一些来自修纳的习艺者一起工作,唤醒这片土地的各路神灵。但在这方面我没什么人脉。我觉察到一种巨大的威胁,来自白人统治。这部剧是极其激进的,但这种精神正是当时所需的。很遗憾,那时我还是失败了。

我整整等了十三年,政治环境才得到了彻底改变:罗得西亚更名为津巴布韦,这部作品才得以完成。一九八四年,我制作的《姆布亚·娜含妲》在津巴布韦电视台上映。

但那是在一九七二年,后来我在英国工作了两年,在澳大利亚工作了一年。之后,我还是回到了非洲——仍被殖民的古老非洲。

第四十章

是的,一九七六年,我又回到了非洲,回到了约翰内斯堡。南非这个国家至今仍受到维沃尔德和沃斯特的政治遗留问题的影响。但我是得和我的父母、兄弟及其他"亲戚"碰碰面了。他们以前经常会到杰米斯顿附近的二十四号人家;我再也无法拜访我的爷爷奶奶了,因为他们已经去世。很感谢南非电视台(SATV)当时给了我工作机会。

在四月下旬的午后阳光中,一个稻草人萎靡地瘫在木头十字架上,脸上毫无表情,只留下草帽的浓重阴影。远处,斑鸠正轻声低吟;附近的电线杆上,两只乌鸦正凄厉地叫着;一小群随处可见的"灰头麻雀"叽叽喳喳地吵闹着,不知道该停在什么地方。有那么一瞬间,稻草人仿佛注意到了这一切。事实也的确如此。稻草人转过头,弓起背,紧接着缓步离开那个木桩。他感到全身不舒服,有些疼痛,于是伸了伸稻草扎的肢体,先是走了几个舞步,然后尝试起更复杂的动作——仿佛正和他所引领的舞伴娴熟地跳舞,全然没有乡下人的粗野之气。于是,在这片玉米地里诞生了一位曼舞的浪漫主义者。

他的动作很漂亮，不过还是可以察觉出稻草人意识到他的处境不妙。他突然停了下来，做了几个深呼吸。等他镇定下来，站稳了，便探查起周围的情形，随后抬头瞥了一眼电线杆。电线杆上的乌鸦随即停止相互之间甜蜜的哄骗。稻草人一只手叉在草扎的腰上，双眼闪闪发光，乌鸦们只能拍拍翅膀飞走了，飞向其他田野。

他久久地凝视着远方的农舍，然后缓缓走向那群麻雀——它们正在玉米地里啄食散落的草籽。他摸了摸裤兜，拿出一把草籽，洒向空中。

"来这边，小鸟。特意为你们准备的。农夫不会介意的。哪怕介意，也只是那么一点点介意。"

"好，谢谢大家，可以了，休息一下吧……"我望向面前的一排监视器，看到稻草人还在楼下的摄影棚里向鸟儿撒种子。我一边笑一边通过桌上的话筒对舞台总监说："戈登，通知一下格雷厄姆，我们要休息一下，午餐时间一个小时零一刻，两点回来。"

"需要我从食堂给你带点什么吗？"我的制片助理马里恩问道。

"呃……要的，谢谢。来一个美味的自制馅饼吧，再来一份沙拉，怎样？"

"好的。待会儿办公室见，到时你给我钱。"

我走向窗边，从位于十四层的办公室窗户向西眺望。浓浓的灰色烟雾依旧弥漫在索韦托[①]的上空，显得比早晨还要阴沉。

我坐在桌边，为下午的录制一页页翻阅镜头脚本。电话响起。

"我来接。"马里恩一边连忙把我的午饭放我面前，一边飞快地拉

---

① 一九七六年南非当局向反对种族主义教育制度的示威群众开枪，制造了六百多人死亡、数千人受伤的"索韦托事件"。（译者注）

了一把椅子坐到我对面。"这里是《四通快车》,"她对着话筒应道,然后把话筒拿开,攥在胸前,转身对我小声地说,"录影棚接待处的电话。"

我开始边吃午餐边翻看脚本,由她去处理接待处打来的电话。

"好的,莱娜塔,谢谢。我们会处理的。"马里恩放下电话,此前她一直在憋笑,此刻脸憋得通红通红。

我满怀期待地望向她。

"是前台的莱娜塔,"她终于忍住了笑,"他们希望我们把工作室的空调调低一点。"

"噢,真的吗?影响到他们接待处了吗?"

"不,不是的……你知道的,卡琳从录影棚出去会经过接待处,她的衬衫看来实在太透,露点了……然后,他们就觉得如果我们把空调温度调低一点,她的乳头就不会那么……"

"明显……"

"啊,是的。"马里恩"扑哧"笑了起来,脸又"刷"地红了。

"有人吗……是我!"卡琳边说边探进头来,"我能进来吗?看样子你们也不是很忙。"

"请进!"我答应着,起身为她拉了把椅子,让她坐在桌前。

卡琳是《四通快车》的主持人,身材苗条,个头娇小,一头亮黑的头发,剪得像埃及艳后克莉奥帕特拉。她把自己的特百惠水杯和脚本放在桌边,然后开始享用她精心洗过的芹菜条、生菜和切片番茄,又津津有味地吃了一根坚果棒。

"你们知道吗?"卡琳说。

"什么?"

"餐厅里有个黑人妇女。"

我毫无表情地望着她："这里的餐厅有很多黑人。走到窗前,再仔细看看,你会发现到处都是黑人。整个大陆到处都是黑人,这是非洲。事实上,他们人太多了,警察都开始朝他们开枪了,你看地平线那边的烟雾,那都是警察开枪镇压黑人引起的浓烟。"

　　"不,不是的。她在吃东西。"她加重了语气。

　　"吃东西?"

　　"有个黑人妇女在楼下吃午饭,我亲眼看见的。"

　　"真的吗?"我突然愣住了,"怎么回事?"

　　"你知道的,那部新电视剧,叫'村民'? 我觉得她应该是在剧里演女仆。然后制作人同意让她在餐厅吃饭。不过她得从后门进,不能走大楼的主门。"

　　"好吧,你能怎么办呢? 欢迎来到非洲大陆。"

　　"早上的彩排情况怎么样?"卡琳急切地问道,"我和格雷厄姆唱的那首歌,我喜欢极了。"

　　"我觉得你俩表现都不错,和往常一样。"

　　"我喜欢和格雷厄姆一起工作,他总是把一切都安排得妥妥的。"卡琳补充道。

　　"唯一的问题就是你的乳头不停地乱动。"我说道。

　　"我的乳头!"她惊讶地说道,"我的乳头怎么啦?"

　　马里恩笑道:"没事。接待处的莱娜塔刚刚打电话来,说你从录影棚出来时乳头很明显。我敢保证她出于好意才这么说的。"

　　"哦,我知道,"卡琳靠在椅子上,说,"空调的缘故啦。这样的事经常发生。以前我也接到过他们的电话,接待处的人似乎对我的乳头很感兴趣。"

　　"太不可思议了! 你懂的。我的意思是,我已经够关注细节了。

不过,这种事,还真没遇到过。"我大笑着说。

"这种事,我才不在意呢。也许我应该穿一件厚一点的衬衫。不过,我给你看看信箱里最近收到的东西,谅你也没心思管这档子事咯,"她边说边从手提包里拿出一沓卡片和信件,说,"这是我今天收到的其中一封信。他还给我寄了他的照片。给,读一下吧。"

亲爱的卡琳:

　　我写信是想告诉你我很喜欢《四通快车》这档节目。特别是上次看到你和稻草人跳舞,我很喜欢。下次请再跳一次好吗? 当你跳啊跳,都快露出肌肤,让我们看到你的内裤时,我觉得这太美好了。下次一定再跳一次啊! 到时我希望你能冲摄像头眨眨眼,这样我就知道你这么做时想到了我。随信寄出我的一张照片,这样你就知道我长什么样了。

你最最好的朋友,

特雷弗

照片中是一个十五岁的男孩,裸着上身,双臂肌肉有些松弛,抱在胸前。我靠在桌子边,对卡琳说:"哼,学龄前儿童玩的小把戏!"

"你可别忘了这是在南非。"她回答道。

我们去录音棚进行每周的例行录音,我对现场指导戈登说:"这里有点闷热。"

"我觉得还好。"他回答。

"我觉得空调的温度可以再调低一点。稍微再低一点点……"

"好吧。"他耸耸肩说道。

我顺着金属楼梯爬上三楼,来到了控制室。

我和马里恩坐在桌前,我开始调试麦克风。"录影棚,注意了!今天早上彩排顺利,现在正式开演!各部门各就各位,摄像,准备好了吗?音响,准备好了吗?演员到位了吗?"

舞台监督从摄像机前发出信号。

"控制室也都准备好了吗?"没有否定的声音传来。

我喊道:"录影带转起来!"

"转起来咯!"楼里的另一个地方传来一个声音。

"开始胶转磁!"欢快的节目信号曲响起,我们的绿色卡通车出现在主监视器上。

马里恩看着秒表,喊道:"十秒倒计时!"

"1号摄像机就位,用于顶部宽镜头。稍稍水平向右移动镜头,让稻草人在画面的左边一点。"

舞台监督举起右手,比我还大声地倒计时道:"九、八、七、六……"最后几秒没声音。数到零,他放下了手。

"我喊一,降升降机一,镜头慢慢推进!别着急……鸟叫声和信号曲叠化。关闭信号曲。"

稻草人的头转向左边,"我喊二,把镜头稍微拉远一点。二,准备行动。三,给两只乌鸦一个镜头……"

不到五点,我们就录好了下周的两档电视节目。

我参与这个系列节目才一两周的时候,妻子格兰达找到我说:"我写了这个。我觉得你也许想看一下。"她交给我的,是她试着为节目编写的脚本。自那之后,所有脚本都由她完成,她还为每周的一首新歌配词,工作十分出色。那一年,我总共制作了一百期节目。

在我参与节目几个月之后,我同卫星电视英语服务频道的一名高级行政管理人员预览了这个节目。通常情况下,应该与主管试看,但他本人不在。这样一来,我就职六个月后,终于有机会让管理层对我的进展给点反馈意见了。

我们坐在主管办公室的沙发上,通过遥控器放映两个刚刚完成的节目。屏幕上出现我们的那辆火车,一路鸣笛而来。他说:"我一直很喜欢这部动画片。"节目播放期间,他有时呵呵地笑,有时愉悦地评论一下,气氛还算是轻松融洽的。

结束后,他转向我。"有件事我必须说,"他说,"稻草人喂鸟的情节,我认为必须就此打住。"

"是吗?为什么?"

"怎么能让稻草人喂鸟?他的存在是要把鸟赶走,不应该和它们交朋友。"

"嗯……不过,你也看到了,他是把乌鸦赶跑了。事实上,他几乎没做什么事就把那些乌鸦赶跑了,它们应该是觉察到稻草人对它们的敌视,所以跑了。"

"没错,但一码归一码。还有,为什么你让他双手叉腰?"

"只是一只手叉腰。"

"是啊,那样更糟糕。"

"为什么?"

"看起来太娘娘腔了。"

"哦,我懂了。"我闷闷地回应了一下。

"还有,你让那个稻草人唱什么,'我是一个很坏、很坏的稻草人'。这给孩子们树的是哪门子榜样啊?"

"很好的榜样啊,"我反驳道,"他在歌曲的结尾唱'我是一个开心的稻草人'。因为他和一些鸟成了好朋友。"

"这就是问题所在。他的职责是撵走那些鸟。"

"嗯,他是这么做的。毕竟他只是和灰头麻雀成了朋友,我看灰头麻雀是不吃玉米的。"

"这并不重要,你一定要对此做出修改。我们要的是一个安守本分的稻草人"

当我起身离开他的办公室,他来到我面前,用食指戳了戳我的胸口,说:"我不喜欢暗箭伤人。我明人不说暗话。"我回到自己的办公室后,将这个问题想了个明白。

最后的决定是,稻草人可以自由地一只手或双手叉腰,他也不会停止喂鸟。这没什么好商量的。

然而,节目遇上了劲敌。很显然,南非学前教育协会坚决反对为小孩子拍摄表现奇幻的电视节目。他们要求学龄前儿童明白"现实"是什么,因为他们认为孩子还不具备分清现实和幻想的能力。于是英语电视台台长约谈了我,要我做关于购物和其他日常生活类的节目。可我是不会做南非版的《游戏学园》①的,坚决不做。

奇怪的是,每个人都在看《四通快车》这个节目。六点新闻后就是这个节目,一周两次。他们管理层也许没意识到,在世界的其他地方,这个时间段可是黄金时段。一九七六年是电视节目开始正式播放的第一个年头,因此人们依然对电视测试图案表示高度好奇。迪士尼人物访问南非时,我借机将它们融入这个节目中,此后我叫主持人卡琳每周换人,轮流访问那些具有异国情调的人物——洞穴中的魔术师、热带岛屿的海盗、游戏室的木偶、德拉肯斯山脉中仙女般的生物和稻草人。

也许兄弟会的右翼政客对稻草人特别感兴趣,因为稻草人在农

---

① 澳大利亚的一档儿童节目。(译者注)

场生活和工作,而农场是传统的阿非利卡人的领域。稻草人开始喂鸟,像对待有生命的生物一样对待它们,你永远不知道会发生什么。

尽管管理层感到担忧,还有评论家的评论标题——"'四通快车'乎?'死吹快车'也!太有想象力了吧?"观众通过写信投票,发来很多照片和图画,让我们应接不暇。

但电视台领导还是决定取消这个节目,不过他们至少在另一个项目中为我物色了一个空缺职位。明年初就会执行这项改变。在某些方面来说,我最不感兴趣的就是学前教育,当初也只是把它作为进南非电视台的敲门砖。但真的要放弃稻草人,我还是很纠结,不愿意。

是时候离开南非了。这一年南非在电视节目制作方面还是卓有成效的。但在更深的层次上,其社会影响并不都是好的。我缴个人所得税,却被用来购买枪杀儿童抗议者的子弹。我不能继续缴税;如果我在这个国家继续缴税,没准我和我的家人也会处于危险之中。我很清楚,这个国家为了反对一些它所谓的敌人,正在做一些在我看来极其恶劣的事情。我的很多观点太激进了,如果国家安全局知道了,是绝对不可能接受的。

格兰达也准备回澳大利亚,在那里我们必须马上重新申请我们的公民权。于是,我们来到了冈瓦纳古陆①的另一边。南半球显然是首选。就当时而言,就是去堪培拉这个安全港湾。

一九八七年,我们再次离开堪培拉,不过在那里,宾和卢克都接受了很好的教育。

---

① 冈瓦纳古陆,也称冈瓦纳大陆,是一个假设的存在于南半球的古大陆,包括今南美洲、非洲、澳大利亚及印度半岛和阿拉伯半岛。(译者注)

我在堪培拉的一所大学里谋得了一份教职，教英语、传媒和戏剧。根据那里的高考制度，学生在高中的最后两年——十一年级和十二年级所取得的平时成绩会被纳入整个成绩审核环节。我曾在全球各地教学，在我接触过的所有教育制度中，我认为这个高考制度是最好的，也许是世界上最好的高考制度。

我们总是叫学生评估我们的教学，让他们参与课程开发。记得其中有一个学生仅仅写了这么几句："我想上大学，因为这里的老师就像我们的朋友一样。"哇，看到这些话，你还有什么不满足的吗？

五千年前，中国哲学家老子写道："信者吾信之。不信者吾亦信之。"

堪培拉的大学生都觉得他们的老师是信任他们的。他们不用穿校服，可以直呼老师名字，甚至可以无故缺席百分之三十的课。

宾大四时，似乎一切都还不错，但有一天他突然说要退学。那时，身为父亲的我该怎么做？我又做了个"行政"决定：不予干涉。大概六个月后，那是一个星期天，午餐时他宣布要去澳大利亚国立大学音乐学院攻读爵士乐专业。

"但是，宾，你没参加入学考试，怎么可能让你入学？"

"我考察过了，上交优秀作品集或当场试演也是可以的。"

第二年，他说他所在的大型爵士乐队将到美国加州的蒙特里镇参加一年一度的爵士音乐盛会，因为他们之前在澳大利亚大型爵士乐队全国赛上脱颖而出，赢得了这么一个难得的机会。

卢克二十一岁生日时，我们正打算去超市买点饮料——我们准备在后院举办一个小型派对，突然他对我说："爸爸，你知道吗？到了这个年纪，我才真真切切地做了我自己想做的事。"

这对性格迥异的兄弟似乎都从学校得到了他们想要的东西。卢克当时正在创办自己的绿色科技公司。

但是，在新千年（二○○○年）的黎明，我一个人跋山涉水，一路北上到了拜伦湾和北河流域。我还记得，一九七五年我读过一本书，介绍的是一个叫宁宾村的小地方，书里有一幅插图，画的是一些赤裸的嬉皮士在耕作他们的一小块土地。我成功地找到了那个小山谷，离开时我没有借助地图就走出了山谷——那以后，那张地图就不知道被搁哪儿了，不过，在二○○四年居然失而复得。

与此同时，在我家后院，草是长得很高了，那个小小的旋转木马依然在那儿。每次去，我还是会时不时地让它转起来，然后噌地一下跳上去。这就是鼓励我一直前行的理由。